鴻上尚史
KOKAMI Shoji

ドン・キホーテ走る

論創社

ドン・キホーテ走る★**目次**

本書は『週刊ＳＰＡ！』（扶桑社）２０１５年5月5・12日号～２０１７年12月26日号に掲載された「ドン・キホーテのピアス」を加筆・修正したものです。

ドン・キホーテ走る

恋愛と野球

この原稿が活字になる頃には、『ベター・ハーフ』の大阪公演も終わり、東京凱旋公演というのを週末にやる予定になっています。

久しぶりに書いたがっつりとした恋愛物語だったのですが、ありがたいことに好評で、キャストもスタッフも大変喜んでいます。

ツイッターやアンケートの反応にも、「今日、『ベター・ハーフ』を見た勢いを借りて、告白した。撃沈した」とか「56歳ですけど、恋がしたいです。いえ、します！」なんていう前向きというか、向こう見ずというかポジティブな反応をいろいろともらいました。

が、当然、光あれば影もあり、「どうせ恋愛なんか、俺には関係ないし」とか「40歳まで、恋愛とは無縁の生活を送ってきました。これからもそうでしょう。あきらめてます」なんていう反応もありました。

恋愛はまだだけど、
千本ノックしてくれる相手を
見つけました。
おらおらおら〜!!
カーン
カーン
カーン
もっと走れ〜!!
ズザザー

恋愛をしたくない、と思っているとしたら、それは本人の意志ですから大きなお世話なんですが、もし、

「恋愛なんかできるわけない」「恋人なんか絶対にできない」「誰も私を愛してくれない」ということなら、ちょっと違うのになあと僕は思っています。

「大リーグの試合に出たい」と40歳の素人が言っていたら、「それは無理でしょう」と断言します。けれど、

「どんな場所でもいい。野球がしたい」という希望なら、全然、可能だと思うのです。

「大リーグ」と「草野球」の違いは、「大観衆」「高額な報酬」「テレビ放送」「野球技術」とたくさんあるでしょうが、逆に考えれば「野球をすること」という楽しみでは共通す

る部分が大きいと思います。

「球を打つ」「投げる」「走る」「守る」「バントする」……それらは、「野球そのもの」がもつ楽しみです。「大リーグ」だけが野球で、原っぱでやる「草野球」は野球じゃない、という人はいないと思います。野球にはいろんな野球があって、それぞれのレベルで楽しめばいいとみんな思っているはずです。

が、恋愛は残念ながら、こんな自由な考え方はされていません。「友達に見せて恥ずかしくない相手」「友達がうらやむぐらいの相手」「可愛い子」「それなりの社会的地位」なんて、いろいろと「周りの視線」や「自分なりの水準」を持つ人が多いのです。路地裏でやる草野球を恥じる人はいないのに、ブサイクや社会的弱者との恋愛を恥じる人は多いのです。

そもそも、恋愛の楽しみとはなんでしょう。

それは例えば、「今日あった楽しいことを話して、また楽しい気持ちになる」とか「今日あった哀しいことを話して、少しは気持ちが楽になる」とか「休日にどこかに一緒に出かける相手がいる」とか「二人で美味しい食事をする」とか「人肌に触れる」とか「セックスをする」とか「夜中、不安に目が覚めて、相手の胸に顔を埋める」とか「面白い経験をした時にすぐに話したくなる」とか「美しい景色を見た時、もう一度相手とこの景色を見たくなる」とか、いろいろでしょう。

これは、相手が誰でも感じることのできる「恋愛の素晴らしさ」です。大リーグだろうが草野球だろうが、共に共通している「野球の楽しさ」と同じです。

「恋愛なんかできない」と自分を卑下している人は、「自分は大リーグには出場できない」と悲観しているのです。脳内で「それなりに可愛い子」「イケメン」など「高水準の相手」を想定しているのです。逆に言えば「自分は野球をするなら、大リーグ、譲っても日本のプロ野球レベル」と思い込んでいるのです。自分は草野球しかやったことがないのに、です。

そういう人は、草野球にやっと出られるぐらいの相手を想定して、「誰も私を愛してくれない」とは言ってないのです。けれど、草野球レベルを想定することが、哀しくミジメなことでしょうか。路地裏で草野球をやった人なら、わかります。それは決してミジメではなく、それどころか、「野球の楽しさ」に溢れていたと。

恋愛も同じです。草野球レベルの自分と同じレベルの人と始める恋愛にも、たっぷりと「恋愛の素晴らしさ」はあるのです。

観客席に長くいると、大リーグを好み、草野球をバカにします。が、実際にやってみると草野球の素晴らしさに驚くのです。

まずは草野球の相手を見つけることが人生には大切だと思っているのです。

「世間」とクレーム

『ベター・ハーフ』の公演で、大阪に行った時のことです。物販というパンフレットや戯曲集、DVDの売り場の近くに立っていました。

販売していた女性が、パンフレットをひとつ売るたびに、「不良品以外は、返品をお受けできかねますので、ご了承下さい」と言っていました。僕は、その言葉に驚きました。

1500円のパンフレットは、開演前と開演後に、ぶわっと売れます。わずかの時間で数百部が売れるのです。そのたびに、売り子の女性達は、じつに丁寧に、「不良品以外は、返品をお受けできかねますので、ご了承下さい」と繰り返すのです。

僕は思わず「そんなことを言わなくていいですから」と伝えました。

東京以外だと、劇場でのお客さんの案内や物販を地元の会社にお願いすることはよくあります。人手の関係でそうするのです。この大阪の会社の人も、じつに丁寧に観客を案内していて、内心、

喜んでいました。

が、この言葉には驚きました。そして、とうとう日本はこんなことになったんだなあとしみじみしました。

この会社を責めているのではありません。

話は少し回り道をしますが、最近、ツイッターで、「実際に言われたクレーム晒《さら》す」というアカウントがあって、これが衝撃的で面白いのです。

客「チョコレートドーナツ温めて」

僕「え、溶けますよ?」

客「いいから温めろよ」

僕「は、はい。」(20秒後)

客「溶けてんじゃねえか、ふざけんなよ代えろよ」

僕「申し訳ありませんお取り替えいたします」

とか、

客「なんでエスプレッソのカップがこんなに小さいんだ！　詐欺だ、金返せ！」

俺「お客様、エスプレッソはこのカップとなっており……」

客「じゃあエルプレッソを出してくれ！」

俺「はい？」

客「アルファベットもわからないのか！　ＬサイズのＬ！　エルプレッソ！」

……なんていう傑作があげられているのです。

まあ、なかには「作り」もあるでしょうが「う〜ん、ここまできたんだなあ」という深い感慨を持ちます。

いきなり、結論から言うと、日本人は「世間」とのつきあい方は知っていても、「社会」とのつきあい方に慣れてないので、「社会」の存在である「とんでもない客」を、なんとか「世間」の文法で処理し、理解しようとするのです。

「世間」とのコミュニケイションとは、「友人、知人、知り合い」が対象です。「社会」とのコミュニケイションは、「自分とまったく共通項のない人」が対象です。日本人は、「自分とまったく共通項のない人」と、どうやってコミュニケイションしたらいいか分からないのです。

「自分とまったく共通項のない人」と、例えば、微笑んだり、軽く会話したり、声をかけることで、お互いが少し交流します。そもそも、お互いに何の共通項もないのですから、それが限界です。ですが、それだけでも、楽になるのです。

僕はそれを「世間話《せけんばなし》」に対抗して「社会話《しゃかいばなし》」と呼んでいます。

東日本大震災の後、少しでも揺れると、知らないもの同士が思わず道端で、「揺れましたね」「ちょっと大きかったですね」と言葉を交わす風景が生まれました。それで終わりですが、それだけでも、心は少しは落ち着くのです。これが「社会話」です。

けれど、ほとんどの人は「世間」の人と話しても、「社会」の人には身構えます。

「駅弁、ひとつ下さい」「はい、駅弁、ひとつでよろしいですか?」最近、この会話が増えましたが、これは会話ではありません。これは「あなたはひとつと言いましたね。ふたつじゃないんですよね。確認しましたからね。私の責任じゃないですからね」という防御です。

相手が「世間」の人になる可能性がなく、「社会」のままだとはっきり分かる時に、つまり人間として歩み寄る必要がないと思った時に、こういう言い方をします。目的が「コミュニケイション」ではなく「防衛」に変わるのです。

「駅弁、ひとつ下さい」「はい、ひとつですね」――これはコミュニケイションです。この話、続きます。

「世間話」と「社会話」

前回の続き、大阪に芝居に行った時に、物販を担当していた大阪の会社の人達が、1500円のパンフレットを売るたびに、「不良品以外は、返品をお受けできかねますので、ご了承下さい」と言っていた話です。

僕は思わず、「いちいち、言わなくていいです」と物販の女性達に言いました。

僕は演劇をやっています。今回の『ベター・ハーフ』というのはニッポン放送さんと共同主催でしたが、見に来る人達は、サードステージ、つまり鴻上尚史がやってる芝居だと思って来ます。

芝居を愛してもらうためには、とにかく愛されやすい雰囲気を作ろうとします。

芝居を見に行って、チケットをもぎる人が最悪だった、なんてことがあると、芝居そのものが嫌いになったりするじゃないですか。だから、なるべく、愛されるような雰囲気を作ろうとします。

鴻上の芝居は劇場のスタッフもみんな暖かいと思ってもらえたら最高です。お愛想笑いの接客ではなく、リアルに好感を持たれるようにしようとします。

その方向と、パンフレットを渡す時にいちいち「不良品以外は、返品をお受けできかねますので、ご了承下さい」と言うのは間逆です。

この言葉は、お客さんに、売り手との距離を自覚させます。まるで、身内のような空間にやってきた、芝居もそういうものですからね、という友好的な関係ではなく、「あなたは何を言い出すか分からないので、先に言っておきますからね」という「つまりは、あなたを信用してないですからね。クレームをつけられる前に言いますから」というはっきりとした距離を感じるのです。

演劇ではなく、ライブだとこういう接客はあります。聴衆達が、ライブのアーティストと主催者は全然、別だと分かっている場合です。どんなに乱暴な扱いを受けても、「彼らと、自分の大好きなアーティストとは何の関係もないんだ」と納得している場合です。

演劇だと、一回限りのプロデュース公演の時はビジネスライクになる人が出てきます。主体が明確ではないので、誰も「愛される雰囲気作り」に心を砕かない場合です。

と言って、観客に「あなたのことを信用していませんから」と距離を毎回感じさせる接客が、ビジネスとしていいのか、と僕は思うのです。

最近は、シネコンに行ってチケットを買おうとすると、必ず、「一度発券したものは、取り消し、返金できませんがそれでもよろしいですか?」と確認されます。そのたびに、映画を見るというワクワクした気持ちが、少しだけしぼむのは、僕だけだろうかと思います。

この言葉も「あなたを信用していませんからね。だから先に言いますから」という宣言です。この言葉を聞くたびに、僕は「そうか。信用されてないんだ。だから、あらかじめ言うんだ」と思うのです。

もちろん、一回買って、「やっぱりやめる」と言い出す人がいるのでしょう。そして「お客様、一度お買い上げになったチケットは、取り消すことができないんですが」と言うと「なんだよ。

聞いてないよ」と文句を言う人がいるのでしょう。

でもね、そのほんのわずかの文句を言う人の存在のために、すべてのお客さんに対して距離を作り、あらかじめ防衛するのは、じつにもったいないと僕なんか思うのです。

パンフレットを買う。全部、見る。そして、返品に来て「金を返せ」と言う人が現れたら、「申し訳ありませんが、一度お買い上げになったパンフレットは返品できません」と言えばすむだけの話なんじゃないかと思うのです。

もちろん、それは、「世間話」しかしない日本人にはハードルが高いです。でも、知らない同士が会話する「社会話」に慣れれば、そんなに難しいことではないと思うのです。

「お客は神様」ではなく、ある一点を越えたらもう客ではなくなり、拒絶することも怒鳴ることもある――「社会話」が欧米では当たり前のことです。ですから、欧米では、一律に距離を作る言葉をあらかじめ聞くことはありません。

それができず、とにかく、無条件に「不良品以外は、返品をお受けできかねますので、ご了承下さい」と先に言うのは、コミュニケイションの拒否であり、「社会話」を上達するチャンスを失うという意味で、じつに残念なことなんじゃないかと思っているのです。

男の性器と女の性器

『ワイセツって何ですか？』（ろくでなし子／金曜日）を読みました。面白くて感動的な本でした。

もともと、昨年7月、一度逮捕された時に、マスコミは警察発表を右から左に移しかえる作業を「報道」と呼ぶという伝統行事にのっとり「自称芸術家」という表現を使いました。ググれば、自称かどうかは3分で分かりましたが、マスコミはそうしませんでした。

誰が見ても、この逮捕は無理があるだろうと思われました。この本にも、警察と検察がクラウドファンディングを理解してないことが、楽しいマンガで描かれています。

警察は、ろくでなし子さんが、自分の3Dまんこデータを「不特定多数」に送ったと思って逮捕したのですが、事実は、「マンボート」（3Dプリンターを使って作ったカヌー）製作に協力してくれた出資者に対して、リターン（お礼）として送ったものでした。

ろくでなし子さんは、警察にも検察にもクラウドファンディングとは何かをひとつひとつ丁寧に説明します。根本をまったく誤解した逮捕だったのです。

予想通り、逮捕されて一週間ほどで準抗告が通り、ろくでなし子さんは釈放されます。準抗告が通るのは、100件に一件といわれる厳しさなのですが、ムチャなものはムチャで、その逮捕、意味ないでしょうと認められたのです。

これで、警察と検察は、ろくでなし子さんの活動の宣伝を大々的にしてくれたなあ、逮捕は不当でも、まあ、見返りがあったから、まあしょうがないかと思っていたら、知っている人は知っているように、ろくでなし子さんは、12月、また、逮捕されたのです。

それは、この本に載っているマンガを「週刊金曜日」に連載している途中でした。僕なんか、反体制的な雑誌に連載したことが、間違いなく再逮捕の原因なんじゃないかと思うのです。つまりは、警察も検察も「ば、ばかにするなあ！」と興奮したんじゃないかと思います。

ろくでなし子さんの「まんこ」をかたどった石膏アートを見て、具体的に興奮するのはどう考えても無理でしょう。

でも、一回目の逮捕がいかにバカバカしく、とんでもないものかを描いたマンガを読むと、警察も検察も具体的に興奮してしまうようです。

石膏アートは、リアルではなくファンタジーです。これで興奮できるということは、人間を超えたスーパーな想像力です。実際の作品を見れば一目で分かります。これをワイセツと呼ぶ方が、どうかしてます。

二回目は、検察もメンツをかけて起訴しました。理由は三つ。３Ｄまんこデータと、チョコレートケーキ風のデコまんこ（まんこの形をデコレーションしたもの）と、ろくでなし子さんが開催したワークショップに参加した女性が同じく自らの性器をかたどって制作した作品です。

まず、どれも不特定多数に見えるように示されたものではありません。アダルトショップに並べられていたり、ワークショップだったりと、「いたずらに」「通常人の羞恥心を害したり」はしてないのはあきらかなのです。

3Dプリンターで作られたまんこ作品を見て、性的に興奮し、刺激を受けるという人は、いったいどんな人なんだろうと思います。

ろくでなし子さんの作品は、すべて、自分のまんこをもとにアートとして、デコられているのです。それだけでは、いかにも面白くなく、派手さも可愛くもないから、まんこを楽しもうという思いがあるのです。

それは、この本で繰り返し書かれていますが、「おちんちん」はキャラクターになったり、ギャグになったり、おおらかにみんな楽しむのに、どうして「まんこ」はこんなに隠され、厭《いと》われ、恥ずかしいものと思われなければいけないのか、という思いです。

ろくでなし子さんの作品は、欧米の方が楽しく受け取られています。それは、女性の地位と密接に関係があるように思います。

男の性器はジョークにできても、女の性器はジョークどころか話題にもできない国というのは、つまりは、女性をそういう立場に立たせている国だと思うのです。じつに楽しいマンガです。そして、ろくでなし子さんの自伝でもあります。お勧めです。

「ニューアカ」と「ソーカル事件」

その昔、『ニュー・アカデミズムブーム』なんてものがありました。20代の人には信じられないでしょうが、哲学や思想がブームになったのです。構造主義だのポスト構造主義だの、フランスから続々と輸入されたのです。

若者は特に期待しました。人生の新しい面を見せてくれるんじゃないか、人生の可能性を教えてくれるんじゃないかと熱狂したのです。

興奮しながら、さまざまな本に飛びつきました。レヴィ＝ストロースだのラカン、バルト、フーコー、ドゥルーズ／ガタリ、デリダとかじりつきました。が、それらの本はものすごく読みにくく、何度読んでもよく分からず、多くの若者が挫折しました。みんな、「理解できないのは、自分の頭が悪いんだ」と、自分を責めました。

レヴィ＝ストロースのフィールドワークやフーコーの歴史的分析なんかは、まだなんとかなり

ましたが、それ以外の哲学者達の、哲学のような文学のような暗号のような文章は、絶望的に苦労しました。

この時、日本全体に「知」に対する深い諦めが生まれ、それが、オウム真理教を準備したと僕は思っています。

哲学が生きる指針にならないのなら、宗教や霊的な教えに進むしかないと、知的な若者は思ったのです。そこまで知的でない若者は「やっぱ、血液型と星座と誕生月よね」と占いと陰謀論に走ったのです。

で、今年の1月に、『フランス現代思想史　構造主義からデリダ以後へ』（岡本裕一朗／中公新書）という本が出ました。著者は、ドイツ哲学、主にヘーゲルが専門の大学教授です。つまりは、フランス思想と一定の距離を置いている人なのです。

本の冒頭に紹介されるエピソードが抜群に面白いです。

それは「ソーカル事件」と呼ばれるもので、ニューヨーク大学の物理学教授アラン・ソーカルが仕掛けたイタズラでした。

「1995年に、ソーカルは『著名なフランスやアメリカの知識人たちが書いた、物理学や数学についてのばかばかしいが残念ながら本物の引用を詰め込んだパロディ論文』を作成し、現代思想系の『ソーシャル・テクスト』誌に投稿した。ところが、このインチキ論文は、なんと掲載されてしまったのである。

ソーカルはその後、直ちに論文掲載の経緯を明らかにし、次のように語った。『わたしはこの論文を、まともな物理学者や数学者なら（いや、物理や数学専攻の学部生ですら）だれでもインチキだとわかるように書いている』。ところが、雑誌の編集者は、そのインチキに気づかなかっただけでなく、高い評価まで与えたのだ。（中略）'96年には、雑誌の編集長は『著者でさえ意味が分からず、しかも無意味と認める『論文』を掲載した』理由によって、イグノーベル賞を受賞した。（中略）

今まで、フランス現代思想は『難解』だからこそ崇拝されてきたのに、実際はむしろ『ばかげた文章とあからさまに意味をなさない表現に満ちている』と分かったのだ。彼らが物理学や数学

『的』な概念を使って書いた文章は深遠なわけではなく、まったくナンセンスだったのである」

……いやもう、世界でこんなことが起こっていたなんて、僕はまったく知りませんでした。この出来事ひとつでフランス現代思想が無意味だというのではないですよ。そうではなくて、「分かんないぞ。これ、ほんとに意味あるのか？　書いた人間は分かってるのか？　ありがたがってる奴は分かっているのか？」という疑問をちゃんとぶつけた人がいた、ということが感動的で面白いのです。

ここらへん、日本人はまだまだ、フラスン直輸入だと感動してしまいますからね。

で、著者はこのエピソードを冒頭に置いて、じっくりとフランス現代思想を語っていきます。それは、ブームが去った今、何が残すべき本物の思索で、何がアダ花だったのかを検証するかのようです。

僕も、あの当時、何がいったい分からなかったのか、と思いながら読みました。あきらかに無意味じゃないかと呆れる部分と今もなお、価値を感じる部分がありました。

世界がどんなに複雑怪奇になって、どんなに憎悪に溢れても、それに対処するのは、「考えること」しかないんですよね。考えて考えて、霧の中を一歩一歩進むしかないのです。

億劫と一人旅

この原稿は、ロンドンに向かう飛行機の中で書いています。久しぶりにロンドンに行こうと決めました。４年ぶりぐらいになります。『ハルシオン・デイズ』という自分の作品をロンドンで演出して以来です。

もう何回、ロンドンに行ったのかまったく分かりませんが、一番最初は、ソ連（当時）の飛行機会社、アエロフロートでした。

今となっては信じられませんが、アエロフロートは、一度モスクワでトランジットした後は、自由席になりました。給油のためだと思うのですが、機外に出て、同じ飛行機に戻った時は、「さあ、君達は自由だ！　解放された労働者だ！　どこにでも座れえ！」というシステムでした。

全部、自由席ということは、ビジネスシートも自由席ということで、僕なんかは「いや、そうかもしれないけど、ここに座るのは、やっぱり、ねえ……」という、思いっきり日本人的遠慮で

近づけませんでした。
ロンドン発の便も、モスクワでトランジットした段階で自由席になりました。ロンドン―モスクワは3時間前後だと思いましたが、その後、日本までの長い時間、広くてゆったりとしたビジネスシートに座るために、みんな早く並んで機内に駆け込んでいました。
今から、30年ぐらい前の話です。んで、途中で「いや、いくらなんでもさ、飛行機なんだから、自由席ってのはないんじゃないの?」という議論がアエロフロートさんの中であったのかどうかは分かりませんが、その何年か後、「さあ、君達は自由だあ!」というシステムはなくなりました。
その後すぐ、僕はモスクワのトランジットの後、ビジネスシートの前で、キャビンアテンダント（その当時は、スチューワデス）さんと英語で激しく口論をしている日本人女性を目撃しました。

「自由席のシステムがなくなったなんて、聞いてない。私はここに座りたい」と彼女は主張していました。すごいなあと、20代の僕はただただ、圧倒されました。自分にやれと言われても、とても、そんなことはできないだろうと思ったのです。

一人旅は、出発するまではじつに億劫《おっくう》です。旅慣れた人でも、この感覚に近いんじゃないかと勝手に思っています。

『えいやっ！と飛び出すあの一瞬を愛してる』（小山田咲子／海鳥社）という本があります。24歳の時アルゼンチンで交通事故死した小山田咲子さんのブログを集めたものです。

じつに素敵な本なのですが、彼女は、旅好きで、それも一人旅が好きで、海外をあちこち歩き回っていました。その彼女は、じつは、旅に出ることは億劫だと書いていたのです。

ああ、君もなのかと、僕は本を読みながら思いました。彼女は生前、僕の仕事を手伝ってくれていて、ヨーロッパやインドにひょいひょいと旅に出る事実を知っていたので、まさか、彼女が旅に出るまでがあまり好きじゃないと感じていることを知って驚いたのです。

が、彼女の文章は続きます。日本で旅の準備をして、空港まで行くのはじつに億劫なんだけど、現地に着いた瞬間に、楽しくてしょうがなくなる――この感覚、僕も本当に分かります。

一人だと、旅の準備から出発まで、全部、自分でやらなければいけません。当たり前です。で、これが面倒なのです。「ああ、誰かと一緒だったら、楽なのになあ。楽しいのになあ」と思うのです。

でも、一人で現地の空港に着いた瞬間「ああ、一人で良かった。今から、俺は自分の好きなように動けるんだ。友達の都合を心配したり、相手の行動に合わせた方がいいかなと心煩《わずら》わせる必要がないんだ」と思うと、心底、自由を感じるのです。

そういう気持ちが、小山田さんの書名『えいやっ！と飛び出すあの一瞬を愛してる』が表しているのです。この言葉は、彼女のブログの中にあったものです。億劫だけど、結局、えいやっ！と自分に声をかけて飛び出す、あの一瞬を愛しているんだと言っているのです。

もちろん、本当に愛した人と二人で行く旅行も、大人数でわいわいと騒ぐ旅行も素敵です。

でも、心底、解放感を感じて、日本での生活の垢を落とさせるのは、一人旅なんじゃないかと思っています。

そんなわけで、一週間、ロンドンに行ってきます。

ロンドンとラーメンブーム

そんなわけで、ロンドンにいます。と、書きながら、滞在は一週間ちょっとなので、明日には空港です。４年ぶりのロンドンは、当たり前ですが、変わっている所も変わっていない所もありました。

変わったのは、完全にラーメン・ブームが起こっていたことです。ラーメン専門店が10軒以上できていました。

おかげさまで、この出版不況の時代に、発売一カ月ちょっとで4刷5万部を超えた（ああ、読者に感謝）『クール・ジャパン⁉ 外国人から見たニッポン』にも書いたように、今、外国人の人気の日本食は、「1位・寿司　2位・ラーメン」の順番です。これは、国がやった調査なんですが、民間の調査だと、ラーメンが1位なんてのも普通にあります。もう、「スシ・テンプラ・スキヤキ」の時代ではなくなったんですね。

というわけで、ラーメン屋さんに行ってみました。

とんこつラーメン、11ポンドでした。今、ものすごい円安で1ポンド、200円です。つまり、ラーメン一杯、2200円になります。もう、これでどっしぇー！　です。餃子3個も頼みました。6ポンド1200円でした。1個、400円の餃子です。またまた、どっしぇー！　です。

運ばれてきたラーメンは、どこから見てもちゃんとしたとんこつラーメンでした。安心して、一口食って、絶句しました。内心は「なんじゃこれはあー！」という絶叫です。

その昔、ロンドンでアパート探しをした時、不動産屋さんの「このアパートの3軒となりのフィッシュ・アンド・チップス屋さんは、南ロンドン一美味いんだ」という言葉で入居を決め、住んだその日にフィッシュ・アンド・チップス屋さんに駆け込み、一口、フィッシュとチップスを食べた瞬間「これで南ロンドン一美味いんなら、南ロンドンの他の店は食い物を売ってるのかあ⁉」という内心の絶叫と同じでした。

久しぶりに筋金入りの不味いものを食っている、という感覚でした。

寿司は、世界で定着したことで、「まがいもの」と「本物」の区別を外国人も知るようになりました。

欧米のスーパーに行くと、安い値段で「寿司になろうとしているなにものか」が売られています。それは、「寿司になろうとしている」のですが「寿司」にはなりきれていません。寿司になる途上で倒れたり、旅に出たり、グレたりしたものです。

一方、高い金を出すと「完全に寿司になって自慢しているもの」に出会えると、欧米人は知りました。彼らから見れば、どっちも寿司ですが、ランクがあることを知ったのです。

今、ラーメンはまさに同じ道を歩いています。少し前までは、日本のラーメンとして売られていたものは、「ラーメンに変装をしたなにものか」でした。変装は、一口食ったらすぐに見破られました。

官民ファンドとして設立されたクール・ジャパン機構が、ラーメンの一風堂のロンドン進出に対して融資したという文章を拙著『クール・ジャパン⁉』に書きました。

こうやって、世界の人は、寿司にランクがあるように、ラーメンにも本物と変装があるんだと、徐々に知っていくのです。

ロンドンの料理の水準は、この10年近くで劇的に向上しました。それは、前回、4年前に痛感したのですが、その勢いは止まっていませんでした。

実際、10年前に比べて、太ったイギリス人が増えました。食べることに喜びを感じて、デニムのパンツの腰の部分に、ラブハンドルと呼ばれる（抱きしめると、ちょうど手が腰に当たり、ハンドルように触れる、という意味です）お肉の盛り上がりを乗せて歩く人が本当に多くなりました。一瞬、ここはアメリカの街角かと錯覚するぐらいです。

驚くのは、多くの女性が、その肉を強調する方向で服を着ていることです。ぱつぱつのTシャツとかぴちぴちのブラウスとかで、惜しげもなくラブハンドルのシルエットを見せます。じつに堂々としています。その自然さに、思わず、感動したりもします。

ジャンクで高カロリーのものではなく、本当に美味しいものを食べて太るのなら、ラブハンドルも自慢するものになるのかなと、ちらりと思いました。

人間の起きている一生の時間は同じ、という確信

あなたは、何で年齢を感じますか？　たまに、この質問を受けます。

鴻上はずっと仕事をしている、と思っている人もいますが、一日7時間はちゃんと寝ています。なぜなら、寝ないともたないからです。単純な理由です。おいらは、昔から体力がないので、ちゃんと寝ないと活動できないのです。

よく、「いやあ、完徹できなくなってきたよ。体力、落ちたなあ」なんて言う人がいます。「昔は、二日や三日、完徹できたのに」と、体力自慢の人は言うのです。

おいらは、20代の頃から、完全徹夜なんてしたことがありません。1時間でも2時間でも寝なければ、次の日は使いものになりませんでした。

体力のある人は違いました。クラブ活動とかで、野球とかバスケとかやってきた体力自慢の人

達は20代から30代の前半ぐらいまで、「もう、面倒くさいから、寝ないでこのまま仕事に行くよ」なんてことをサラッと言いました。こっちは、「じょ、冗談じゃない。ちょっとでも寝たい！」と内心、叫んだものです。

でも、1時間ぐらい寝ただけだと、とりあえず動けますが、思考能力は復活しません。まさに、ゾンビです。

「若いんだから、徹夜に負けるんじゃない！」と大人から言われると元気なフリをしましたが、思考能力は最低で、元気なゾンビになっただけでした。

「一日平均睡眠時間は5時間前後です」、なんて人が普通にいるのですが、そういう人はちゃんと思考できているんだろうかと、勝手に心配しています。

思考し続けた脳は、5時間ぐらいの睡眠で納得しているのか（つまり回復しているのか）と思うのです。

20代は、一日8時間は確実に寝ていました。どこでも寝られたし、いつでも寝られました。時差ボケなんて、なったことがありませんでした。ニューヨークに行ってもロンドンに行っても、着いた次の日から日本と同じように活動できました。

でも、睡眠不足にはやられました。

と、書きながら、睡眠が人生に一番大切なんじゃないかとも思っています。徹夜続きで仕事をして、そして徹夜が半ば自慢だった手塚治虫さんも石ノ森章太郎さんも60歳で亡くなっています。

僕には「人間の起きている一生の時間は同じなんじゃないか」という確信のようなものがあります。

一日睡眠3時間で過ごし、時々、完徹した人の起きていた時間と、一日7時間寝ていた人の起きていた時間は同じなんじゃないかと思うのです。だからこそ、寝なかった人は早死にするんじゃないかと信じているのです。

というわけで、昔から睡眠不足に弱いので、それで年を感じることはありません。

同時に、昔から体力もそんなにありませんでした。これを言うと、みんな、「嘘でしょう。毎日、仕事ばっかりしてるのに。体力あるじゃないですか！」と言いますが、体力はありません。

腕相撲しても劇団の女優に負けますし、稽古で全員で鬼ごっこやったらすぐにつかまりますし、マラソンに出たら後ろの方でトボトボと歩いています。

ただ、疲れてからが長いのです。すぐに疲れますが、そこからジワーッと動き続けます。激しくエネルギッシュな動きではなく、疲れたまま、なんとなく、よっこらしょと動き続けて、気がつくと山の頂上に登っていたりします。

なので、はなから体力がないので、体力が落ちたから年を取ったという自覚もないのです。

んじゃあ、お前は何で年を感じるのだというと、じつは、ちょこっと書いた「時差ボケ」なのです。50歳を越えて、めっきり、時差ボケが治らなくなりました。海外に出ても、一週間は間違いなく日本の時間を引きずります。

今回のロンドンも一週間、夜中の4時にパシッと目が覚めて困りました。日本時間ではお昼の1時です。一週間たって、やっと体がロンドンに馴染んで生活が始まった途端、もう日本に帰る日が来ました。

そして、今、ロンドンの時間を引きずって時差に苦しめられています。やれやれ、です。

アンコールとカーテンコール

T・M・Revolutionこと歌手の西川貴教さんのツイート、アンコールを求める以上はちゃんと求めて欲しい、アンコールはあるのが当然なものではない、が話題になっています。

「お客様にアンコールを強要している訳ではなく、アンコールを頂きステージに出ると、スマホを触ったり、着席して談笑されてることがあるので、アンコールは演る側も義務ではありませんし、お客様も強制ではありません」

仕事でいろんなライブにおじゃまするると、「セットリスト」というものを最初に渡されます。ライブで演奏する曲目の一覧表です。一番最初にもらった時は、「セットリスト」にアンコールの曲目が書かれていることに衝撃を受けました。

「な、なんだよ!?　アンコール、やること、前提なんだ。曲まで決まってるんだ」と、「ああ、見るんじゃなかった」という気持ちになりました。西川さんがどうしているか分かりませんが、

今までのアーティストはみんなそうでした。この前の武道館のポール・マッカートニーも、「セットリスト」には、ちゃんとアンコールの曲まで書かれていました。

なんだか、すごく予定調和なような気がして、僕は「セットリスト」なるべく見ないようにしています。「すごくいいライブだから、自然にアンコールを求めて盛り上がった」というピュアな思い込みを守ろうとしているのだと思います。

で、これは演劇界だとなにに対応するかというと「カーテンコール」なのです。

お芝居が終わって俳優が出てきますね。「カーテンコール」です。お客さんは拍手します。

通常は、俳優はお辞儀して引っ込みます。通常は、それで終わりです。「客電」という客席の明かりがついて、観客は席を立つわけです。

ところが、ここで拍手が鳴りやまない時は、「ダブル」と呼ばれる、二回目の「カーテンコール」が始まります。たいがい、俳優さんは「ダブル」を喜びます。芝居が受けた、だから、観客は熱烈に拍手しているんだ、と思うからです。

客席に明かりがつくと、ダブルを求める拍手が終わってしまう可能性があると言って、「ダブル」が終わるまで、「客電」をつけないようにと指示するプロデューサーもいます。

お客さんは、場内が暗いままなので、「あ、これはまだ終わりじゃないのか」と思って拍手を続けるのです。これは半ば作られた「ダブル」です。

僕はこれが嫌で、一回目のカーテンコールが終わると、必ず、客席の明かりをつけます。帰りたい人は、さあ、帰って下さい、という意思表示です。それでも、拍手が続くと、場内が明るいままで、「ダブル」が行われます。

僕が30年間、作・演出を続けた『第三舞台』は、どんな作品をしても「ダブル」はありませんでした。すべて、一回のカーテンコールで終わりました。少々、拍手が続いても、「ダブル」に応えなかったのです。「カーテンコールを一回やったのだから、もうこれ以上はやることはない」と思ったのです。観客もそれを当然のこととして受け入れました。

今では、良い作品の時は、「ダブル」は普通の風景になりました。がここにきて、3回のトリプルどころか、5回（クインタプル）も6回（セクスタプル）も「カーテンコール」を求める観客が出てきました。ミュージカルファンからの動きです。

どんなに素敵な作品でも、3回ぐらいカーテンコールをやれば、場内はなんとなく落ち着きます。そこで終われば素敵な気分で帰れるのです。が、とにかく、何回も何回もカーテンコールを求める人達が現れました。

立ち上がり、熱烈に拍手をし続けます。それは、舞台に出てくる俳優に自分をアピールする手段なのです。こうなると、拍手は作品の評価ではなく、ファンであるという自己主張になります。どんな芝居でも5回も6回もカーテンコールがあるのは、じつにつまらない現象と思います。

ちなみに、ブロードウェイもウエストエンドもどんなに素晴らしい作品でもカーテンコールは一回だけです。

官邸は撮影禁止

昔、タンザニアとケニアの国境でもめました。

三日間、タンザニアを案内してくれたガイドさんと別れる際に、記念に国境で彼の写真を撮った時です。国境といっても、コンクリート造りの平屋の素朴な建物と遮断機のような棒があるだけでした。

車の横に立つガイドさんを撮った瞬間、いきなり、ケニアの国境警備隊に厳しい顔で詰め寄られました。旅慣れた人だと、こういう迂闊《うかつ》なことはしないのですが、僕は素朴な風景とガイドさんとの別れに油断したのです。これが、物々しい軍事基地だと、もちろん、「あ、これは撮ったらやばいかも」と感じるのですが。

国境警備隊は、カメラのフィルム一本をそのまま提出しろと言いました（まだフィルムの時代だったのです）。が、それには、アフリカ旅行の思い出が一杯写っています。それは渡したくは

ありません。

必死に英語であやまり、「お前の仕事はなんだ？」と聞かれたので「演劇の脚本とか演出」と答え、「それはなんだ？」というので「ドラマでプレイでアクティングだ」と言うと、僕を取り囲んでいた3人のうち1人が「ジャッキー・チェンか⁉」と聞きました。

「イエース、イエース、ジャッキー・チェン！　アチョー！　チョエー！」と、僕はいきなり空手の型を始めました。フィルムを守るためには、なんでもするぞ、という気持ちになっていたのです。

国境警備隊の3人は笑い、急に雰囲気が和やかになりました。そして、「まあ、しょうがないか。ガイドを撮ったんだからなあ。でも、後ろには国境の風景が写っているんだよ。それはダメなんだから」というようなことをムニャムニャ言いながら許してくれました。

それ以降、僕は海外で写真を撮る時はいつもこのことを思い出します。

そして、いきなり、衝撃的な記事をネットで見つけました。

あるサイトの記者が、国会議事堂の前から、総理官邸に向けてカメラを構えると、『官邸を写しているのなら、やめてもらえますか』の声。振り向くと、周辺警備の警察官が睨みつけてきた」というのです。

この記者は、30年間、永田町で取材をしているがこんなことは初めてだと書いています。断っておきますが、これは昭和10年代の記事ではなく、2015年7月8日の記事です。

記者は、あきらかに何の法的根拠もないので「話は承った」と答えて撮影を続けると、「カメラを構えている間中、警察官は傍を離れようとしない。それどころか、『ほとんどの人が納得してくれるんですが』と食い下がってくる。どうやら、撮影を制限するという愚行が、常態化しているようだ」。

つまりは、首相官邸は撮ってはいけないことになっているんですね。何の法的根拠もないままに。

記者が、どこからの命令なのかと聞けば、「官邸からの指示です」と警官は答えたと言います。

さらに、「カメラを官邸ではなく『議員会館』に向けて構えてみた。すると別の警察官が『議員会館は撮らせてもいいのか』と無線で尋ねている」と書きます。

これ、怖いです。警官は法的根拠を自省することなく、忠実に任務を実行していることにゾッとします。この感性が強引な自白と冤罪を生むと思うのです。

記者は、取材として官邸に問い合わせたそうです。「どうして、撮影を禁止しているのか？」「その法的根拠はなにか？」と問いかけても、「こちらとしては、警備をお願いしているだけです」という答えをただ繰り返しただけだそうです。中身のあることを言わない政治上のテクニックですね。別の日にまたカメラを構えると、「官邸を撮るな」と警察に言われたそうです。

記者は書きます。「自由主義社会のどこに、国の代表が執務を行う場所の撮影を制限している国があるのか？　思いつく限りでは、北朝鮮という〝ならず者国家〟しかない」

僕達の国はいつのまにかこんな事態になっています。

公共ホールと「禁忌」と「呪縛」

『虚構の劇団』の新作『ホーボーズ・ソング〜スナフキンの手紙Ｎｅｏ〜』を書いている途中で、故郷、愛媛県新居浜市に総合文化施設ができるというので、オープニングイベントにしこしこと行ってきました。

『あかがねミュージアム』という名前で、総事業費67億円です。昨今話題の新国立競技場の騒動に比べると、少ないと一瞬思ってしまいますが、なにせ人口12万人の地方都市ですから、「そんなもん、本当にいるのか!?」という突っ込みも住民からは生まれます。

美術館があり、劇場があり、地元の祭りの展示ミュージアムもあり、という多彩な空間です。『太鼓台シアター』という３６０度に太鼓祭りを映写するシアターがあります。僕は、映像の監修をしました。

「日本三大荒くれ祭り」と、僕が勝手に言っている「新居浜太鼓祭り」を、知らない人に体感し

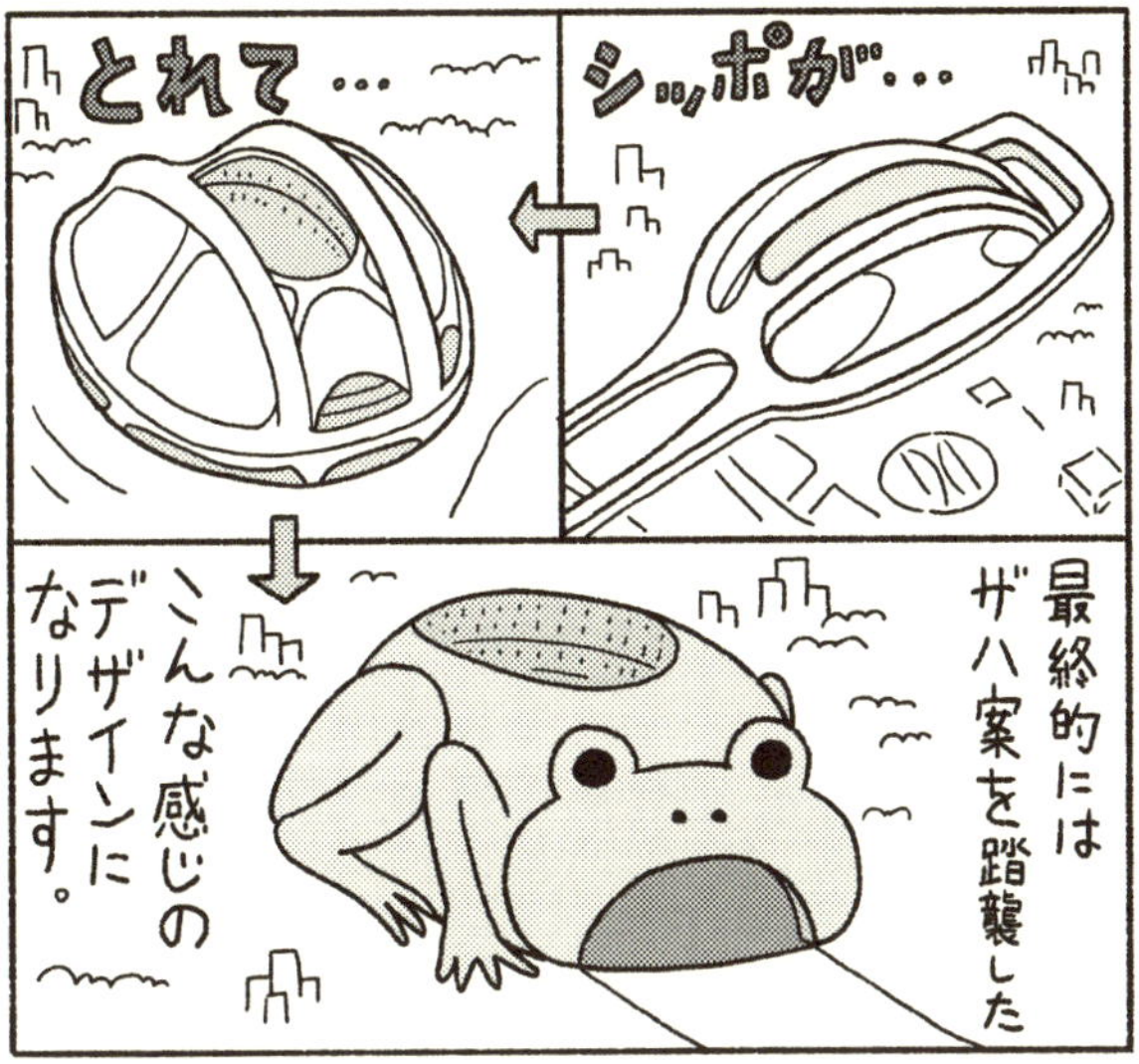

てもらいたいと造った施設です（ちなみに、他の二つは、岸和田のだんじり祭と諏訪大社の御柱祭です）。

ぜひ、一度、体験しに来て下さい。もちろん、無料です。

住民が簡単に使えるように、250席の劇場ホールもあります。客席規模を相談された時に、「客席数の多さを競う地方都市の愚かな競争はやめましょう」と提案しました。

新国立競技場が8万人を目指すと計画されていますが、8万人を収容するのは、じつはオリンピックの開会式と閉会式だけです。

それ以外は、スタジアムとしては最大5万人が適切な数字です。どんなに計画を見直しても、8万人規模という点は絶対に見直さないのは、どう考えてもおかしいと思います。

で、ホールの話なのですが、250の客席数なら、地域の劇団もバレエ発表会もアマチュアのライブも、150人入れば、客席は埋まったように見えるし、熱い反応が返ってきます。みんな「またやりたい」と思うのです。

これが千人のホールに150人だと悲惨です。「二度とやりたくない」とみんな思うのです。

こういう税金を使って造った施設が本当に必要かどうかは、これから先、この施設がどんな風に使われ、愛されるか、にかかっています。

もう時効だと思うので書きますが、その昔、新国立劇場の依頼で芝居を演出したことがありました。スタッフはみんな、新国立劇場の人達です。初日が近づいた時、稽古場に張り出されていた「チケット申し込み表」では「初日完売」という表示が書き込まれました。それを見て、俳優達は「なんだ、初日に身内を呼べないじゃないか」と残念そうに語っていました。

そして初日、客席を見て、演出家である僕は絶句しました。

完売満席のはずの客席は、三列全部が誰も座らず、スコーンと空いていたのです。丸々三列ですから、数にして百席近くの空席でした。僕は驚いて、制作スタッフに走りました。

制作スタッフは、「あの客席は、営業部の担当です」と答えました。私達は制作部で、営業部とは違うから私達の仕事ではない、という答えだったのです。

その答えに僕はまた、絶句しました。

新国立劇場ができて間もない頃でしたから、制作陣は、直前までは民間の劇場や劇団、事務所にいた人です。チケット一枚は血の一枚、一枚売ることがどれだけしんどいか分かっていた人達です。それが「あれはうちの部署ではないから」と答えたのです。

この話を、新居浜の市役所の施設担当者にしたら、「いや、俺はその意味、よく分かるよ」としみじみと答えました。

「誰が悪いんでもない。組織がそうなってるんだよ」

文化施設を運営するのは、民間とは比べ物にならないぐらい、公共レベルでは難しいようです。税金で運営されているということは、一歩間違うと「禁忌《タブー》と呪縛《ルール》」だけの施設になります。

失敗しない、突っ込まれないために運営するようになるのです。それは文化から一番遠いことです。

『あかがねミュージアム』が末永く愛されることを祈るのです。

元小学校がアートスペースになるということ

しこしこと『虚構の劇団』の新作公演『ホーボーズ・ソング～スナフキンの手紙Ｎｅｏ～』の稽古を続けています。

稽古期間の前半は、新宿にある廃校になった淀橋第三小学校を改造した場所でした。「芸能花伝舎」という名前で、稽古場として貸し出し始めて10年になります。

最近はどんどん綺麗にリニューアルしていますが、最初は、小学校をそのまま貸しスペースにしただけの場所でした。ですから、小学校の記憶があちこちに残っていました。

稽古しながら天井を見上げると、小学生の拙い文字で、星座を書き込んだ絵が貼られていました。窓の外を見ると、「うさぎ小屋」という文字のある小屋が見えました。

自販機のある共有スペースに置かれていたのは、小学校の机と椅子でした。もちろん、使い込

廃校に住んでいると
いわれている妖精
ハイホ〜♪
ハイ♫
コ〜♪
ララ〜ラ〜
ララ〜ラ
ラ〜♪

まれたもので、落書きとかキズがありました。
そういうことが貸しスペースとしてマイナスになるかというと、まったく逆で、あちこちにある「小学校としての歴史」を見ると、「みんなが愛してきたスペースなんだなあ。大切に使わないとなあ」と愛おしくなりました。

前回の芝居『ベター・ハーフ』の時は、4人芝居なのにこの小学校の体育館で稽古しました。緞帳がそのまま残されていて、床にはバスケット用のテープが貼られていました。校庭もちゃんと残っていて、片隅には、生徒達が作ったタイルのモニュメントがあります。
先日、タクシーに乗って、稽古場に行き先を告げたら、運転手さんは、「ああ、そこ、僕の母校だったんですよ」とぽつりとつぶやきました。

「自分の母校に行く気持ちはどうですか?」と聞くと、「なんか、悪い気持ちはしないですよね。なんか、切ないというか」と運転手さんは微笑みました。

廃校になった小学校を稽古場にしてくれると、創り手達にはとてもメリットがあります。

一番は、もちろん、その場所が区の持ち物だから使用料が安いということです。正確には、花伝舎は、日本芸能実演家団体協議会(芸団協)が運営しているのですが、民間のスタジオに比べて使用料が安いので、使いやすいのです。

もうひとつのメリットは、小学校を利用しているので、稽古スペース(花伝舎は『創造スペース』と呼んでいます)が、11カ所もあることです。それぞれの教室で、演劇やダンス、古典芸能のレッスンをしていると、共有スペースで間違いなく、知り合いに会います。

今日は、ばったり、コンドルズの近藤良平さんと会いました。そうすると、「やあやあ」「どうもどうも」となり、何かの会話が始まります。これが、じつに大切なことなのです。

どんなにデジタルな時代になっても、結局、人間は人間と出会うことで何かが生まれるのです。ネットで知り合っても、結局、最終的に対面することで、プロジェクトは動き始めます。

そういう意味で、教室がたくさんある元小学校は、何かが生まれるための理想的な稽古場所なのです。

僕は杉並区に住んでいるのですが、3年ほど前、近くの小学校が廃校になりました。杉並区に住んでいる演劇人が「花伝舎」みたいな場所にしたいと盛り上がりました。が、周辺住民から「演劇をやっている人間なんてロクなもんじゃない。ここを変人の場所にしないで」という反対運動が起きて、見事にボツったという話を聞きました。

「ロクなもんじゃない」と言われると「そうかもしれないなあ……」と恥じるのが、これまた演劇人の含羞《がんしゅう》というか弱気な所なんですが、最近の演劇人はじつに健全です。

「花伝舎」は住民サービスを考えて、子供達のワークショップやセミナーを主催したりして、楽しくやっています。土日や夏休みは、たくさんの子供達の声が響きます。

もちろん、有名・無名な俳優が集まり、周辺のコンビニや飲食店は活性化します。

本当は、廃校をアートセンターとか稽古場にすることは、地域のためにもとても名案だと思うんですが、なかなか、理解は進まないのです。

「ただし、イケメンに限る」が炎上した日

もちろん、美男美女は、それだけで商品価値があります。

まったく演技力がないのに、ただ「美しい」というだけで、長い間、俳優を続けている人は実際にいます。びっくりするほど大根なのに、（男女問わず）その美しさゆえに、けっこう人気があったりします。ファンになったり、愛でたりするには、「美しさ」が重要な条件です。

ただし、一人の人間として、好きになったり、交際を考えたりした時は、「ただしイケメンに限る」は、嘘なんじゃないかと僕は思っています。という昔書いた文章を、この連載の新刊の宣伝を兼ねて、ネットに公開しました。

予想通りというか、ものすごい反発が、一部、男達から返ってきました。女性達は、「完全に同意します」とか「男の人が言ってくれて嬉しい」とか「共感します」と返ってきました。

一部の男達は、「嘘つくな！」「お前だけだ！」「ブサメンでモテると言うのか！」と、強烈に反発しました。

もともと僕が、このことを考えるようになったのは、テレビのシナリオを書くために、いろんな子供達に「好みのタイプ」を聞いたことが始まりでした。

女の子は、幼稚園、小学校、中学校、高校と成長するにしたがって、「かっこいい人」「面白い人」「頼りがいのある人」「楽しい人」とさまざまに変わっていくのに、男の子は、見事に、小さい時から高校生まで、ずっと「かわいい子」だけでした。どんなに成長しようが、とにかく好みの相手は「かわいい子」だったのです。

つまりは、外見に強烈にとらわれているの

は男であって、男は、自分達がそうだから女もそうだろうと決めつけて、「ただし、イケメンに限る」と自虐的に言っている、と思ったのです。

「『ただし、イケメンに限る』ということが嘘だということは、可能性があるというか希望なんです。だって、外見は変えられませんが、内面は変えられるのですから」と、あんまり反発が強かったので書いたら、「外見は整形手術で簡単に変えられる。だが、内面の深い部分は絶対に変えられない」という、よく分からない激しい反発がたくさんきました。

なんだか、信者の信仰を砕いた異教徒に対する憎しみと混乱のようだと、感じました。

「今まで自分がモテなかったのは、外見のためなんだ。だから、自分はどんなに努力しても意味はないんだ」と納得していたのに、突然「外見は関係ないんです」と言い出した異教徒がいて「じゃあなにか、俺がモテないのは、外見じゃなくて、内面がダメだからか。性格とか経済力とか能力とかがダメなのか。そんなバカな。俺がモテないのは、ただただ、外見が悪いからなんだ！」と、強硬に信仰を守ろうとする人々がいる、という構図です。

もちろん、少数の女性に、「基本的にイケメンに限る。その中から、好みの男を選ぶ」という勝ち組の人達がいるのは事実です。

僕が、昔、好きになった女性は「自分がじつは美人だって気づいたの。そしたら、こんなイケメンが、私のことを好きになってくれるって分かったの」と、片思いしている僕の前でいけしゃあしゃあと語りました。それでも、殺意でなく切ない愛情が溢れるのが惚れてる弱みですが、ほとんどの女性は、惚れた相手が自分にとってのイケメンになると断言します。

「ただしイケメンに限る」と本気で思っていて、それに振り回されているのは、じつはとても愚かな女です。その愚かさは、女性の外見だけにこだわって、内面をまったく見ない男の愚かさと対応します。

僕が書いた文章の本当の恐ろしさは、「じゃあ、ずっと『かわいい子』としか言わない男を好きになる女はどうなるのよ」なのです。

その厳しさに比べたら、「モテないのは外見のせいなんだ！」と騒いでいる男達はじつに平和です。

で、女性には、「大丈夫。雰囲気美人になればいいのです」と答えます。これは慰めではありません。詳しい話は、また、別の時に。

アドバイスと成長

ずっと『虚構の劇団』の稽古を続けています。8月25日が初日です。『ホーボーズ・ソング〜スナフキンの手紙Neo〜』という作品です。

今回は、内戦状態の日本が舞台です。

そこで、二つの勢力が戦っています。「アジア近隣諸国と戦うべきである」という勢力と「アジア近隣諸国と仲良くすべきである」という勢力です。

ある男が捕虜の尋問を命令されて、部屋に入ると、そこにいたのは昔の恋人だった、なんて話が展開します。恋人の女性は敵側の優秀な兵士になっていたのです。

ネットを見ていると、昨今の情勢に対して、じつに勇壮な書き込みに溢れています。その言葉通りに戦いを始めたらどうなるんだろうと思ったのが、アイデアの始まりです。

副題にある『スナフキンの手紙』というのは、僕が1994年に書いて、岸田國士戯曲賞とい

うのをもらった作品です。この時は、「日本は一見、平穏だけど、無数の『正しい戦い』に溢れている」という設定で、もうひとつの日本を書きました。

今、同じ発想で書いたらどうなるだろうと思ったので、サブタイトルを『スナフキンの手紙Ｎｅｏ』としたのです。

今は、無数の正しい戦いではなく、たった二つの大きな戦いがあるような気がしているのです。

新作ですから、なるべくネタバレしたくないので、ここまでです。よろしければ、劇場でお会いしましょう。チケットはネットで買えます。今回は、僕が若手の俳優と作った『虚構の劇団』の公演ですから、チケット代もじつにリーズナブルで４５００円です。

結成して7年がたちました。何人かやめたり、新人が入ったりしているので、俳優の平均年齢を計算したら、25歳でした。

くらくらします。

この平均年齢の若者に対して、毎日、溜め息ついたり、カリカリしたり、あきれたりしながら演出しています。怒鳴ることはほとんどありません。今どきの若者を怒鳴ってしまったら、たぶん、次の日から来ないでしょう。

「上手《うま》ければ売れるとは限らないが、上手ければ生き延びることができる」というモットーで、「成長しろ」「考えろ」「アイデアを持ってこい」と叫び続けてます。

でも、じっくり観察すると、可愛い女性ほど、周りが助けます。助けるのは、年上の男達です。

この傾向は、劇団よりプロデュース公演の方がより顕著になります。

おじさん俳優がたくさん出ている芝居で、その中に数人、若くて可愛い女優さんがいると、おじさん達は、みんな、必死でアドバイスします。若手女優が演出家から怒られようものなら、さかんにおじさん達は演技のコツやアイデアを語るのです。

別々のおじさんから、まったく正反対のアドバイスをもらう、なんてことも珍しくありません。そういう時は、誰のアドバイスを選べばいいか、別のおじさんが教えてくれるのです。

結果、若手女優の演技は向上します。ちょっとしたセリフの言い方、効果的な動き方、さすがベテランのおじさん達は、的確なのです。

そして、若手女優は、「自分で考える」という習慣を身につけないまま、年を重ねていくのです。

他人から簡単に教えられた内容は、簡単に忘れます。それがどんなに重要な内容なのかは、自分で苦しみ、自分で生み出さないと気づかないのです。

自分で解決する、という訓練を経ないまま、次の現場に行きます。やっぱり、若くて可愛いので、周りがすぐにアドバイスをくれます。おじさん達は、若手の女優が瞳をキラキラさせながら、自分の言葉を聞いてくれることが嬉しくてしょうがないのです。そして、また、若手女優は「自分で考える」という経験をしないまま、現場を終えるのです。

やがて、若手は若手ではなくなります。気がつけば、おじさん達は、次の若手の女優に対してアドバイスをするようになっています。自分はキャリアを積んだと見られますが、どうキャリアを積んだか、その積み方を見つけられないまま、放り出されるのです。

おじさん達が悪いのか、熱心に、または安易にアドバイスを聞き続けた方が悪いのか。

「圧力」と「原発」と名作映画

堤幸彦監督の新作映画『天空の蜂』を見ました。原作は、20年前に書かれた東野圭吾さんの小説です。

自衛隊の最新鋭のヘリコプターを乗っ取り、福井県の敦賀《つるが》にある高速増殖原型炉の上にホバリングさせた何者かは、「日本全国の原子力発電所を廃棄しろ。廃棄しなければ、ヘリコプターをこのまま、原子炉の上に落とす」という要求を出す――そんな物語です。

これが、20年前に書かれました。この小説が発売された直後、高速増殖原型炉「もんじゅ」で、冷却剤として使っている金属ナトリウムが漏れ、そして、それを隠していたことが騒がれました。

1995年に出版されたこの小説には、起きたばかりの阪神・淡路大震災が書き込まれています。

僕はこの連載で、地震の直後、「関西でこんなに大規模な地震が起きるのなら、福井県の『原

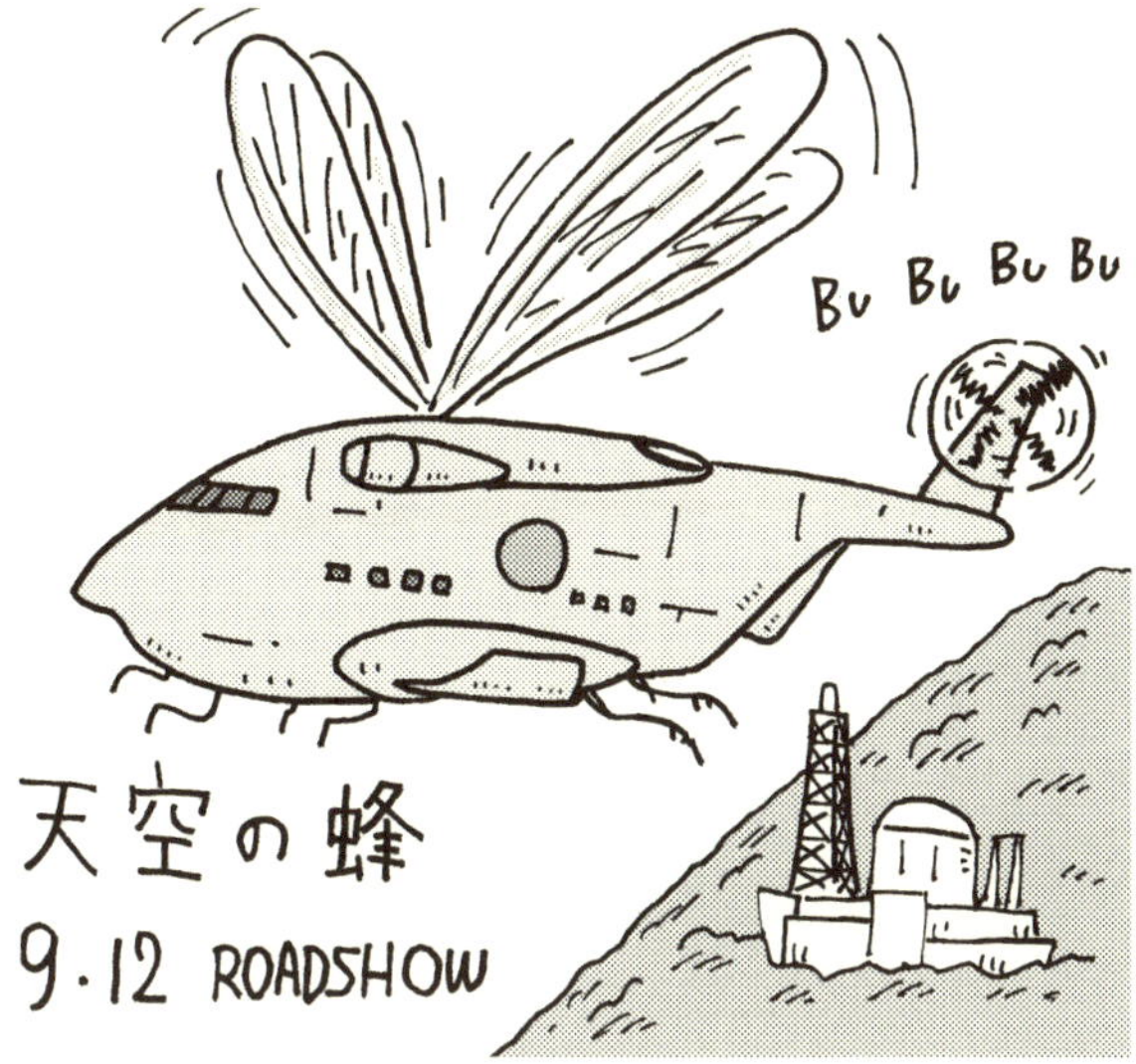

発銀座』は大丈夫なのか？」と書きました。みんな、あの当時、原子力発電所と地震に対して、同じ疑問を持っていたのです。

高速増殖炉の冷却剤である「金属ナトリウム」は、空気中の湿気に触れると爆発するという物質なのです。

そんなもので果たして冷却できるのか、使えば使うほど増殖するという理論は本当に現実になるのか、などなど「もんじゅ」には、さまざまな疑問がありました。

実際、「もんじゅ」は、トラブルが続き、1995年から20年間、運転停止中です。使われた税金は、総額で一兆円になります。

物語は、そんな高速増殖炉を中心に展開するのです。

この欄で、「じつは、東日本大震災をテーマにしたテレビドラマがいくつも企画された。でも、東日本大震災を描くためには、福島第一原発に言及することは避けられなくて、その結果、続々と企画が没になっている」と書きました。

名前を聞いたら誰もが知っている有名なシナリオライター達の作品が、テレビ局の自粛なのか、スポンサーの意向なのか、政界からの圧力なのか各テレビ局で中止になりました。結果、いまだに、「地震と原発」を描いた地上波民放ドラマは一本もないのです。

去年、僕は堤監督から「『天空の蜂』を映画化するんだ」と聞いた時、「よくまあ、映画会社がGOしましたね」と唸りました。

「原子力発電所を破棄しろ」と要求するテロリストの話は、絶対に、テレビではオンエアできないでしょう。つまりは、テレビ放映料をあきらめるところから、映画製作が始まるわけです。でも、それは、逆に言えば「映画でしかできないことを描いた映画」ということです。つまりは「映画にする意味のある映画」なのです。

映画『天空の蜂』は、傑作でした。アクション映画としても、サスペンス映画としても、そして原発という問題を扱っている社会派映画としても、傑作でした。

反原発のキャンペーン映画だったら、僕は興奮しません。それは、ただの政治宣伝です。この映画が優れているのは、高速増殖炉で働く人達がちゃんと「技術者としての誇り」を持っていると描かれていることです。

これは、脚本の楠野一郎さんの力も大きいのでしょう。

この映画を製作しようとした松竹は偉いです。そして、この作品に出演を決めた俳優達もまた、偉いと思います。今、「原発」というテレビやスポンサーが絶対に扱わない題材に、よくまあ、出演を決めたと感動します。

主演の二人、江口洋介さん、本木雅弘さんをはじめとして、仲間由紀恵さん達は素晴らしい。出演を認めた俳優事務所は偉い。

これはもう、絶対にヒットして欲しい映画です。まずは、一級のアクション映画として、認知されて欲しいと思います。

自衛隊のヘリが奪われ、そこに、少年が一人、間違って乗ってしまった。果たして少年は助かるのか、全国の原発は止まるのか、いったい犯人は誰なのか。ハラハラドキドキしながら、映画を楽しんで欲しいと思います。

そして、最後まで見て「あー、面白かった」と思った後、「あれ、敦賀には実際にも、高速増殖炉、あるんだよなあ」と思う日本人が一人でも増えれば素敵だと思います。

この映画もまた、ある「圧力」を乗り越えて作られたことを僕は知っています。

これは必見の傑作です。

図書館と逃げ場所

8月25日に、鎌倉市図書館の公式ツイッターがつぶやいた言葉が、一週間ほどで、10万ツイートを越しました。話題になったので、見た人も多いでしょう。僕も、すぐにリツイートしました。

「もうすぐ二学期。学校が始まるのが死ぬほどつらい子は、学校を休んで図書館へいらっしゃい。マンガもライトノベルもあるよ。一日いても誰も何も言わないよ。9月から学校へ行くくらいなら死んじゃおうと思ったら、逃げ場所に図書館も思い出してね」

このツイートは、いくつかの点で非常に優れていると感じます。

一つは、これが税金で運営されている組織の「公式アカウント」の発言だということです。「公式」で、このレベルの柔軟なつぶやきはなかなかできません。

予想通り、このツイートが話題になった後、「鎌倉市の教育委員会がつぶやきの削除を検討していた」というニュースが流れました。

取材したJ－CASTニュースによると、削除を検討した理由は、「ツイートの中に、『死ぬほどつらい』『死んじゃおうと思ったら』という言葉があること」だと言います。

「26日のうちに、市教委の各部署から10人ほどが集まってツイートのことを話し合うと、『これらの言葉は、死を連想させる』としてツイートを削除すべきとの意見が数人から出た。つまり、ツイートを読んだ子供達の自殺を誘発してしまうのではないか、という懸念だ。それは、新聞社などが特集を組むと自殺を誘発しないかと扱いに慎重になるのと同じことだ」という記事でした。

あらゆる角度からの突っ込みに身構え、少しでも問題の原因になりそうなことをつぶしていこう、という「お役所体質的発想」なら、この判断は間違ってないと思います。

ただし、そうなると、世の自治体関係の「公式アカウント」のほとんどのように、「ただ、事業告知やイベント内容」だけしかつぶやけなくなり、結果的に、誰も関心を向けなくなるのです。もちろん、それでも、「情報を発信している」という大義名分は立ちますから、何の問題もありません。

鎌倉市図書館のツイートが素晴らしいのは、そういう「誰が考えても安全な方法」から遠く離れて、「内容のあること」をつぶやいたことです。一人の女性司書の言葉だそうですが、本当に素敵だと思います。

そして、このツイートを削除しなかった図書館長も同じく素敵です。

このツイートが素晴らしい二つ目の理由は、図書館を「逃げ場所」としてちゃんと定義したことです。

このツイートに対して図書館は、こんなつぶやきをしたんだから、学校をさぼった子供達に対するフォローができるんだろうなというような批判が来たそうです。子供をほったらかしにすれば、不登校助長につながるという指摘です。

ですが、何も言わず、声もかけず、放っておくからこそ、「図書館」は逃げ場所になれるのです。

一見、逃げ場所のふりをしながら、「根掘り葉掘り聞かれる場所」ならば、子供達は絶対に来ないだろうと断言できます。

図書館とは本来、そういう場所なんだ、という言い方もできますが、そもそも「フォロー体制ができないなら、『逃げ場所』として名乗りを挙げてはいけない」なら、子供達が生き延びられる場所は、うんと少なくなるでしょう。

9月1日が、子供達の自殺率が一年で最も高まる、ということから、NHKの番組の取材を受けました。

本当にいじめられている時は、「自分は何をしたらいいのか」という適正な判断ができません。ただ、現実が嫌で、でも、どうしたらいいか分からず、日常を繰り返すしかないのです。

そこで、泣いたり抗議したり大人に現状を訴えたりできるのは、まだましな子供達なのです。

本当に追い詰められている子供は、何を始めていいのか分かりません。そういう時に、「手軽な」「逃げ場所」を、ひとつひとつ挙げていくことは、「死ぬ可能性」を減らします。

「図書館」のツイートに対して、「僕は『楽器売り場』に助けられました」とツイートしている人がいました。一日、楽器をいじりながら時間をつぶしたのです。逃げ場所の情報は多ければ多いほどいいのです。

日本は「橋の国」である

『虚構の劇団』のツアーで、大阪に来ています。大阪と言えば、「外国人が選ぶニッポンのクールベスト20」で、「お花見」とか「富士山」とかと並んで、堂々の13位に入賞した「大阪人気質」の場所です。

僕が司会をしているNHK BS1『ｃｏｏｌ japan』で、１００人の外国人に「あなたが日本に来て、クールだと思ったものは何?」というアンケートを取った結果です。

「そんなバカな」と突っ込んでも、事実なんですから、しょうがありません。「内気でなかなか本音を言わず、自己表現の下手な日本人」というイメージの正反対に、「大阪人気質」はあるようです。

『ｃｏｏｌ japan』という番組が、10年目に入ってもまだまだネタが尽きず続いているのは、スタッフの頑張りはもちろんですが、外国人に「何が日本的だと思うの?」というアンケー

トをよく取っている、ということもあります。

この前は、「日本はとにかく、『橋の国』だと思う」と一人の外国人が発言しました。すぐに、ディスカッションしていた何人かの外国人がうなずきました。

「日本は、本当に橋が多い」

「それだけではなく、橋がそのまま地名になっている。『日本橋』『飯田橋』」

「さらに、橋が待ち合わせの目印や立ち話の場所になっている」

というのが、一般的な外国人の驚くことでした。

「日本では、どんな小さな橋にも名前がある。信じられない」とアメリカ人が言うので「だって、小説や映画で有名になった『マディソン郡の橋』も名前あるだろう?」と突っ込むと、

「とんでもない。あれは、マディソン郡にあるいくつかの橋をまとめて『マディソン郡の橋』と呼んでるだけで、ひとつひとつの橋に名前なんかない」と、衝撃的なことを言われました。「んじゃ、どうやってそれぞれを区別するんだ⁉」と混乱していると「橋に名前はないけれど、道には名前がある。だから、どの道にかかっている橋かで区別する」と言われました。

確かに、日本は、橋に名前はありますが、名前のない道は珍しくありません。路地裏の小さな道や県道から分かれている道に名前がなくても日本人は気にしません。が、橋を見つけると、「なんという名前なんだろう？」と、ふと、欄干の根元なんかを見てしまいます。

橋というものに、なんとなくの思い入れがあるんだと思います。

これが、西洋世界ではなかなか、理解されませんでした。橋は、通過する場所であって、待ち合わせの場所ではない——というのが、まず彼らの主張でした。車社会だと、橋のたもとで待ち合わせ、なんてことはないんだというのです。

フランス人がいたので「映画『ポンヌフの恋人』は、ポンヌフっていう橋が主人公と言ってもいい話だったぞ」と突っ込むと、「うん。ポンヌフだけは、特別な橋なんだ。でも、他の橋は違うよ」と軽く流されてしまいました。

「とにかく、日本は橋が多い国なんだよ。四国なんていう島に、三つもあんな大きな橋なんかいらないだろう」とアメリカ人が豪快に言い放ちました。

僕は、四国愛媛県出身なので、強烈に覚えていますが、その昔、「本四架橋」という「本州と四国をむすぶ橋を造ります」という計画に、四国の住民は沸き立ちました。そして、三つのルートを示して「どの橋が一番、必要ですか？」というアンケートまで取っていました。

で、まあ、当然なんですが、住民は、自分の住んでいる場所に一番近い橋を「これが必要だ」と答えるわけです。

そのアンケート結果を見ながら、小学生だった僕は、「さあ、どの橋になるんだ？ 神戸・鳴門の『淡路島ルート』か？ 児島・坂出の『瀬戸大橋ルート』か？ 尾道・今治の『しまなみ海道』ルートかあ？ どのルートを選んでも、外された所は怒るだろうなあ」と勝手にヤキモキしていました。

で、しばらくすると、「本四架橋は、検討していた三つのルート、すべてを着工します」と発表されました。子供心に「いや、そんなに橋はいらないだろう」と素朴に思いました。やっぱり、日本は「橋の国」なのです。

「デモ」は無意味でも万能でもない

「0か100か」と考えるのは、子供の発想です。

大人になると、「なんでもかんでも、0か100に割り切れるわけないよなあ」と気付きます。

「デモに行くのなんか意味ないよ」と「0評価」するのも、「デモは決定的な力がある」と「100評価」するのも、根は同じです。

どちらも、「デモ」というものの可能性と本質をとらえ損なっているのです。

「民主主義国家なんだから、意見があるなら、デモなんかしないで、投票に行け」というのは、一見、分かりやすい正論に感じます。けれど、少し政治をリアルに考えると、そうでない場合がすぐに浮かびます。

ひとつは、「あなたの公約・マニュフェストを信用して投票したのに、まったく違うことをし

始めた」という場合です。

投票して選んだ政治家が、ずっと、約束した政治をするとは限りません。その場合、近々に選挙がない限り、「デモ」という「そんな話は聞いてない」という意志表示が必要になるのです。

もうひとつは、「公約とかマニュフェストをいちいち吟味してないんだよなあ。ただ、なんとなくこの人、いいんじゃないかと、人物本位で選んだんだよ」という場合です。その人物を選んだ時点ではまったく言ってなかったこと、または全然重要だとしていなかったことに対して「そんなことはやめてよ」と、デモをするということです。

「公約・マニュフェスト」を吟味して投票する人と「人物評価」で投票する人は、どちらが多いと簡単に断定できません。

人物を評価して投票することは、決して悪いことではありません。「この人は、なんとなく自分と考えていることが似ている」「なんとなく信用できそうだ」と判断して投票することは、ごく普通のことです。

そして、三つ目のデモの意味は、

「例えば、前回の衆議院選挙では、与党が三分の二の議席をしめたが、選挙全体の総得票数は、与党が2620万票、野党が2670万票。つまりは、得票数では野党全体の方が多いのです。これは小選挙区制というシステムの問題です。だから、選挙ではなく、デモで意志を表現するのです」という考え方です。

ですから、民主主義というものをちゃんと考えれば「選挙だけではなく、デモで意志表示する」というのは、別に普通のことなのです。なにも特殊なことではありません。

でも、「デモを評価する側」も、じつはデモをよく分かっていません。よく分からないと、デモを「100評価」するのです。

もともと、私達日本人はデモの文化を持ちません。西洋から入って来た文化です。ただ、スローガンを叫びながら歩くだけの行動は、日本人の文化と伝統にはないのです。

デモを「示威行動」と訳するのなら、日本人が持っているデモの伝統は、「米騒動」とか「百姓一揆」です。集団で行動し、示威から破壊へと進む道です。それは「集団で行動を起こした以上、実力行使をしないと意味がない」という文化です。

それが、60年代の新左翼に受け継がれました。「参加した以上は、肉弾で突撃し、結果を出す」という感覚が当時の日本人の若者の心性にマッチしたのです。

だから、昨今の「音楽デモ」などの「楽しいデモ」を見ると、「あいつらは遊んでいる」とか「政治をナメている」という感想を持つ人が生まれるのです。

デモは、「無意味」か「戦い」だと考えるのは、0か100かと思うことです。

この考え方は、自分自身が未熟な時か、対象をよく分かってない時に生まれます。

絵や骨董品を見るとすぐに値段を聞いて、安いとダメ、高いと素晴らしいと判断するのは、その本人が未熟か絵や骨董という対象をよく知らないかです。

絵や骨董に詳しくなれば、「この作品は安いけれど、じつにいい仕事をしている。点数で言えば、0点ではなく43点だ」とか「これは高いけれど、じつは品がない。点数で言えば78点だ」という大人の判断ができるようになるのです。

デモも、そろそろ大人の判断をする時期なのです。デモは、無意味でも万能でもありません。でも、それなりの意味と可能性があるのです。

質のよい睡眠vs朝の光と世間のシグナル

『虚構の劇団』の『ホーボーズ・ソング〜スナフキンの手紙Neo〜』のツアーから帰ってきました。今回は、いつもの東京・大阪に加えて、四国三カ所を回りました。

旅で一番気をつけていることは、充実した充分な睡眠の確保です。

旅公演のスケジュールはなかなかに過酷で、朝9時に劇場に入って、肉体労働したり頭脳労働したりしながら、夜10時までフルに活動するのです。この時、睡眠不足だと、悪い結果がすぐ形に出ます。

演出が雑になったり、照明プランがおろそかになったり、いろんなことが甘くなるのです。

なので、ちゃんと寝られているかどうかが、とても大切なのです。

が、ツアーで泊まるたいていのホテルは、朝、カーテンの隙間から光が差してきます。で、目

田舎の生活で一番恐しい
のは、クマでもヘビでも
おばけでもねぐて、
毎朝6時にスピーカーから
流れる音楽じゃあ!!
パラ
パパパ〜
んだ
んだ
田舎の
自由業の人達

が醒めます。今の季節なら、五時半前後でしょうか。

宿泊料がうんと高いホテルだと、完璧な遮光カーテンがまったく隙間を作らず、暗黒のままでそっとしておいてくれます。

が、そんなホテルは、本当に少ないです。かなりのお金を払っても、カーテンレールの上の隙間だの、カーテンの両端の空間だの、カーテンの下の裂け目だのから、光は忍び込んでくるのです。

僕は、枕元にアイマスクを置いて、この光から逃げようとしています。初めから、アイマスクをすると、なにか気になって、うまく寝られないのです。夜はそのまま寝て、早朝、光に起こされると、あらためてアイマスクをするのです。

充実の睡眠のためには、光がまったくない方がいいと、最近では言われているようです。どんな小さな光でも、エアコンのリモコンが出す小さな赤いポッチとか、スマホのメール到着を告げる青い光点とかでも、睡眠の質は劣化するという文章を読んだことがあります。

日本旅館になると、早朝、何枚もの障子越しに明るくなる、なんてことも平気で起こります。観光で泊まっている時は、アイマスクを持ってないことも多いので、そのたびに僕は日本旅館に泊まったことを後悔するのです。

明るくなると、間違いなく目が醒めます。どんなに睡眠不足でも自動的に目が醒めるのです。

あなたはそんなことはないですか？

今回は、田舎にも泊まりましたから、朝6時の放送という「世間のシグナル」にも悩まされました。

「なんだそれは？」と思った人は、都会で生まれて、都会で育って、一度も日本の田舎に行ったことがない人でしょう。

日本の多くの地域では、朝6時と夕方5時、または6時に、時間を告げる音楽が地域のスピーカーから流れるのです。

そんなバカな、それは昭和の話だろうと言ってはいけません。21世紀、平成も三十年近くになる、という今も、それが日本の田舎の主流なのです。

泊まったホテルのすぐ傍にスピーカーがあって、毎朝6時、けたたましい音量にたたき起こされました。

じつは、今回の芝居では、日本の「世間」と「社会」の違いを描写しました。「駅の階段を乳母車を抱えて上っているお母さんがいても、日本人は誰も手伝おうと声をかけない。それは、その相手が『社会』に属している人で、自分が関係している『世間』の人ではないからだ。一方、欧米ではみんな、手伝う。それは、欧米には『世間』はなくて『社会』しかないから、知らない人に声をかけるのは平気なのだ」という説明に対して、田舎に住む友人は「あの説明はこっちじゃあ、ちょっと違うんだよな」と語りました。田舎だと、知らない人でも助ける、というのです。それは、その地域に住む人全体を『世間』と考えるからです。

だから、朝6時に、大きな音で音楽を流すことができるのです。この地域に住む人は、同じ生活をしていて、この音楽で起きるはずだと信じられるのです。深夜労働している人とか、旅館に泊まっている観光客とか、自分の『世間』以外の生活をしている人を想定してないのです。

田舎になればなるほど『世間』は強力になります。知らない人に簡単に声をかけるのは、社交的だからではなく、相手を自分と同じ『世間』だと考えるからです。というわけで、旅に出て、質のよい睡眠を確保するのは本当に大変なのです。

作品に対して有効なアドバイスをするということ

刺激的なタイトルのマンガ（コミック第一巻）を読みました。『こんな編集者と寝てはいけない』（なかまひろ著／講談社）。

一回だけ新人マンガ賞に入選したものの、その後、鳴かず飛ばずで、なんとか連載を獲得したいと思っている女性マンガ家、中州川ルミ（25歳）が主人公の物語です。

彼女は、連載がノドから手が出るほど欲しいために、自分の描きたいものを押し殺して、ただただ、担当編集者のアドバイスを聞きます。

そして、男性の担当編集者にホテルに連れ込まれたり、おっぱいを揉まれたりします。ただ、彼女は毎回、ぎりぎりの所で処女を守ります。（はい、25歳で処女という設定なのです！）

担当編集者は、いろんなタイプが出てくるのですが、じつに、クセモノ揃いです。何がなんで

も野球マンガを描けと熱く主張する人や、ビッグデータを振りかざして、「今、流行っているテーマはこれだ！」と決めつける人や、マンガ家志望ですべて自分のイメージ通り描かそうとする人など、「ああ、こういうタイプ、いるだろうなあ」と思ってしまいます。

マンガ家さんと編集者さんは一対一ですから、マンガ家にとって編集者が全世界になります。特に、新人マンガ家にとっては、相手の存在が「全世界の編集者」を代表することになるでしょう。

テレビ脚本家に対してのプロデューサー、映画脚本家に対しての映画監督、舞台戯曲家に対しての舞台演出家、小説家にとっての編集者、みんな、マンガ家に対しての編集者と同じ存在です。この立場の人の働きによって、作品はより面白くも、完全にダメにもなります。

と言って、「作品に対して有効なアドバイスをする」というのは、じつに難しいことです。

一度、この連載で書きましたが、僕は、ある映画プロデューサーから、書き上げた脚本に対して「鴻上さん、ラスト、想像もできない人が現れて、想像もできないことをやって、想像もできない結末にしてくれませんか」と言われたことがあります。

僕は少し考えて「それは、想像もできません」と答えました。するとそのプロデューサーは「そうでしょうねえ」と感心したように答えました。

別な時は、「ヒーローとヒロインが恋愛するのは、当たり前すぎますよ」とも言われました。

僕は一瞬、絶句して「じゃあ、憎み合って殺し合いますか?」と返すと「それじゃあ、客は喜ばないでしょう」と言われました。恋愛以外の何が観客が喜ぶんだろう、ヒーローとヒロインは没交渉のまま、お互いに孤独ならいいのかと、その日は考え込んでしまいました。

この映画プロデューサーは、まだ現役で仕事を続けていて、知り合いの映画監督に聞くと「あ、あの人の脚本の要求、何言ってるか分からない」と断言していました。

求められる編集者の第一レベルは、作品を読んで「面白いか面白くないか判断できる人」です。当たり前じゃないかと言わないで下さい。仕事になると、「これ、面白いって言っていいのか?そんなこと言って、もし周りがつまらないって言ってたら、俺は無能ってことになるぞ。どっちなんだ？　どっちの評価が多いんだ？」と気にして、自分の判断ができない人は多いのです。

第二レベルは、「面白いとつまらないの判断ができて、なおかつ、どこが面白くて、どこがつまらないか文章化できる人」です。漠然と面白い、つまらないではなく、「このキャラクターはこういう点が面白い」「このシーンはこの会話がドキドキする」と細かく語れる人です。

第三レベルは、「じゃあ、もっと面白くなるためには、どこを直したらいいか、的確に語れる人」です。このレベルの人は、ほとんどいません。

「このシーンでドキドキしないのは、この三つ前のシーンで、もう背後のカラクリを語ってしまっているからだと思う。そこで言わなければ、このクライマックスはもっと面白く感じるはずだ」と、ちゃんと分析できる人です。

自分では描け（書け）ないから作家にはならないけど、他人の作品の長所と欠点、改善する方向が分かるという人たちは少数ですが、確実にいます。

こういう編集者やプロデューサーと出会えた作家は幸福です。作品が倍面白くなることは間違いないのです。出会えるかどうかは、運だったりするのですが。

戦争のリアルを語り続けるということ

『HAKUTO〜白兎（しろうさぎ）〜』というリーディング公演で中村メイコさんとご一緒しました。

メイコさんは、2歳半で芸能界にデビューして、子役として人気を博しました。

小学三年生の時、戦地に慰問に行ったそうです。九州の知覧基地から飛行機に乗りましたが、離陸の時には、目隠しをされました。上空では外せましたが、着陸の時にはまた目隠しされました。どこに慰問に来たのか、秘密にするためです。

慰問の相手は、特攻隊員でした。後々、メイコさんは子供である自分が慰問に来た理由を教えられます。特攻隊員は、死を目前にした時、美味しい食事や女を抱くことでは、自分を支えきれないと感じていた、というのです。

ただ、子供を見ると「この子供の未来を救うために、自分は死ぬのだ」と自分を納得させせられたのです。

40分ほど、メイコさんは特攻隊員の前で歌ったあと、順番に抱っこされて、隊員たちの膝の上に乗せられました。一人一人、順番にメイコさんを膝に置き、後ろからギュッと抱きしめました。「3、4回は行ったわよ」とメイコさんは言います。けれど、そこがどこかはずっと分からなかったそうです。

終戦後、ずいぶんしてメイコさんはサイパンに観光旅行に行きました。現地の通訳の人に、自分の名前を名乗ると、その人は、「メイコ・ナカムラ！　私は、あなたに会ったことがある！　あなたは子供だった！」と叫んだそうです。

その言葉を聞いて、メイコさんは、「ああ、自分が慰問に連れてこられていたのはサイパンだったんだ」と分かったのです。（ただし、特攻が始まったのは、サイパン陥落後のフィリピンですから、メイコさんの言葉通りだとすると、この通訳は現地の人ではなく、フィリピンから来たのでしょう）

BS朝日で司会をしている番組『熱中世代』で、なかにし礼さんの話を伺いました。

終戦当時、なかにしさんは、封印していた自分の戦争体験を、今、小説『夜の歌』で書き始めました。なかにしさんは6歳でした。満州からの引き揚げの列車に、家族で運良く乗れたのですが、石炭を運ぶ屋根のない貨車に乗って進んでいくと、沿線の日本人が乗せてくれと殺到したと言います。

定員いっぱいで乗せられるはずもなく、列車に乗っていた軍人が、銃と剣で脅して、追い払いました。が、動き出した最後尾の貨車には、人々が群がり、乗ろうと手をかけました。貨車の人達は、乗ろうとつかんだ指の一本一本をはがしました。6歳のなかにしさんは、その一部始終を目撃したのです。

日本への船を待つ間、収容所にいました。ロシア兵が毎日やってきて、「女を出せ」と命令しました。日本人達は話し合って、「今日は○○の娘さんに行ってもらおう」と決めました。そして、その娘さんはロシア兵の所に行き、しばらくして泣きながら帰ってきました。

7歳になっていたなかにしさんは、その時の人々の反応に激しく憤るのです。人々は、戻って来た女性に対してなぐさめや感謝の言葉をかけるのではなく、それどころか、まるで汚いものを見るような目と態度で接しました。

7歳のなかにしさんは、ゆっくりと確実に人間に絶望していくのです。

引き揚げの船の中では、ぎゅうぎゅうのざこ寝の中で、あちこちでセックスをする人々がいました。そして、ロシア兵への人身御供として娘や妻を出した人が、「今日は○○の娘さんに行ってもらおう」と決めた人を激しく罵《ののし》り始めました。日本に帰るという段階になって、気持ちがそう変わったのです。

そのすべてを7歳のなかにしさんは目撃するのです。

「戦争は狂気だとか、人間が鬼になるのとか言われますけど、そんなカッコいいもんじゃないです」

なかにしさんは言います。

そこにはただ腐った人間がいたのです。人間というものがいかに愚かで、醜くて、どうしようもないか。戦争は国家の争いでも、翻弄《ほんろう》されるのは一人一人の個人なんだとなかにしさんは言います。そこには、観念的な戦争ではなく、リアルな、どうしようもない戦争があるのだと。

中村メイコさんは81歳、なかにし礼さんは77歳。戦争のリアルを、いつまでも語り続けてほしいと思います。いつまでも。

アイマックスシアターとすきっ歯

一週間、ロンドンに行ってきました。観光と仕事だったのですが、公開してすぐの『007スペクター』を見ました。

ボンド映画の魅力といえば、アクションはもちろんですが、ボンドガールですね。極上の美女を、次から次へと抱きまくるボンドを見て、「おう！　うらやましいぜ！　俺もエージェントになりたかった！」なんて興奮したもんです。

今回ね、ちょっとネタバレになるんだけど、冒頭、ものすごい美女が現れるのですよ。で、「おうおう、やっぱり、ボンドガールはゴージャスだなあ」と思っていたら、ボンドはさっとスルーするのですよ。

「おお！　彼女には何もしないのかい！　なんてもったいない！」と溜め息が出るのですが、

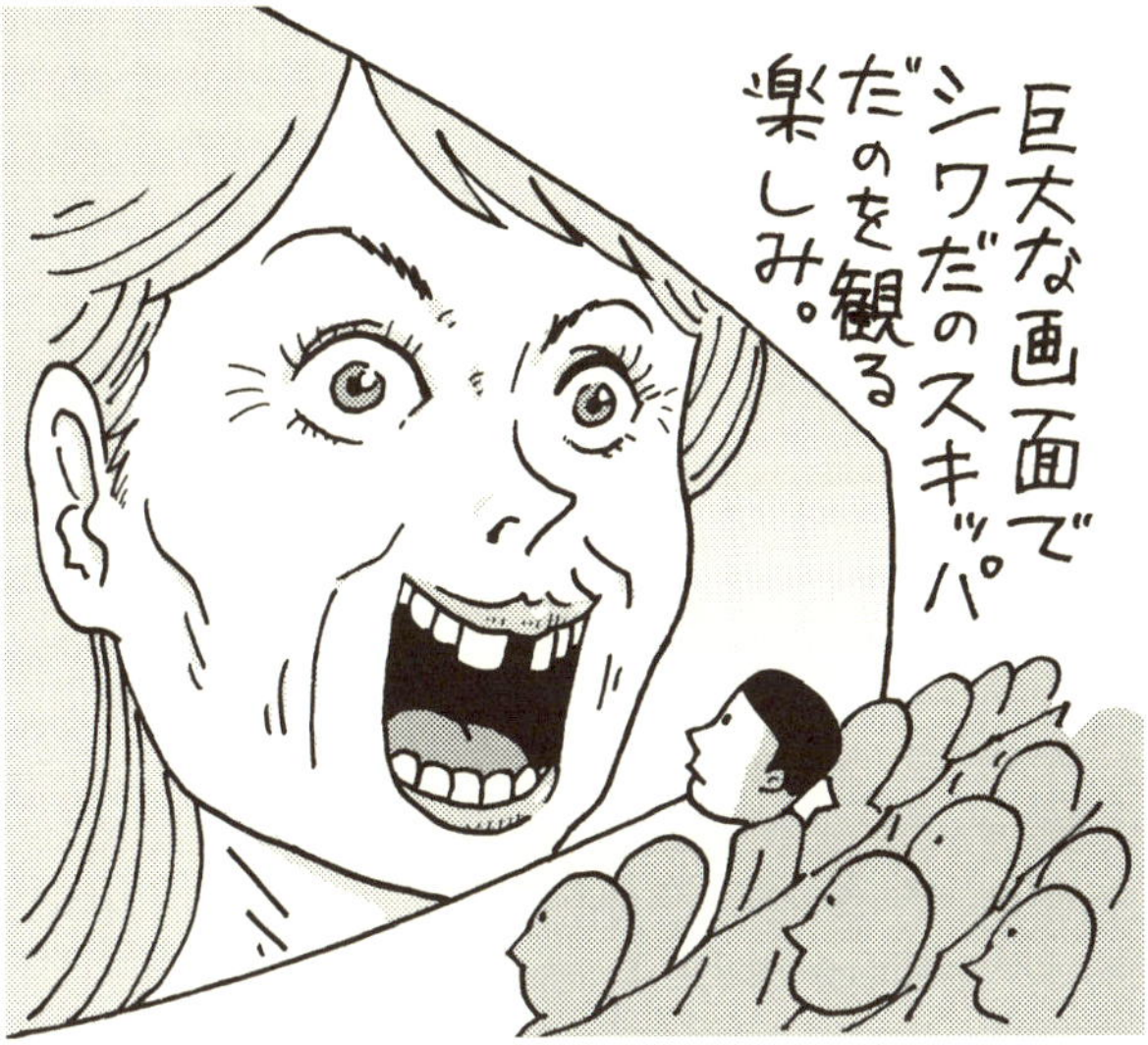
巨大な画面で
シワだのスキッパ
だのを観る
楽しみ。

「まあ、もっともっと極上の美女が待ってるんだろう」と、さらに期待が高まるわけです。

で、これはネタバレではなく、出演者としてクレジットされてますから書いて平気だと思いますが、モニカ・ベルッチさんというイタリア出身のモデルで女優さんが出てくるわけです。これはもう、ボンドはいくわけです。なにせボンドですからね。

でもね、女優の歳を書くのはとても失礼なんですけど、なんと51歳なのですよ。見えませんよ。見えませんけど、私、なにせ、公開2日目にアイマックスシアターの最前列で見ましたからね、知ってます？　アイマックス（IMAX）シアター。ものすごくでかい画面のやつですね。で、公開2日目でものすごく混んでて、最前列で見ましたから、どどんーと皮膚のたるみだの皺のうねりだのが嫌でも目に飛び込んでくるのですよ。

「……そうか。ボンドは熟女もいけるんだ。すごいな。若いだけが好みじゃないんだな。大人の対応だな」と納得しながら「しかし、次のボンドガールはきっと若くてすごいぞ」と思ったのですよ。


で、登場しますよ、レア・セドゥ。

フランス出身のモデル兼女優です。知ってます？　実写版の『美女と野獣』で美女やりましたから、それは綺麗なんですけどね、じつは、彼女、すきっ歯なんですよ。上の前歯の間がしっかり開いてるんです。

なにせ、私、アイマックスシアターの最前列で見ましたからね、そのすきっ歯の隙間の大きさが半端ないんですよ。いやもう、彼女、口を閉じているとすっごく綺麗なんですけどね、話すたびに歯の隙間が嫌でも目に飛び込んでくるのですよ。

「す、すごい。このすきっ歯はすごい」と、ものすごく複雑な気持ちでずっとボンドガールを見ていたのです。

んで、ロンドンにいる知人の女性に聞くと、最近、自分に特徴をつけようとして、無理に歯を削って、すきっ歯にしているモデルや女優が増えているんですって。思わず、「ホントかよ！」と叫んでしまいました。

「口を閉じているとすごく綺麗なのに、開くとすきっ歯というのは、絶対に忘れないでしょう」と彼女は説明するのです。

「ただ綺麗なだけのモデルも女優もたくさんいますからね。それじゃあ、売れないんですよ。最近は、隙間もだんだん大きくなった人が現れてきましたよ。削る量を増やしたんですね」

レア・セドゥさんが、自分で削ったか、天然のすきっ歯なのかは分かりませんが、戦略的に「すきっ歯美人女優」が増えているのは間違いないようです。

すごいですね。昔は、歯並びが悪いことは、それだけで貧しさとか親の保護のなさの象徴だと言われたのに。だから、みんな、歯の表面や裏側にワイヤーを張り付けて治療したのに。今はすきっ歯を売りにするんですからね。僕なんかは、レア・セドゥさんの顔が大好きですが、前歯も揃っていた方がもっと素敵だと思ってしまうのですが。

さて、ロンドンでテレビを見ていたら、クイズ番組で「さあ、目の前に立っている男性は、ゴージャス・ヘアか、ゲイか、どっちでしょう?」というじつにくだらない企画をしていました。

髪を肩まで伸ばしたり、ピンピンに立ち上げたりしたおしゃれなゴージャス・ヘアの男性が現れます。裏返したボードを持っていて、最後にひっくり返すと「ゲイ」「ゴージャス・ヘア」のどちらかを書いているのです。僕、これに全勝しました。番組では誰も全勝の人はいませんでした。僕、どんなに隠していても、見分けられるのです。これは特技か?

CIAとサボタージュ・マニュアル

渡辺千賀さんという人の、ものすごく素敵なブログを見つけました。そこで紹介されていたのは、第二次世界大戦時のCIAの秘密資料で、その名も『Simple Sabotage Field Manual』。「簡単なサボタージュの方法」、つまりは、「敵国内のスパイが、組織の生産性を落とすためにどのような『サボり』ができるか、という『サボり方ガイド』」です。

相手にバレないように、組織をダメにするのが、スパイの仕事ですからね。2008年に公開されたそうです（正確に言うと、CIAの前身組織、『Office of Strategic Services』の作成文書です）。

でね、これがもう、唸ってしまうぐらい「的確」なんですよ。

渡辺千賀さんが訳しているものを紹介すると――。

●「注意深さ」を促す。スピーディーに物事を進めると先々問題が発生するので賢明な判断をすべき、と「道理をわきまえた人」の振りをする。
●可能な限り案件は委員会で検討。委員会はなるべく大きくすることとする。最低でも5人以上。
●何事も指揮命令系統を厳格に守る。意思決定を早めるための「抜け道」を決して許さない。
●会社内での組織的位置付けにこだわる。これからしようとすることが、本当にその組織の権限内なのか、より上層部の決断を仰がなくてよいのか、といった疑問点を常に指摘する。
●前回の会議で決まったことを蒸し返して再討議を促す。
●文書は細かな言葉尻にこだわる。

●重要でないものの完璧な仕上がりにこだわる。
●重要な業務があっても会議を実施する。
●なるべくペーパーワークを増やす。
●業務の承認手続きをなるべく複雑にする。１人で承認できる事項でも３人の承認を必須にする。
●全ての規則を厳格に適用する。

……というようなものです。

どうですか？　これが、ＣＩＡの前身組織が、「敵国の組織をダメにするために実行しろ！」と定めたマニュアルの一部なのです。

今、日本でこのマニュアルに当てはまらない組織は本当に少ないと思います。大企業やお役所になればなるほど、ずっぽりとこのサボタージュ・マニュアルを実行しているはずです。

僕は自由業なので、「可能な限り、案件は委員会にして、最低５人」という記述に、特に唸りました。

企画会議や製作者会議なんてのは、５人以上になると訳が分からなくなって、間違いなく、失敗するか平均を取った凡庸でつまらないものになるのです。けれど、みんなそれが一番いい方法だと信じて実行しているのです。

大企業なら、みんな真剣に「注意深さを促す」ことや「業務の承認手続きをなるべく複雑にすること」に集中しているはずです。

お役所なら、これまた熱心に「指揮命令系統を厳格に守る」とか「組織的位置づけにこだわる」なんてことを積極的に進めているはずです。まったくの正当性を持って、少々の不自由さは感じても、組織をダメにしようなんて明確に思いながらやってる人はいないと思います。

僕は、あんまり感動したので、このページのURLを張り付けてツイッターでつぶやきました。続々と「こ、これは俺の会社じゃないか！」というツイートが帰ってきました。

僕は、答えました。

「そうですか。それなら、あなたの会社には、CIAのスパイがいるんです！」

さあ、あなたも社内に紛れ込んでいるCIAのスパイに苦しめられているのなら、このページをコピーして、CIAのスパイの机の上にさりげなく、置きましょう。

「お前のたくらみはまるっとお見通しだぜ」と、メモを残したら筆跡でバレるかもしれないので、ただ、このコピーだけを、置きましょう。

大丈夫だ。おいらが、代わりに言ってあげる。

「組織をダメにするために、密かにサボタージュ・マニュアルを実行しているお前！　お前がCIAのスパイだということは、こちとら、まるっとお見通しだからな！」

「ニンジャ」とクール・ジャパン

ＮＨＫ ＢＳ１で放送している『ｃｏｏｌ ｊａｐａｎ』で、「忍者」を取り上げました。

もともとは、番組のご意見番として出演している慶應義塾大学教授の中村伊知哉さん発案の特集でした。

当初は、「忍者って、テーマにして大丈夫なのか？」と不安だったのですが、番組に出演していた８人の外国人が、全員、異様に目を輝かせて語り始めました。

８人全員が、『ＮＡＲＵＴＯ─ナルト─』を知っていました。それも、日本に来る前に、スペインだのブラジルだのフランスだのアメリカだの韓国だのオーストラリアだのイタリアだのペルーだの、それぞれの国でコミックかアニメの『ナルト』を知っていたのです。

彼ら彼女らは、口々に『ナルト』が自分の国で人気だと言いました。そして、忍者のイメージと言えば、ナルトなんだと、例えば、オーストラリア人女性は熱く語り、フランス人男性は、フランス語に翻訳されているコミックを読んでいたが、早く次を読みたくて、日本語を勉強し、日

日本人はだいたい忍者です。
五郎丸も元忍者です。
ドロドロドロ

本語版を読めるようになったと言いました。

アメリカ人男性は、『ナルト』は知っていたが、アメリカで人気なのはやっぱり、『ニンジャ・タートルズ』だね」と答えました。「あれがニンジャのイメージなんだ」と。亀忍者ですね。

ブラジル人男性は、「自分はゲームから入った」と答えました。『Ｓｈｉｎｏｂｉ（シノビ）』というゲームを子供の頃にやったと語れば、スペイン人男性も「僕もやった」と力強くうなずきました。

彼ら彼女らは、「サムライ」より「ニンジャ」の方が何倍もかっこいいと口を揃えて言うのですよ。

「いや、そもそも、武士と忍者の違いを知ってるの？」と驚いて聞くと、８人が８人とも、自分の言葉で見事にその違いを説明しました。言っておきますが、この8人は、意識的に集めた8人ではありません。いつもの出演ルーティーンでなんとなく順番が回ってきた8人です。

その8人が例外なく、忍者の魅力を熱く語るのです。「スパイである」「決して表には出ない」「薬学の知識が豊富」「超人的な活動をする」「暗殺を目的とする」などなど、延々と忍者についてみんな語りました。

ところで、読者のあなたは、かつて忍者に熱くなりましたか？

『ナルト』につらなる忍者マンガの伝統はずっとあって、『カムイ伝』だの『サスケ』だの『忍者ハットリくん』だのに、それぞれの世代は熱中したのですが、忍者マンガに「裏切られた少年達」はたくさんいたと思うのです。

君は、塩ビのパイプなんかをくわえて水にもぐったことはなかったか？　んで、いざ息を吸ってみようとしたら、水圧でものすごく苦しくて全然ダメだったろう？

水の上を、木のゲタをはいて、すいすいとまるでミズスマシのように移動する絵に憧れて、手製の「水ゲタ」を作って、ぶくぶくと沈んだことはなかったか？

おいらなんか、「まず木を植える。そして、その上を飛ぶ。毎日、飛ぶ。やがて、木が育ち、気がつくと3メートルも飛び上がれるようになっている」なんていう忍者マンガの説明を信じて木を植えて、飛んでみたはいいけれど、なかなか成長しなくて、一カ月で3センチぐらいで「ダメだ！、３メートル飛べるようになる時は大人になってる！」と呆然とした記憶があるのだが、君にはないか？

中村伊知哉さんは、「忍者は手を胸の前にかかげ、そのまま小刻みに左右に振りながら走る」という説明を実行して、校内マラソン大会でビリになったと語っていました。

なので、「忍者」というと、たぶん多くの日本人はどこかうさん臭い感じを抱くのですが、外国人には、それがミステリアスでじつに面白く映るようです。

番組では、「一週間の忍者修行体験」というものも取材したのですが、ヨーロッパ各地から来た外国人が大まじめに手裏剣を投げたり、鎖鎌《くさりがま》を振り回したりしていました。

一言で言えば、「君達がこんなに忍者が好きだとは知らなかったよ」という驚きでした。

外国人達は、「ポップカルチャー」として「忍者」を楽しみ、そして、一部の外国人は「日本の伝統文化」にまで興味を持ち始めるのです。

これは、じつは巨大な観光資源なんだなあと発見したのです。

生まれながらの詩人 谷川俊太郎さんのこと

BS朝日で司会をしている番組『熱中世代』のゲストで、谷川俊太郎さんにお会いしました。25年ぶりぐらいの再会でした。以前は、どうしてそうなったか、同じタクシーに乗っていました。谷川さんは、運転手の横、助手席にいて、僕は後ろのシートでした。僕の横に誰が乗っていたのかも忘れています。ただ、谷川さんが「僕、今、新婚なんですよ」と恥ずかしそうに言ったのは強烈に覚えています。谷川さんは、この時、60代でした。

3度目の結婚だということを、この時に聞いたのか。とにかく、僕は新婚の谷川さんと話していてとても元気になりました。

「僕、なんだか元気になりました」と思わず言いました。すると谷川さんは、振り向きながら僕を見て「よかった。僕は人を元気にするのが大好きなんですよ」と微笑みました。

生まれながらの詩人

その笑顔が素敵で、僕は一発で谷川さんが好きになりました。もちろん、その前から詩は大好きでした。

でも、人間的にもやられたのです。

それは、2回目の出会いでした。1回目は、いつでどこだったか完全に忘れています。ただ、短く挨拶しただけです。

そして、今回、スタジオで3回目の再会となりました。

新婚だった3回目の結婚は、破局で終わっていました。相手は、『100万回生きたねこ』の作者、佐野洋子さんでした。

谷川さんはバツ3となり、今は一人で暮らしています。84歳の谷川さんは、それがじつに快適だと語ります。

生まれながらの詩人なんだなあと思います。

21歳で初めての詩集を出す時から、そんなに詩は読んでないと言います。たくさんの詩を読んで、詩を書いたのではないというのです。ほとんど詩は読まないまま、詩を書き出したのです。「人は詩人になるのではない。詩人に生まれるのだ」と言ったのは、誰だったか。谷川さんを見ると、「詩人として生まれる」というのは本当だなあと思います。

谷川さんは、言葉の数は問題ではないと言います。たくさんの言葉を知らなくても、言葉の質にこだわれば、詩は書けるのだというのです。

生まれながらの詩人は、「物語を作ることは苦手なんです」とも言います。詩はどこか「不条理小説・不条理演劇」に似て、論理を超えたところで成立するのだと思います。

僕なんか、ずっと詩人に憧れて、なんとか詩を書こうとしてきました。だって、詩人ってモテそうじゃないですか。演劇人っていうと、なんか、トンカチとかノコギリみたいな匂いがするけれど、詩人って言うとなんか、涼しい匂いがするイメージがあるのです。

80歳代になっても、谷川さんは活発に朗読会やコンサート（息子さんがピアニストなのです）に積極的に出かけて行きます。小学生とかの前でも朗読します。そういう時、小学生は「あ、生きてる」と驚くのだそうです。そうですよねえ。「かっぱ」だの「いるか」だのの詩を書いた伝説の人ですからね。あ、『スイミー』を訳した人だし、『鉄腕アトム』の主題歌を作詞した人でもあるんですからね。

谷川さんが戦後70年の今年に、絵本を出しました。『せんそうしない』というタイトルです。

せんそうしない
ちょうちょと　ちょうちょは　せんそうしない
きんぎょと　きんぎょも　せんそうしない
くじらと　くじらは　せんそうしない
すずめと　かもめは　せんそうしない
すみれと　ひまわり　せんそうしない
まつの　き　かしの　き　せんそうしない
こどもと　こどもは　せんそうしない
けんかは　するけど　せんそうしない
せんそうするのは　おとなと　おとな
じぶんの　くにを　まもる　ため
じぶんの　こども　まもる　ため
でも　せんそうすれば　ころされる

……まだまだ続きます。ぜひ、絵本でどうぞ。

「まだ希望はある」三冊の本

ＣＩＡの前身組織が作った「サボタージュ・マニュアル」についての文章を「日刊ＳＰＡ！」でネット記事としてアップしたところ、１万５０００を超える「ＲＴ」＆「いいね」の反響があったそうです。

「とにかく会議を開いて決定する」などの、組織をダメにするスパイの方法を知って、みんな、「こ、これは俺の組織のことじゃないか！　俺の会社には、組織をダメにしようとするＣＩＡのスパイがいるんだあ！」と興奮したようです。

でも、先日もらったツイートは、

「やっぱりそうですね。僕の自衛隊の友人は、日本はスパイ天国だと言っていました。スパイはどこにでもいるんです。防諜対策が急務です」というものでした。どうも、真剣に書いているようでした。

「相手を理解したい」という意志

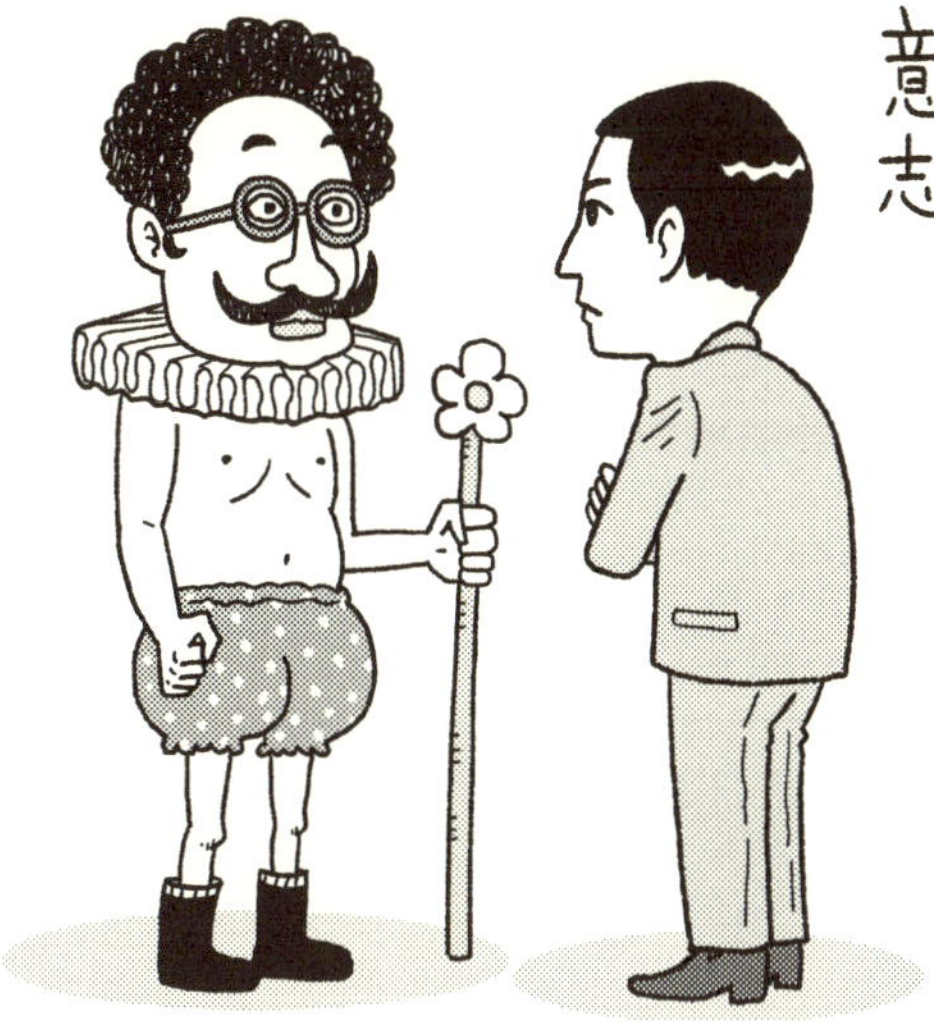

で、この「サボタージュ・マニュアル」、本になってました。『サボタージュ・マニュアル―諜報活動が照らす組織経営の本質』。2015年7月に北大路書房さんから出版されて、津田大介さんの推薦文付きです。この出版社さんが、僕にツイッターで知らせてくれました。

産業別のさぼり方とか、詳しく書いています。これでさらに、社内のスパイがたくさん見つかるでしょう。

今週は、気になった本を三冊紹介しようと思っているのですが、二冊目は、文庫本になって、解説を書かせてもらった『ネットと愛国』（講談社＋α文庫）です。

単行本が出て、3年半。何が変わり、どうなったかという著者・安田浩一さんの文庫版の「あとがき」が興味深いです。

「ヘイトスピーチ」という言葉は広まったけれど、いまだに、これは単なる不快語・罵倒語のことだと思い込んでいる人も多いと安田さんは書きます。けれど、ハワイ大学の人種差別研究で知られるマリ・マツダ教授の言葉を引用して、ヘイトスピーチは、「マイノリティーに対して恐怖、過度の精神緊張、精神疾患、自死にまで至る精神的な症状と感情的な苦痛をもたらす」ものだとして、三つの定義を紹介しています。

①人種的劣等性を主張するメッセージであること。②歴史的に抑圧されてきたグループに向けられたメッセージであること。③メッセージの内容が迫害的で、敵意を有し相手を格下げするものであること。

つまりは、「絶対的に不平等な関係性のなかから生まれる」のが「ヘイトスピーチ」だというのです。

僕なんかは、「自分では変えられない自分自身の属性に対して、脅迫的に攻撃する言葉」だと思っているのですが、厳密に言うとこういうことなのでしょう。

けれど、どうも世間の理解は全然違うらしいとして、安田さんは、『産経新聞』のコラム記事の文章を紹介するのです。それは、安保法案に反対する大江健三郎さんを批判する記事なのですが、大江さんは「護憲集会」で安倍首相を「安倍」と呼び捨てにした、と書いた後、「どんなに相手の考え方が嫌いでも、一国の首相を呼び捨てで非難するのは、大江さんが大嫌いなはずの

『ヘイトスピーチ』そのものです」（2015年5月8日付）

安田さんは、この文章を読んで、思わず椅子から転げ落ちそうになったと書きます。ネットならともかく、新聞でこういう文章が出るということが、日本のマスコミの悲惨な現状を表しています。

桜井会長が辞めた「在特会」は存在感を薄めつつあるけれど、それはつまり、社会そのものが〝在特会化〟したということじゃないのかと著者は書きます。「在日特権」は幻だと知られても、「嫌韓」という「空気」が日本に蔓延しているのではないのかと。

けれど、僕は解説で「まだ希望はある」と書きました。それは、『ネットと愛国』という本が話題になり、売れ、文庫本になるということもひとつです。それは、「お互いが相手にレッテルを貼り、しばき、罵倒する」のではなく、「相手を理解したい」という不可能であっても〝意志〟がある限り、希望はあると思うからです。

そのためには、自分で判断し、自分で事実を見極める必要があります。

『騙されてたまるか　調査報道の裏側』（清水潔／新潮新書）は、そのための本です。名著『殺人犯はそこにいる』の著者による、「発表報道」ではなく「調査報道」の重要性を語ったものです。

死人が出る祭りと創作の秘密

僕がMCをしているBS朝日の番組『熱中世代』で、デザイナーのコシノジュンコさんにお会いしました。

コシノさんの創作の秘密をお聞きすると、「子供の頃のだんじり祭の思い出」とおっしゃいました。コシノさんは、大阪・岸和田のご出身なのです。

さてここで、僕が自分の出身地、新居浜の太鼓祭りを「日本三大荒くれ祭り」と呼んでいることを、この欄の熱心な読者であるだけでなく、ちゃんと連載をまとめた単行本を買って下さっているあなたは知っているでしょう。お買い上げ、ありがとうございます。

僕は、死人が出てしまう祭りを「荒くれ祭り」と呼んで、「岸和田のだんじり祭」「諏訪の御柱祭」「新居浜の太鼓祭り」を、日本のベスト3に挙げているのです。

どの祭りも、毎回ではありませんが、何年かに一回は人が死にます。痛ましいことですが、僕

なんか子供心に「祭りとはそういうものだよなあ」と思っていました。生の祭典は、死のリアリティによって、保証されていると思っていたのです。一歩間違えば死ぬかもしれないぐらいの生の爆発が、祭りだということです。

この思いは地元では一般的で、新居浜の商店街の電気屋さんが作った祭りのドキュメントＤＶＤでは、祭りの新聞の死亡記事をアップにしながら、チャンチャカチャカチャとじつに軽快なＢＧＭが流れていたりします。

新居浜の太鼓台は、言ってみれば、お神輿の巨大バージョンで、平均２００人でかき上げます。その時、肩に担ぐ「かき棒」は、電信柱ぐらいの太さがあって、その先端は、鉄のキャップがかぶせられています。

喧嘩の時は、二台の太鼓台が、正面からぶつかるのです。当然、かき棒の先端の鉄キャップはドキドキする凶器になります。

群衆は、喧嘩の匂いがすると興奮して、太鼓台を取り巻きます。太鼓台が動けば、満員電車なみに密集した群衆も、ぐわわわわっと動きます。そのまま商店街のショウウィンドウが割れる、なんてことも起こります。

高校生の時、群衆にもまれていると、突然、誰かに股間をぐっとつかまれました。うわっと驚いて身を固くすると、すぐに、「なんだ、男か」という声が後ろから聞こえてきました。悪さをしようと思ったのに、手にもっこりが伝わってしまったのでしょう。もちろん密集したまま、ぐわわわっと動いていますから、誰が触ったかなんて振り向いて確かめる余裕はありませんでした。

太鼓台が激しく動けば、民衆もどわわっとつられて動き、翻弄されればされるほど、なんだかもう興奮して、「ああっ生きてる！　でも、怖い！　でも、すごい！」という感覚を子供時代から味わいました。

演出家としてデビューしてしばらくして、同郷の人間から、「鴻上の芝居は、なんか、太鼓祭りの興奮と似てるよね」とポロリと言われて、はたと膝を打ったことがありました。自分でも無意識に、「あの興奮と解放感」を求めているんじゃないかと気付いたのです。

岸和田のだんじり祭も、ニュース映像で見ると、じつに、スリリングです。カーブを曲がる瞬間に、曳き手も観客も、じつにきわどい状態になります。一歩間違えば、死人が出るのも当然だろうと思います。

でも、それだけのスリルと興奮と生の爆発があるから、全身が震えるんだと思うのです。そして、それが祭りの本来の意味だろうと思います。

これを書くと、各地で怒られるのですが、僕は東京に出てきて、いわゆるお祭りの「お神輿」を初めて見た時、「な、なんだ、このちっちゃいのは⁉ なんで、こんなのを担いでいるんだ！」と絶句しました。「これじゃあ、お祭りの興奮は味わえるわけないじゃない！」と内心、激しく突っ込んだのです。

コシノジュンコさんは、昔、パリのファッションショーで、初めて派手な音楽を使い、ショウアップしました。それ以降、そのスタイルがパリコレでは一般的になったそうです。

魂の奥底に、一度、心から興奮した記憶があれば、それが自分の表現の基準になります。あの時の興奮や解放感にたどり着きたいと思うのです。

そういう感覚を作ることができる祭りを子供の頃に体験できた人は、本当に幸運だと思うのです。もちろん大人になっていても素敵です。人が演劇やライブに集う意味はこれでしょう。

夫婦同姓と「見える化」

1年が終わりますなあ。今年最後の原稿を書こうと思っていたら、最高裁が、「夫婦別姓を認めない民法の規定」を「合憲」と判断したニュースが飛び込んできました。

世界で、夫婦が強制的に同姓なのは、日本とジャマイカとインドのヒンドゥー教徒だけになりました。

そもそも「夫婦別姓」と言っても、いくつかのパターンがあります。

結婚しても、男女共に名字を変えない国も多くあります。中国、韓国、スペインなどです。また、夫の名字と妻の名字を合わせるというパターンもありますが、多いのは「選択的夫婦別姓」です。

今回、最高裁に訴訟を起こした人達も、希望しているのはこれです。

いまだに世論調査やアンケートで「あなたは夫婦が別な姓を名乗ることに賛成ですか？　反対

ですか？」という、意識的にか無意識的にか、巧妙で悪意ある聞き方をされています。

質問は「あなたは、夫婦が、ひとつの姓ではなく、どちらかの姓を選べることに賛成ですか？　反対ですか？」なのです。この二つの質問はまったく違います。夫婦が誰の姓を名乗るかは、国が決めるのではなく、結婚の当事者が決める。それを、どう思いますか？という質問なのです。

前者の聞き方をして、「反対が50%を超えている。日本人は夫婦別姓を求めていない」と結論するのは、巧妙な世論操作です。

ちなみに、タイは「夫婦同姓」が男女平等の観点から違憲であるという判決が出て、2005年に「選択的夫婦別姓」になりました。ドイツも違憲判決の結果、1993年に変わりました。

ネットをググると、「アメリカやイギリスは夫婦同姓である」なんてことを平気で書いている人もいて驚きます。慣習として同姓が多いことと、法律で強制され、同姓にしないと婚姻が成立しないことは、根本的に違います。

また、「夫婦別姓にすると、家庭が壊れる。子供がグレる」というトンデモ説も、ネットでは真剣に語っている人が多いのも驚きます。

だったら、日本の離婚率は世界最低で、夫婦別姓の国はすごい離婚率なんだなと、突っ込みたくもなります。日本の伝統だと叫んでいる人もいます。違います。日本は明治から始まったのではありません。

日本のガラパゴス状態に対して、国連の女性差別撤廃委員会は法改正を繰り返し勧告しています。日本も締結した女性差別撤廃条約に基づき、「民法が定める夫婦同姓」「女性の再婚禁止期間」「男女の婚姻最低年齢の違い」は、「差別的な規定」であると批判しているのです。

今回、女性だけの「離婚後6カ月間の再婚禁止期間」に関しては、「違憲」であるという判断が出ました。これはもちろん、「男女差別」撤廃から見れば一歩前進です。けれど、「夫婦同姓」が最重要なのです。

でもね、僕が今年最後の原稿にこのことを書こうと思ったのは、この「最高裁合憲判断」の二ュースを受けて立てられたスレッドの書き込みの多くが「サヨク爆死」とか「ブサヨ、ざまあ！」というものだったからです。

今、この国は「選択的夫婦別姓」を求めるだけで「サヨク」になるんだなあと、本当に切ない気持ちになりました。安全性が大問題の「マイナンバー」に対して反対したら、やっぱり「ブサヨ、必死」とネットでは書き込みが続きます。

ある思想家さんが、ツイッターで「もう、なんでこんな時代になったんだろう。何か、政府に批判的なことを書くと、すぐに、ものすごい量の罵詈雑言、批判、中傷ツイートが来る。もう、発言するのが嫌になってきた」と書いていました。

一瞬、同意しかけたのですが違いました。こんな時代になったのじゃなくて、昔は、そんな発言は、思っても形にならなかったのです。でも、今は、ネットが「見える化」したのです。「過激な中傷の時代」ではなく、「過激な中傷が見える化した」時代に生きているのです。

今年、僕も「ブックフェア問題」で、炎上しました。中傷ツイートを読みながら、過激な批判を投げかける人はしんどい時代を生きているんだなあと思いました。もちろん、僕もあなたもしんどい時代を生きている。でも、生きていきましょう。来年もよろしくお願いします。お互いに良い年でありますように。

正月にふさわしいブラジャーの話題

明けましておめでとうございます。新年の目標を考えたりしましたか？

僕は何年も前に「今年の目標は、ヌーブラと出会うこと」と決めたのに、結局会えず、それ以来、毎年その目標に向かって頑張るも、まったくダメなので疲れてしまい、年初の目標を考えることをやめました。

新年早々、何をお前は言っているのだと、お思いの方もいらっしゃるかもしれませんが、その時、僕はマジだったのです。いえ、今もマジですわな。会えませんなあ。ツチノコみたいです。

昔、俳優の大高洋夫と話している時「鴻上、フロントホックってのがあるだろう。前から外すタイプのブラジャー。お前、見たことあるか？」と聞かれたので「幸せなことにある。感動した」と答えると、「じゃあ、サイドホックは？」と言われました。

「サイドホック？　それはなんだ？」

「だから、サイドを外すんだよ。あるか？」

「いや、ない」

「俺、あるぞー」

大高は勝ち誇ったように胸を張りました。

「く、くそう」僕はなんだか無性に悔しくなりました。同期で入社したのに、先に出世された同僚を見るような気持ちになりました。

大学三年の時の会話です。じつに、情けない。けれど、「サイドホック」というものに、ついぞ出会ったことがありません。どうもそれは、大高が故郷長岡のタヌキに化かされたか、ブラジャーが古くてサイドからちぎれたか、なんじゃないかと思っています。

と書いて、まさかと思って、今、ググりました。……ありました。

なんと「Ｙａｈｏｏ！知恵袋」に「ブラジャーのホックって、前と後ろ以外に付いている物あるのですか？」という質問があって、「横にホックが付いている、『サイドホックブラジャー』というのがあります。かなりレアだとは思いますけど……」という回答がベストアンサーに選ばれていました。解答者自らが、「かなりレアだとは思いますけど……」と書くのですから、本当にかなりレアなのでしょう。

なんでだ？　なんで、サイドにあるんだ？　ネットの通販サイトで商品を見つけると「サイドにホックがあって、着脱ラクラク」なんて表示がありました。楽なのか？

しかし、問題は、ヌーブラと出会ってないのに、さらに「サイドホック・ブラ」もあるということです。これはまるで、富士山にも登ってないのに、いきなり、チョモランマの存在を知ったということと同じです。

大問題です。

ブラジャーと言えば、Ｄカップまでは止めるホックが２つで、Ｅカップからはホックが３つだという衝撃な文章をツイッターの雑学で知りました。が、調べてみると、メーカーと商品によって、Ｄカップでもホックが３つとかＦカップでも２つとかがあるようで、厳密なルールではないようです。

が、問題は、僕がホック３つに出会ったことがない、ということです。

……貧しい人生を生きてきました。「ブラジャーの『3つホック』に出会ったことがない人生」。まるで、「誰からも愛されたことがない人生」とか「『ハーゲンダッツ華もちきなこ黒みつ』を食べたことのない人生」とか「満天の星空を見たことのない人生」と同じです。

ホック3つは、さぞ、外しにくいでしょう。2つは比較的楽です。いえ、ホック3つに出会ったことがないのですから、想像だけで断定してはいけません。本物の鯨を生で見たことがないのに、その迫力を勝手に描写してはいけないのです。「ホエールウォッチングで本物の鯨を直接見たことのない人生」……これもまた、貧しい人生だと思います。

正月早々、いきなり人生の目標が3つに増えました。「ヌーブラ」「サイドホック・ブラ」「3つホック」。始まりには、試練が必要です。それが、旅の動機になるのです。

ちなみに、フロントホックは、前から「外す」とさらっと書きましたが、前から「留める」ものだとサラッと言う男性がいたら、その人は、間違いなく、ブラジャーを日常的につけている人です。

というわけで、正月に相応しい和やかで深遠な話題からスタートしました。

今年もどうぞ、よろしくです。

「成人式」が荒れる理由

「成人式が荒れる原因は、偏差値によって分断された社会を、もう一度一緒に集える機会を設けてしまったことで、逆襲のチャンスになってしまっているという点が、本当の本質でありまして、ですから、これを防ぐには、成人式を階級別に開催するしかないと考えるわけです」

という大石哲之さんという方のブログの発言をネットで見つけて、唸ってしまいました。

確かに、成人式を破壊しようと、今年も各地で戦った（？）人達は、口々に「なめんじゃねー！」と叫んで演壇に駆け上がりました。会話もなく、いきなり「なめんじゃねえー！」と叫ぶということは、「ずっと俺はなめられてきた」と思っている・感じているということです。

また、式典で成人代表として話している人に対しては、「おめえがあいさつしてんじゃねえ、このやろー」と叫び、続いて「みんな、よろしく～」「盛り上がっていこうぜ」と煽《あお》りました。

この構図は、1990年代真ん中ぐらいから定着してきたようです。当初はなかった拡声器も、

最近はデフォルトになっています。

ちなみに、1980年代も、式典の最中はうるさかったですが、それは、「同窓会」としてのうるささで、

「人の話を聞くより、友達との久しぶりの再会に会場の中で盛り上がる」という構図でした。

つまりは、1980年代は、「俺はずっとなめられてきた。これが逆襲のチャンスだ」と感じる人達が、集団で破壊活動を決行する動機が薄かったと思われます。それよりは、「派手な格好をして注目されたい」とか、「もう一度、クラス（階級という意味じゃなくて、中学・高校の学級ってことね）の中で存在意義を獲得したい」というレベルだったと思います。

「なめんじゃねー！」と叫びながら演壇に駆け上がるということは、「もう、俺が認められるチャンスも這い上がる可能性もない。俺はずっと無視されてきた。だから、こんな場は壊してやる。それが俺の復讐なんだ」ということなのでしょう。

つまりは、1980年代は、偏差値競争から脱落しても、何らかの方法で、「社会というクラス」で這い上がれる可能性を信じられた時代だということです。

それが1990年代真ん中ぐらいから、「ここには、俺が這い上がれる可能性はない。こんな場は壊してやる」に変わったのだと思います。

そう思うと、全国各地の荒れ方が見えてきます。そのウップンのたまり方もすさみ方も自慢の仕方も破壊の仕方も、20年間の「なめられ・無視されてきた実感」からきていると思うと理解できるのです。

話は、少しそれますが、僕にも、時々、「成人式での講演会」の依頼がきます。が、すべて断っています。それは、「20歳になった」というだけで集められた人達に対して、「全員に共通する有意義なアドバイス」を見つけられないからです。

文章には書けますし、書きました。それは、文章にした時点で読者を選んでいるからです。僕の文章を「読んでみよう」と興味を持ってくれた人は、僕の想定する読者です。その水準に向かっては書けます。もちろん、無視する人はそれでいいのです。

けれど、会場に集められた人達は「無視しながらそこにいる」ということはできません。同じ空間にいる、ということは、文章でいえば「強制的に読ませられている読者」です。強制には反乱がつきものなのです。

大石さんの文章に唸りましたが、僕の結論は違います。

僕は、「成人式そのものをやめよう」と思っています。成人式が自治体主催であるからこそ、偏差値競争に傷ついた人達は、「公的な組織＝学校＝社会」の象徴と感じ、「俺を無視した大ボス」に対する怒りを膨らませていきます。年々、間違いなくエスカレートするでしょう。

それは、日本がますます格差社会になっていくことと正比例します。拡声器レベルではなく、爆竹などの、さらに破壊・注目を集めるアイテムが登場するのも近いと思います。それを警察権力で阻止しようとしても不毛です。公的な成人式をやめればいいのです。

問題は、同窓会および女性の晴れ着の見せ場所でしょう。でも、公的機関がやらないと定着すれば、仲間うちで自発的にそういう場所は生まれると僕は思っています。

「超整理法」から「断捨離」へ

やっと部屋が片づきました。年末の3日間と新年の5日間、計8日間。頼んだバイト、計8人。処分したDVD、CD、本、計27箱。手伝いに来た4人は一箱ずつ、自分で選んだ本を持って帰りましたから、計31箱。古本屋さんに売れないと判断して、捨てた本たくさん。整理した衣類、ゴミ袋4つ。出たゴミ、23袋。まさに、戦いでした。

8畳ほどの仕事場と6畳ほどの資料部屋は、三層ぐらいにいろんなモノが積み重なり、床がまったく見えない状態でした。片づける直前はあまりに散らかっているので、仕事部屋に入るのが、嫌になっていました。

もともとは、1年に1回、劇団の若いスタッフに飯付きのバイト代を払って手伝ってもらっていました。

「ときめくもの」だけを
残したら、
ヒヨコ関係の物以外
全部捨てることになった。

本やCD、DVDを「捨てるもの」と「古本屋に売るもの」に分けて、バイト君に「欲しいのがあったら、持っていっていいよ」と伝えます。たいてい、紙袋にいっぱい、自分の欲しい本やDVDを入れました。

それが3年前、『虚構の劇団』の演出助手をしている23歳のシンヤ君がやってきた時から変わりました。

シンヤ君はいきなり、仕事部屋の本棚の前に立って、「ええと、この本とこの本、それからこの本」と、選んだ本を自分のバッグに入れ始めました。僕はアゼンとして「シンヤ、何をしてるの？」と聞くと、シンヤ君はじつにさわやかな顔で「鴻上さんの掃除を手伝ったら、本をもらえると聞きました」と微笑みました。

「いや、違うんだ、シンヤ。鴻上がもう要らないと古本屋さんに売ろうとしたり、捨てる本の中から好きなのを選べるんだ」と語ると、「そうなんですか」とシンヤはじつに不思議そうな顔をしました。

その時のやりとりがトラウマになって、この3年間、片づけに億劫《おっくう》になっていたのです。

今回、『虚構の劇団』のメンバーに頼もうと思ったのに、全員が『虚構の旅団』という企画で稽古していました。しょうがなく、僕はまたシンヤ君を呼びました。シンヤ君はヒマだったのです。今回はきつく「勝手に選んではいけないよ」と言いました。「もちろんですよ」とシンヤ君はじつに明るく答えました。

次々と「古本屋に売る本、DVD、CD」を段ボール箱に入れていきました。と、シンヤ君は連ドラのDVDボックスを手に取りました。『戦力外捜査官』の脚本を書くために、いろいろと刑事もののDVDボックスを買って見ていたのです。

シンヤはボソッとつぶやきました。

「この作品、全然、興味ないんだけど、ブックオフに売ったら高いな」

そして、自分のバッグに入れようとしました。

「こらこらこら。それはアカンやろ！」僕は思わず突っ込みました。シンヤ君は、サッと表情を変えて「冗談ですよ。冗談」とかわしましたが、目はマジでした。そんなこんなで、シンヤ君を監視しながら、片づけは無事、終わりました。

ずっと「超整理法」に従っていたのを「断捨離」に思考をシフトした結果です（ちなみに、「断捨離」を「夫の集めていたアニメグッズを断らずに捨てたら離婚された」の略だというギャグは素敵）。整理するために買ったファイリングボックスを2つ粗大ゴミに出しました。3年間、まったく触らなかったものは、まったくいらないと決めたのです。

近藤麻理恵さんの『人生がときめく片づけの魔法』は、「ときめくもの」だけを残すというルールです。なるほどと思うのですが――芝居のたびに作品名を入れたTシャツを作ります。『第三舞台』時代のものを含めて大量にあります。全部、Tシャツとしては古びています。が、作品名がドドーンと書いてあるのです。これが困りました。ときめくのです。が、もう着ることはないだろうと、踏ん切って全部、捨てました。

部屋がすっきりすると、じつに思考もすっきりとしてきます。本が片づくと、今現在の自分の頭も整理されるのです。嬉しくて50インチの4Kテレビを買いました。それと、実家で体験して感動したマッサージ機も買いました。仕事場は2階なのですが、階段の幅が72センチないと搬入できないと言われ調べたら78センチありました。入れようとしたら、仕事部屋の入口が68センチしかなくて入りませんでした。どうにもなりません、と業者さんは帰っていきました。とほほ、でした。

たった一人、ヒットラー暗殺を計画した男の映画

もうDVDになっていると思うのですが、どうしても紹介したいのが『ヒトラー暗殺、13分の誤算』という、実話を元にした映画です。

1939年11月8日、ヒットラーが演説を終えた会場で、13分後に時限爆弾が爆発しました。ヒットラーは、天候不良のために飛行機ではなく列車移動になり、予定より早めに演説を終えて去っていました。

もしこの時、ヒットラーが予定通り演説をして死んでいたら、世界の歴史は大きく変わっていたでしょう。

犯人は、36歳の平凡な家具職人、ゲオルク・エルザーでした。ナチスは、当然、バックにイギリスかソ連がいると考えます。

けれど、ゲオルクはどんなに激しい拷問を受けても、単独犯だと言いました。秘密警察ゲシュタポが徹底的に調べても、背後関係が見つかりません。

が、ヒットラーは信じません。絶対にバックにどこかの国があるはずだ——そう考えないと、実現不可能な暗殺計画だったのです。

が、家具職人のゲオルクは、本当に単独犯でした。一年に1回、ミュンヘン一揆を記念して、ヒットラーがミュンヘンの会場で演説をすることを知り、一年をかけて、単独で計画を練り、一人で精密な時限爆弾を作り、誰にも頼らず慎重に柱に穴を掘り、大胆に実行したのです。

彼は、自分の住む田舎でも、日々、ナチスが力を持ち、ナチスの宣伝映画に街の人が熱狂することに恐怖し、反発したのです。

共産主義者のグループにシンパシーを持っていましたが、彼は共産主義者ではありませんでした。

街のいつもの飲み屋で穏やかに飲んでいると、ナチスの支持者達が選挙結果に浮かれて入ってきます。ナチスが大勝利したのです。それを苦々しく見ているソ連支持の共産主義者達。圧倒的多数当選の選挙結果をバックにナチス党員達は、共産主義者に喧嘩を売ります。そして、人々はナチス党員を支持し、共産主義者達は飲み屋から追い出されます。

ゲオルクは、それをただ見つめます。共産主義者の仲間ではないからです。それを、共産主義者達は責めます。一緒に戦わない弱腰の男だと言うのです。けれど、ゲオルクは、共産主義者ではないのです。

ただ、ヒットラーを止めないといけないと一人で決意するのです。

そして、実行するのは1939年です。ゲオルクの凄さは、この早さです。ヒットラーに対する暗殺計画は40件ほどあったとされています。けれど、すべてが1945年の終戦に向かう後期です。旗色が悪くなり、ドイツが滅ぶ予感に満ちた時に、何人ものドイツ人が戦争を終わらせるためにヒットラーを暗殺しようとしました。

が、ゲオルクは、第二次世界大戦が始まる前に、ヒットラーは危険だと考え、ヒットラーを殺さないといけないと準備を始めたのです。それもたった一人で。映画では、手製の爆弾の爆破実験や時限爆弾の試行錯誤が描かれます。

本当に驚くべき人物です。

じつは、ゲオルクは戦後ずっと無視されてきました。西ドイツでは、頭の固い共産主義者だと思われ、東ドイツではヒットラーを負かしたのはソ連であって、ゲオルクは何の関係もないとされて、東西ドイツ国民に知らされないままだったのです。

ゲオルクは、1945年に銃殺されるのですが、その後、50年ほどたって、統一ドイツでようやく復権されるようになりました。

監督は『ヒトラー〜最期の12日間〜』で〝人間、ヒットラー〟を描き、アカデミー賞外国語映画賞にもノミネートされたオリヴァー・ヒルシュビーゲルです。彼は、ヒットラーを描くことを自分の終生の仕事にしています。

あの時代に何があったのか、どうして我々はヒットラーを支持したのか。徹底的に検証します。そしてそういう映画がドイツでヒットします。

例えば僕達は、東条英機という陸軍大臣であり内閣総理大臣であり外務大臣、軍需大臣のことを事実としてどこまで知っているのだろうかと思います。政治的立場でも情緒でもなく、事実としてどれだけ知っているのか。そして、どれぐらい検証しているのか。

とにもかくにもゲオルク・エルザーの凄さに打たれる映画です。

人生と賢者タイム

今日も今日とて、さあ、原稿を書くぞと思いながら、つい、ネットをウロウロしていたら、面白い記事を見つけました。

「射精後に男性は急速に性欲が減退して『放っておいてほしい』と考える人も少なくない。この男性特有の現象を一部ネット上では『賢者タイム』と呼んでいる」

という書き出しでした。

おお！　あの時間を「賢者タイム」と命名した奴がいるのか。どの時代にも天才とはいるものだと感動しました。

ただ、あの時間は、「放っておいてほしい」という気持ちよりも「今なら、邪（よこしま）な気持ちをまったく持たないまま、君の相談に乗れるよ」という、まさに賢者になる時間だと思います。

ライオンの口に
頭を入れたとたん
賢者タイムに
入ったムツゴロウ
さん

その昔、愚かな男がいたと思いねえ。夜、女の子とお酒を飲んでいるうちにいいムードになり、あれ、この流れだとホテルに行けるぞと興奮し、それだけでワイルドな分身を持て余しながらトイレに行き、しかし「まてよ。このまま行ってしまうとあっという間に終わってしまいそうだぞ、ただでさえ、愚かな男のあだ名は『早撃ちしょうちゃん』なんだから。いかん、いかん、どうしよう」と考え、よし、トイレに来たついでだ、ここで一発、抜いておこう、そうしたら入口で散水して、入場前に解散なんて情けないことにならないし、よし、これはいいと青春のエネルギーをトイレで発散した瞬間に性欲なんていうみだらで愚かな気持ちはいきなり消えて、知恵深い賢者に

変身し、席に戻った後は、その女性の悩みを真剣に聞いて、愛ってなんだろうねなんて会話までして、たっぷり話してすっきりした顔の女性を見送った男がいたのさ。

その時、男は、「うむ、今日、俺は本当の人助けをした。でも、これでいいのか？」と思ったものでした。あれは、賢者タイムだったんですね。

もちろん、あなたが男なら、この賢者タイムの持続時間は、千差万別だと知っているでしょう。一日、賢者タイムが続くヤツもいれば、５秒（！）しか続かないヤツもいるのです。

性格や体力、そして、年齢がものすごく関係してきます。たぶん、賢者タイムが短い人のことを、「生命力が強い人」と言うのだと思います。

どんなにおしゃべりでも生命力の弱い人はいます。「あの人は線が細い」とか「影が薄い」なんてのは生命力の弱さです。どんなに無口でもコミュ障でも、「脂ぎってる」とか「押しが強そう」なんて言われる人は、生命力が強いのです。

「賢者タイムが短そう」というのも、生命力が強い表現になるわけです。

たぶん、賢者タイムの持続時間は年齢が一番関係してくると思います。おいらも、55歳を越して、ずいぶん賢者タイムが長くなってきました。人生としてはじつに穏やかな気持ちになります。

ムツゴロウさんこと畑正憲氏（80歳）のインタビューが話題になっています。動物を命懸けで愛することが70歳を過ぎた頃からふーっとなくなり、「のめり込まず、距離を置いて楽しめるようになった」という内容です。

その理由は自分でもよく分からないのだけれど、「セックスへの欲情」がなくなったことが関係しているんじゃないかと言うのです。

つまり、ムツゴロウさんは、人生が賢者タイムに突入したんですね。

逆に考えれば、70歳過ぎまで、ちゃんと賢者じゃなくなる時間があったわけです。素晴らしいです。

さて、賢者タイムの記事は、それは、ホルモンが関係していると続き、『なんでもホルモン』(伊藤裕/朝日新書)を引用し、「この『賢者タイム』の正体はプロラクチンというホルモンの作用だ」とし、「私たちはしばしば、何かに熱中している時や何かをどうしても手に入れたいという感情に駆られた時に『ドーパミンが出ている』と表現するが、プロラクチンにはこのドーパミンの分泌を抑制させる力があるという。要するにプロラクチンが増えれば執着心が薄れていくというのである。『賢者タイム』がプロラクチンの作用と関係があるのは、そのためだ」

と、紹介しています。

分泌が多い方が幸せなのか、少ない方が幸せなのか。あなたが男性なら、賢者タイムはどれぐらいですか？　あなたが女性なら、どれぐらいの賢者タイムが理想ですか？

バカボンのパパとコミュニケイション

赤塚不二夫生誕80年企画「バカ田大学」というもので講義をしてきました。タイトルは「コミュニケイションの達人になれるといいのだ」。

場所は本郷の東京大学の中にある山上会館。あたしゃ、生まれて初めて「東大の赤門」というやつをくぐりましたね。受験生時代、二回ほど「俺を入れなさい」と申し込んで「いやです」と拒否されたのは駒場にある東大でしたから。

赤門をくぐりながら、「しかし、バカ田大学なんだから、なんで早稲田の隣でやらないんだ?」と疑問を持ちました。バカ田大学は早稲田大学の隣にあるという定説ですからね。

さて、バカ田大学の講師ですから、『天才バカボン』を久しぶりに読み返しました。全部読むのはさすがに無理なので、天才バカボン誕生40周年を記念して出版された小学館版（少年サンデ

パパはとにかくよく聞くのだの巻

ーに連載されたもの）と講談社版（少年マガジンに連載されたもの）のベスト版とか『赤塚不二夫名作選』とか何冊か読みました。

その結果、「バカボンとバカボンのパパにおけるコミュニケイション」について、いろいろと発見がありました。

その一つ目は「バカボンとバカボンのパパは、『聞く』ことの天才である」ということです。

もともと、僕は『コミュニケイションのレッスン』（だいわ文庫）でコミュニケイションを三つに分けました。「聞く・話す・交渉する」です。

「聞く」ことが、コミュニケイションにはなにより大切なのです。で、バカボンとパパは、ちゃんと人の話を聞くのです。イメージだと、話半分のまま、「タリラリラ～ン」とか、自分の好きなことをしている感じですが、とんでもありません。二人は、相手の話をじっに一生懸命聞いて、信じるのです。

道を歩いていたバカボンは、水たまりに釣り糸をたらしている人を見ます。バカだなあ、釣れるわけないだろと笑うバカボンに、相手の人は仕込んでいた魚を釣りあげて見せます。バカボンは、驚き、自分も釣り糸をたらすのです。そして、おまわりさんからだまされたと教えられるのです。

その後も、何回もデタラメを教えられて信じます。パパも銭湯に行くと、服を着て湯船に入っている人達に「はだかで入ると死刑だそうですよ」と言われて信じるのです。そして、また、おまわりさんがやってきて、だまされたと知るのです。

驚くのは、そのたびにバカボンもパパも、「だまされた！」「悔しい！」と悲しみ、恥ずかしがり、怒ることです。それでもまた、人の話を真剣に聞いて、だまされるのです。

バカボンとパパの人気が高いのは、この「聞くことの誠実さ」がひとつの原因ではないかと思います。

なおかつ、バカボンとパパは、深く「共感」しながら「聞く」のです。映画を見に行ったパパは、スクリーンに映る撃たれたギャングに対して「救急車を呼べー！」と叫ぶバカ田大学同級生と共に、「日本人は冷たい」と嘆くのです。

また、コミュニケイションの二つ目の要素、「話す」に関しても、パパは素晴らしいです。パパが初めてママとデートして、結婚を申し込むエピソードがあります。

パパはうまく「話す」ことができません。そのたびに、ひとつひとつ、ママに質問します。「(デートの）はじめはどうすればいいのだ？」という、男達がプライドのために絶対に聞けないことも、パパはいとも簡単に聞くのです。自分のことを話して欲しいとママに言われれば、お尻のホクロや生えてきた一本の親知らずまで、丁寧に説明します。そこには「恥をかかないようにうまく話そう」という我々現代人が陥る「こじらせた自意識」がありません。思ったことを思ったように話しているだけなのです。

そして、もうひとつ、「バカボンのパパには『世間』はない」ことに気付きました。パパは会話のたびに、言葉と関係をリセットしていくので、「世間」がないのです。パパは、家族以外はすべて「社会」でした。

「あなたと私は価値を共有してない」という前提で一から会話をするのです。そこには、どんな日本人も経験してない自由と厳しさがあるのです。

パパの人気がずっと高いのは、「世間」から飛び出していることじゃないかと思いました。パパはそういう現実に対して、「これでいいのだ」と断じるのです。

不倫と殺人

「不倫」がものすごく話題にというか重大問題になっているのですが、ぶっちゃけて、「なんだかなあ」とずっと思ってます。もちろん、みんな飛びつくだろうなあというケースはあります。育休国会議員さんの不倫は、まさに育休なんて言い出して「僕、愛妻家です」なんてアピールしなければ騒ぎにはならなかったでしょう。

ベッキーさんの騒動も、ベッキーさんのマスコミイメージが不倫と正反対だったからみんな飛びついたわけで、責められるは「既婚者であること」を隠して、恋愛モードに突入させた男だと僕はずっと思ってます。

で、とうとう、桂文枝師匠の不倫騒動まで出てきました。文枝師匠が38歳の演歌歌手と20年間の不倫関係があったとされ、文枝師匠は涙ぐみながら「事実無根」と釈明会見をしたというものです。

もう、何を報道しているんだと思います。文枝師匠は72歳ですよ。御本人は否定していますから、勝手に言いますが、もし事実だとしても、72歳で38歳と不倫関係なんて、すごいじゃないですか。72歳はほとんどの男性がこの前書いた「賢者タイム」に入ってるはずですよ。それを、72歳でもガンバルんですよ。

もちろん、20年間ずっとだまして結婚すると言っていたとか、金をむしり取ったとか、美味しいとこだけしゃぶり尽くしてポイ捨てしたとか、「人間としてダメでしょう」ということを問題にすることはあっても、ただ「不倫」したということで、「人間の業を描く（by　立川談志師匠）」という落語家をモラルの視点から糾弾することに、なんの意味があるんだと思うのです。

でも、本当は、当事者が落語家や芸術家でなくても、つまりは普通のサラリーマンでも主婦でも、「不倫」は当事者および関係者の問題であって、「世間」も「社会」も、まったく関係ないと思っているのです。

だって、犯罪じゃないんですからね。犯罪じゃないのに、なんでこんなにみんな、反応するんでしょうね。（不倫された妻が夫の民法上の不法行為で損害賠償を請求することはできます。でも、それは当事者同士の問題であり、犯罪行為ではありません）

犯罪の親玉、殺人事件は、今、日本で年間１０００件近く起こっています。でも、よっぽどじゃない限り、誰も話題にしません。

フランスはあなたも知っているように不倫には寛大な国です。ミッテラン大統領にもシラク大統領も愛人がいました。ミッテラン大統領は愛人の存在を記者から聞かれて「いますけど、それが何か？」とネットのコメントみたいなことも言いました。'14年にオランド大統領が女優との密会をすっぱ抜かれて騒ぎになりました。フランスも変わったのかと言われましたが、それはオランド大統領の政治手腕と恋愛判断のまずさに対する反発が一番の理由でした。

一方、アメリカは不倫がいきなりスキャンダルになり、政治家は失脚します。モニカ・ルインスキーの事件の時、僕はこの連載で書きましたが、クリントンはホワイトハウスの執務室でモニカ嬢にブロウ・ジョブを受けながら「いかん。ここで出してはいけない」と自制して、射精してないのです。驚異的な自己コントロール精神です。でも、あやうく失脚しそうになりました。失脚しなかったのは、とにもかくにもクリントン夫人の振る舞いです。それが、今の大統領選挙の彼女のプラスイメージになっているのです。

ぶっちゃけ言うと、清教徒とか宗教的に厳格な国ほど不倫は「重要な問題」で、かつ「騒ぎ」になります。「重要な問題」と「騒ぎ」は、必ずしもイコールではありません。「人を殺すな」は「重要な問題」ですが、それがすぐに「騒ぎ」になるとは限りません。「不倫」報道の何万分の一ぐらいしか報道されない殺人事件はたくさんあります。

では、なぜ、「不倫」はたちまち騒ぎになるのか。文字数の都合でいきなりジャンプします。みんな関心があるからです。関心とは興味です。

興味とは、つまり、「やってみたいという気持ち」なのです。でも、やると糾弾されます。だから、騒ぎます。つまり、「うらやましさ」の裏返しなのです。ふだん、ストイックに生きている人ほど、激しくうらやみ、攻撃します。フランス人のように、「自分もするから」と思っている人はたいしてうらやむことはないので、「騒ぎ」にならないのです。

この話、続くかもしれません。で、日本はいつからこんなに、息苦しくなったのかと思うのです。

不倫と原発

前回、「不倫」についてアメリカは厳しいと書きましたが、先週の『週刊文春』で、池上彰さんがクリントン以前のアメリカ大統領の「不倫事情」を書いていました。

それによると、「ケネディ大統領と女優マリリン・モンローの関係は有名ですが、在任中、誰も問題にしませんでした」し、「次のジョンソン大統領になると、大統領執務室に女性を連れ込み、シークレットサービスに入口の警備をさせていましたが、これまた不問に付されていました」ということだそうです。

つまりは、クリントン大統領の時代になって、初めて、女性関係が問題になったわけです。

また日本も、「田中角栄元総理の現役時代、彼の華やかな女性関係を周囲の人も新聞記者達も知っていましたが、誰も問題にしませんでした。『政治家の臍《へそ》から下は問題にしない』という不文律があったからです」ということです。

これもまた、最近になってマスコミは騒ぐようになった、ということでしょう。僕はそれはインターネットの発達と関係があると思っています。インターネットは、個人の自意識を肥大させ、欲望と嫉妬に火をつけたのです。

政治家は「公人」です。我々の税金で生活している人です。公務に就いている政治家や検察官、裁判官、官僚や警察幹部などといった官吏のみが「公人」と呼ばれる存在です。

そういう人が「不倫」なんていうけしからんことをしてはいかん。今の時代は健全になったのだ、と思う人もいるかもしれません。

「公人」の対概念は「私人」です。

不倫に悩もうが三角関係に葛藤しようが勝手に報道されない、つまりプライバシーが守られる存在です。

ですが、いつのまにかマスコミは「みなし公人」というカテゴリーを作り上げました。社会に多大な影響力を持っているとか、マスメディアに多く露出しているなんていう人達は「公人」とみなしていいんじゃないかという判断です。大企業のトップだとか労組幹部、弁護士、教員、芸能人やスポーツ選手です。

で、そういう人の「不倫」も堂々と大騒ぎで報道できるようになったのです。

マスコミは、「報道すべきものより、求められるもの」を報道する傾向がありますから、今、1年間に1000件近く起こっている殺人事件より「不倫報道」が求められているということです。

先週、「東京電力は24日、福島第一原発事故当時の社内マニュアルに、核燃料が溶け落ちる炉心溶融（メルトダウン）を判定する基準が明記されていたが、その存在に5年間気付かなかったと発表し、謝罪した。東電は事故から2カ月後の2011年5月まで炉心溶融を公表しなかったが、基準に従えば3日後の3月14日には1、3号機について判定できていたという」（朝日新聞）という、国民を舐めきったニュースがありましたが、これは求められてなかったので、ちょこっとだけ報道されて、それで終わりました。

もし、「みなし公人」が不倫した後、3日後にバレていたはずなのに、「2カ月後にやっと白状した」。でも、「不倫の証拠」があったことに、「5年間、気付かなかった」なんてことが起こったら、日本中、大騒ぎになるでしょう。

5年間、気付かなかったってなんだよ、そんなことがあるのかよ、嘘ついてんじゃないのかよ、どーいうことだよ⁉ と、テレビもネットも大炎上するでしょう。「不倫」なら炎上するのです。でも「原発問題」はじつに静かなのです。

先週、「不倫」がこんなに騒ぎになるのは、みんな、内心「うらやましい」と思っているのだと書きました。自分は我慢したり、できなかったりしてるのに、なんで、お前はそんな美味しい目にあってるんだ。許さない。

そして、マスコミ側からすれば、

「視聴者も読者も、興味があるのは政治とか原発とかじゃなくて、エロだよね。不倫ってエロ関係だから。エロが知りたいんだろ」という判断が動いているということです。つまりは、視聴者も読者も、その程度のレベルだと思われているということです。つまりは、舐められているのです。別の言い方をすれば、見透かされているのです。

と書いて、999回目の原稿でした。次号、連載1000回目です！

祝　連載1000回記念対談前編

1994年10月12日号からスタートした「ドン・キホーテのピアス」は、本号で連載1000回！　それを記念して鴻上尚史とイラストを担当している中川いさみの対談を、2週にわたってお届け！

鴻上　ありがたいことに、1000回も続けさせてもらってるってことなんですけどね。

中川　スゴいですよね。やっぱね。1000回。20年、毎週です。

鴻上　連載スタート時にイラストは中川さんに描いてもらいたいって、僕がご指名をしたんですが、最初、鴻上っていうのが描いてくれって言っていると聞いた時にはいかがでございました？

中川　それは嬉しかったですよ。

鴻上　僕、『狂気の沙汰も金次第』の山藤章二さんと筒井康隆さんのイラストとエッセイの関係がいいなって思ってたんです。エッセイを読んで面白く、イラストを見たらもっと面白い。そんな奇跡みたいなコラボが若い頃、連載されていて。そうなれたらいいなって思ってたんです。

中川 あれは面白かったですよね。

鴻上 ああいうのが今、少ないですね。ちゃんと描けて、エッセイの中身にも互角にコメントできる絵描きさんは少ないのかな。

中川 距離感は難しいですね。本文そのまま描いても面白くないし。

鴻上 世界を引き受けながら、ほどほどにズラす。中川さんは描くのに、結構時間かかるんですか？

中川 最初は1日考えてました。

鴻上 スゴい！　僕自身は、そんなに苦労して書いてる気がないんですよ。芝居の稽古中は、家と芝居の往復で、その時はさすがにネタがなくて苦労するんですけど。

中川 鴻上さんのお芝居見てると、連載で取り上げたテーマが凝縮されてる感じがありますよね。

鴻上 中川さんが最初の読者で、全部知ってるんだもんね。まあ、デビューしたてのお笑い芸人みたいに、なにか面白いことないかという意識は常に持ってますね。

中川 僕はSPA！のイラストは面白いの描こうと考えると、全然出てこないんですよ。忙しい合間に、ちょっとやろう、みたいに考えるとパッと出てきたりする。

鴻上 初期は笑わせようという意識が強かったけど、途中から中川さんにまかそうっていうふうに思うようになりましたね（笑）。文章とイラスト、トータルでクスッてできたらいいかな、と。真面目な内容の時は、「中川さんよろしく！」みたいな気持ちでいます。

中川　こっちもちょっと不調だったりすると、「なんかイマイチだけどオレは別にいいか〜。鴻上さんの連載だし」みたいな（笑）。

鴻上　いやいや。アマゾンのレビューでも、「ドン・キホーテは中川さんのイラストが楽しみ」ってコメントがついてますから。

中川　意識してるのは、絵が単独であるわけじゃなくって、見た人がこの絵はどういう意味なんだろう？　と、文章読んでもらえるような描き方にはしてますね。

鴻上　先に絵が目に入るからね。

中川　その絵だけで完結しちゃうと、読まないじゃないですか。絵だけだとよく分からない。で、内容読んでから絵を見ると、なるほど、そういうことかと分かる。

鴻上　確かに、筒井さんと山藤さんのやつもそうでした。山藤さんは、この文章をそう受け止めたのかという楽しみ方もある。

中川　旅行先や入院中の病室で描いたりとか、オレ自身、ドンキは思い出がすごいありますよ。

鴻上　ま、自慢は20年で一度も「鴻上尚史先生急病により」というのが出ることがなかったことですかね。スゴい！　誰も言ってくれないから自分で言う！　売れてない役者みたいだけど（笑）。

表紙を飾るのは持田真樹。巻頭「今週の顔」ではビートたけしのバイク事故からの復帰会見、宮沢りえの自殺未遂騒動を取り上げ、特集では「もっともアメリカン・ドリームに近い日本人」として漫画家たちの素顔を紹介。そんな中、連載第一回のテーマは「女子高生の短いスカート」

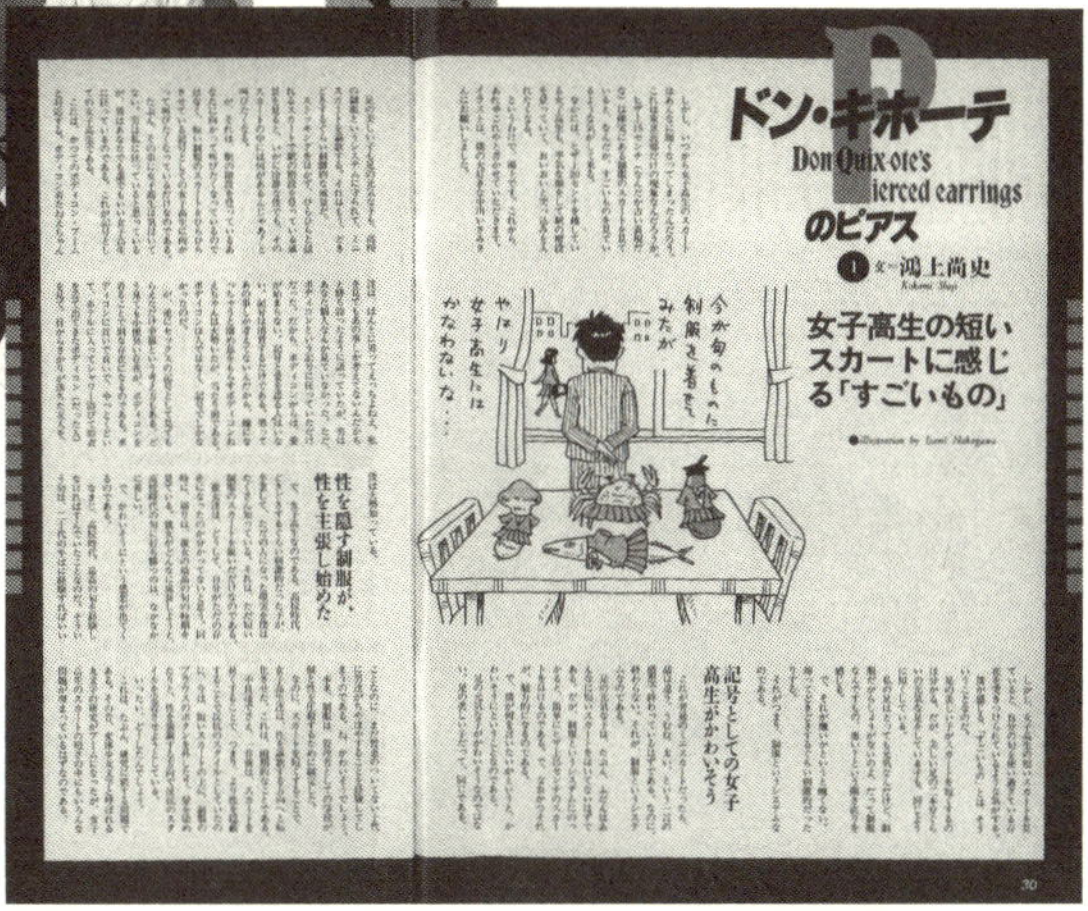

エッセイとイラストの距離感は難しい

一度も原稿を落としてない！オレ、スゴい！

祝 連載1000回記念対談後編

鴻上　俺達、SPA!のこの連載が20年、表現者としては30年くらいやってるわけで、そりゃ、時代も変わりますよね。

中川　最近は漫画でも、わざと手抜きぽいのやると「手抜き」って言われちゃうんです。昔は「それは面白い!」とかあったんですけど。

鴻上　遊び心が減ってきてるんですかね。役に立つのか立たないのか、書き込んでるのか書き込んでないのかっていう境目は楽しみたいんですけどね。ありがたいことに、SPA!は内容について「やめて下さい」ってのはこれまで一切ない。中川さんのイラストでも、ろくでなし子さんの回(2015年6月2日号)はスゴかった。感動しましたよ。

中川　鴻上さんがいっぱい書いてるから、ちゃんと描かないといけないなって思ったんですよ。

スパのイラストは入院中の病室やら
京都の旅館やら、いろんな所で書いて
送ったことがありましたが、2千回目
はぜひ、無重力状態の宇宙船で
書いて送りたいです。

鴻上　以前、別の雑誌でラスベガスのショーのリポートを連載したことがあるんだけど、そこで、男性ストリップを見て興奮して失禁しながら叫ぶおばちゃんのことを書いたんです。あまりに衝撃的で。そしたら編集部からは「ショーの内容を書いて下さい」と。バブルの終焉を感じた、そんな哀しい思い出もあります。

中川　今の時代、分かりやすさを求められますよね。何が書かれているのか、タイトルを見ただけですべて分かるような。

鴻上　ナンセンス漫画の中川さんなんて、大変困るじゃないですか。

中川　そうなんですよ。全然売れないんですよ、ナンセンスが。

鴻上　SF小説が復権し始めてるし、ナンセンス漫画も、あと10年くらいしたら時代がくるかもしれない。

中川 それ一筋でやればね。

鴻上 そうか、だから、ウェブ連載『マンガ家再入門』でストーリー漫画を今、模索してるのか。

中川 基本はギャグなんですよ。ギャグの表現として、オチのないギャグ漫画としてのストーリー。そういう形式はまだ少ないかなと思って。

鴻上 それは面白いと思います。面白いと思うけど……井上ひさしさんが、笑いを追求し始めると、お客さんが喜ぶことを追求することになり、お客さんが喜ぶことを追求していけばしていくほど、最後、自分がなくなってしまうんじゃないかという恐怖を感じる、という言葉を残しています。なんでもそうだけれど、お客さんが喜ぶことをし始めると、自分が必要でなくなるっていうか、奉仕するだけの仕事になってしまう。

中川 自分で考えている気になっているけど、実は誰かを笑わすようなことになっていないかは考えますね。

鴻上 誰かを笑かすために、どんどん自分がなくなっていくというか。漫才の台本作者はそういうことなのかもしれないですけどね。

中川 やっぱり、オチつけないと落ち着かないみたいな。

鴻上 今は、チョットしたら、すぐにオチをつけるの繰り返しですよね。

中川　むしろ、ラクなんですよ。オチがないままでいいのかなってスゴい心配になるんでしょうね。

鴻上　ＳＰＡ！のイラストを描く時は、オチは考えるんですか？

中川　真面目な話だったら考えないですけど。なにか引っかかるものがあれば考えますね。俺、好きなんですよ。一コマ。

鴻上　中川さん、他に一コマ風刺漫画みたいな仕事はこないんですか？

中川　ないですね。不条理マンガ家だと思われているんでしょうね。あと今、難しいんですよ。肖像権の関係もあって、例えば、プロ野球選手の顔は描けない。昔のいしいひさいちさんみたいなのはダメらしいです。

鴻上　確かに、『がんばれ!!タブチくん!!』は、許可関係は大丈夫なのかとは思いました。

中川　河合じゅんじさんの『かっとばせ！キヨハラくん』が、最近までやってたってのはスゴいですよ。

鴻上　あれは、連載中止よりも、連載が続いていたことにビックリした。

中川　今では、オリンピック選手の似顔絵もダメだし、ゲームキャラもうるさいですよ。

鴻上　20年たつと、いろんなことが変わりますなぁ。あ、20年、変わらないのはＳＰＡ！の原稿料（笑）。これは特記事項で言っておかなきゃ！

自分も社会も不寛容になっている？この作品を再演する理由

そんなわけで、この連載、1000回を突破しました。本当にありがとうございます。一番反響が多かったのは、「20年間、原稿料が変わってない」という発言でした。正確には、21年と半年です。

さらに正確に言うと、掲載ページが数年前、2ページから1ページになりました。で、当時の担当編集者の高谷さんに僕が「なるべく多くの文字数を確保して欲しい」と頼んだ結果、ページは半分になっても、原稿の文字数はレイアウトを工夫して三分の二を確保してもらえました。でも、ページは半分になったので、原稿料は機械的に半分になりました。ですから、正確に言うと、21年と半年で、一文字当たりの原稿料は安くなっているのです。ふふふふ。でも、21年と半年、僕は一度も原稿料の話を自分からしてないのです。ライターの鏡ですかね。

なんか、1000回記念のベスト本が出せたらいいのになあと思っています。1000本の中から選んだ50本とか。

売れないかなあ。もう、僕の本の中で一番売れないのが、このドン・キホーテシリーズなので、売れる・売れないにナーバスになってるんですね。

さて、そんな中、しこしこと毎日、『イントレランスの祭』の稽古をしています。はい、21年と半年前と同じ日常です。

4月9日から幕が開きますから、もうすぐです。

2012年、『ネットと愛国』（安田浩一／講談社文庫）に激しくインスパイアされ、僕自身の「不寛容」を見つめて書いた作品です。

初演は、若者達を集めて作った『虚構の劇

団』の公演でした。今回は、『KOKAMI@network』の公演で、主演に風間俊介さん。前回の『ベター・ハーフ』に続いての出演です。路上で詩と舞踏を売る、自称アーティストの役です。

その恋人に、岡本玲さん。昔、僕と『サンデーオトナラボ』というラジオ番組をやっていました。

ある日突然、大勢の宇宙難民が地球にやって来て、日本は25万人を受け入れたというのが物語の始まりです。

岡本さん演じるホタルは、難民宇宙人の女王として、難民の代表になります。そして、宇宙人達が迫害されたため、女王を中心にまとまる必要がでてきた、自分は宇宙人の中心になると風間さん演じる恋人に打ち明けるのです。

で、当然、「宇宙人は日本から出て行け！」と抗議をする人達がいて、それを取材するジャーナリストがいて、宇宙人は本来はスライム状なんだけど、地球に住むために地球人の姿を完全にコピーするようになって、コピーされたオリジナルの地球人がいて、コピーを怒っていて、としっちゃかめっちゃか、てんやわんやの騒動の話です。

イントレランスとは、「不寛容」という意味です。『ネットと愛国』に出会う前から、僕は自分がどんどん不寛容になっているんじゃないかと思っていました。

例えば、電車が駅に着いて降りようとする時、ドアの前に立ったまま動かず、進路をふさいでいる人に対して、激しく苛立つ自分に気付くのです。ツイッターで、見も知らぬ人からトンチンカンな突っ込みを受けた時、無性にムカつく自分を発見するのです。

いつからこんなに苛立つようになったんだろうと思います。2012年の作品を、2016年に再演しようと思ったのは、自分も世界もどんどん不寛容になっていると感じるからです。

とはいえ、今回は、『KOKAMI@network』としてのプロデュース公演ですから、ベテランの達者な俳優さん達に集まってもらいました。知る人ぞ知る、演劇界の曲者達です。もう、稽古場がじつにエキサイティング。毎日、腹抱えて笑ってます。

差別とか不寛容とか対立とか、一歩間違ったら深刻になる話を、エキサイティングに楽しく笑える形で描けたら素敵だと思っているのです。

差別される哀しみではなく、差別されても生きていくエネルギーの方に焦点を当てられたらと思っているのです。

ダンスも歌もありますから、充分楽しめると思います。よろしければ、劇場でお会いしましょう。芝居も連載も、これからもよろしくお願いします。

好きになるか嫌になるか外国人観光客

がしがしと『イントレランスの祭』の公演を続けています。この原稿が活字になる頃は、大阪公演の直前です。

制作が大阪公演に向けて準備している時に「ひぇー！　ホテルがないっ！」と叫びました。大阪、ホテルが慢性的に不足しているようです。

ＵＳＪ（大阪的には、ユニバですな。なぜ、大阪人はマクドとか三文字に略するのでしょうか）の大ヒットと、外国人観光客の激増によって、大阪ホテル戦争が勃発しているわけです。

東京もそうですが、街を歩いていて、本当に「外国人観光客」が増えました。気がつくと、交差点で周りがすべて中国人なんてことも普通になってきました。

で、一部で「外人ばかりでなんだか嫌」なんてことを言ったり、書いたりする人が出てくるわ

けです。
　以前、新宿のラーメン屋さんのカウンターに座っていると、中国人のグループ客が4人ほど入ってきました。一人、女性がティッシュで鼻をかんで、そのテッシュをそのまま、カウンターの上の箸置きの横に置いたことがありました。床に捨てるわけでも、ゴミ箱を探すわけでもなく、当然のようにカウンターの上に放置したのです。さすがに驚きました。当然のように、その女性はラーメンを食べて、ティッシュを残したまま、店を出て行きました。
　なんだかなあと思いながら、しかし、ヨーロッパで40年ぐらい前は、日本人が同じことをしていたんじゃないかなあと、考えてしまうのです。
　今から30年ぐらい前、僕が初めて海外旅行に一人で行った時は、欧米で出会うアジア人はほとんど日本人でした。団体さんにもよく会いました。

海外で同胞に会うと、なんだか、海外の貴重さ（？）が消えるような気がして、つい、距離を取りました。日本人でいっぱいのお店にはなるべく入らないようにしました。

宮崎駿さんが「ジブリ美術館に中国人がやって来て棚のここからここまでと、お土産を爆買いして、スタッフが顔をしかめているが、日本人も昔は海外で同じことをしていたんだ」というようなことをおっしゃっていました。

バブルの時代、1980年代までは、欧米の有名なブランドショップで日本人しかいない風景を僕は何度も見ました。そして、店員のにこやかな笑顔の下にある、侮蔑した雰囲気も。

でも、きっと、ヨーロッパでも、田舎成金が都会のショップで、「ここからここまで」と、センスのかけらもない爆買いしていた時期があったはずです。それが、やがて、日本人になり、中国人になったのです。

今、ニューヨークやロンドンに行って、出会うアジア人は、みんな中国人か韓国人です。本当に日本人は少なくなりました。

ヨーロッパでは、昔「最近は日本人が多くて嫌になる」なんてことを言ってた人がいて、「いや、これも時代の流れなんだから、どううまくつきあうかじゃないか」と言ってた人がいたのです。

問題は、「嫌になる」という人が多いのか少ないのか、だと思います。

で、日本人も同じだと思うのです。

「最近は中国人が多くて本当に嫌になる」と、某マンガ家さんの最近の発言のように言ってしまうのか、「いや、2020年に向けて、まだまだ増えていくのだから、どううまくつきあうか、考えよう」と言うかの違いだと思うのです。

僕は昔、嬉々としてニューヨークとかロンドンを歩き回りました。あの時、「日本人は来すぎなんだよ。来るなよ。ふざけるな」と言われていたら、その国を大嫌いになっていたでしょう。

もちろん、いくつかの街で、あきらかな差別的な扱いを受けたことはあります。予約をしたレストランで、窓側の席が空いているのにトイレに近いテーブルに案内されたり、公園を歩いていて後ろから何回も小石を投げられたり、いろんな嫌な思いをしました。

けれど、総体的には、受け入れようと努力してくれた人が多かったと感じられた国を好きになったのです。

日本もまた、外国人観光客にとって「大嫌いな国」になるか「大好きな国」になるか、ここ数年が勝負の重要な時期が来ているんだと思います。

あらゆる自粛に反対します

その昔、ラジオのチャリティー番組で電話受けをしたことがあります。

そのラジオ局で番組を持っていて、「どうしてもやってくれ」と頼まれたのです。番組自体への出演時間はほんの数分で、その後、2時間ぐらいリスナーからかかってくる電話を取りました。

リスナーと会話しながら、どれぐらい募金したとか、不幸なのに頑張っている人を知っているとか、番組で使えそうな話があればディレクターに報告するのです。

番組は、チャリティーが目的でしたが、タレントさん達が楽しく盛り上がっていました。

もう30年近く前のことですが、忘れられない電話があります。それは、不機嫌な女性の声でした。「チャリティーなのに騒いでいるのがとても不快。気分が悪い。なんなの」といきなり言われました。僕はドキドキしながら、とにかく謝りました。電話の人は、「チャリティーなんだか

自粛ムードの時現われる
妖怪ポポポポーン
PoPoPoPo〜ン

ら、ちゃんと番組の趣旨を理解して、もっと真面目に放送すべきだ」と繰り返して、電話を切りました。

僕は20代の真ん中で、その電話をどう受け止めていいのか分からず、誰にも言わないで仕事を終えました。

明石家さんまさんが、九州の地震に関して、芸人として苦悩しているというニュースが流れました。

さんまさんは、「こういう時にお笑い芸人っていうのは困る」とラジオで語ったそうです。

もともと「苦しんでる人達が俺のテレビを見て、ちょっとでも笑っていただければ」「落ち込んでる人を助けたい」という思いも抱えてお笑いの世界に入ってきたが、「ホンマに落ち込んでる人に対して、笑いは必要なのか」という壁にぶつかるとして、「(芸人は) 不幸な商売やなと思う」と持論を述べたのです。

これに対して、ネットの反応は、賛否両論のようですが、ヤフーニュースに載ったサンケイスポーツの記事はひどかった。否定の意見として、「こんな時にお笑いなんて不要なんだよ。くだらない芸能人の話よりも、楽しくて愉快な笑いは自然と出てくるもの」。

ネットにこの書き込みがあったのでしょうが、あったから紹介すればいいというのなら、『サンケイスポーツ』、そして『YAHOO!ニュース』というクオリティは保証できなくなります。

勝手な想像ですが、この書き込みをした人はとても若いと思います。中学か高校まで。そうじゃなければ、「楽しくて愉快な笑いは自然と出てくる」なんて書けません。人生に対する無知と幼さが見えるのです。

で、そのことは置いといて、チャリティー番組の時、僕もじつは、番組の盛り上がりを「うるさいな」と感じていました。それは、そこで笑い、喋っていた人達をよく知らず、なんの感情移入もできなかったからです。

もし、自分がよく知っている人達が楽しく笑っていたらどうだろうかと僕は考えます。そしたら、不快には感じなかったかもしれないと思うのです。

九州の地震に対して、さまざまなことを「自粛」すべきかどうか、議論されています。東日本大震災の時の繰り返しにも感じます。あの時、ニュース番組の間で流されたアニメ番組に対して、多くの被災者は歓迎の声を上げました。もう津波の映像を見るのはうんざりなんだと。

僕は基本的にあらゆる自粛に反対します。それは、経済活動を停滞させ、文化的にもマイナスにしかならないと思っているからです。やめることで何かをしたことになるとは、僕は思わないのです。

9・11の時、ニューヨーク市長は「野球と演劇の火を消してはならない。この二つはニューヨークが誇るものだ」と自粛を戒めました。多くの市民が死んだ数日後にはコメディーが上演され、みんな笑いました。

だから、テレビのバラエティーも自粛すべきではないと思います。と書きながら、チャリティーの時にかかってきたあの電話を思い出すのです。

自分が本当に落ち込んでいる時、楽しそうな人を見て元気をもらうか、苛立ち殺意さえわくかは、相手との距離かもしれないと思います。ブロードウェイのコメディーをみんな笑ったのは、俳優もまた苦悩していると観客も知っていたからです。

テレビではしゃぐ人達に対して「あんた達は何も分かってない」と思えば、怒りはわくだろうと思うのです。

ネット炎上のカラクリ

ネットで衝撃的な記事があったので、紹介します。これは、なるべく多くの人が知った方がいいと思うからです。

ファッションモデルの平子理沙さんが、熊本地震についてブログに書いて炎上しました。あまりに悪質な書き込みが多かったので、弁護士に相談しました。そして、書き込みのＩＰアドレスを調べたところ、膨大な書き込みは主に６人の仕業だと分かったのです。

この６人は、書き込みのたびに毎回名前を変えました。様々な人が批判しているように見せるためです。

「巧妙なのは、時々良いコメントも書いてみたり、時には女性に、時には男性になり、一人で『わたしも〜さんの意見に賛成です！』と複数の人間になりすましたり、色々なワザを使っていた」と、平子さんは書きます。

６人の中には、「自殺しろ」と１００件以上書いた人もいたそうです。

普通、炎上というと、私達は大勢の人から責められているというイメージを持ちます。が、実際は６人で大規模に炎上できるのです。

ｇｕｄａｃｈａｎさんという人が、『ＮＡＶＥＲまとめ』で、この炎上関連を紹介してくれています。

それによると、ジャーナリストの上杉隆さんが、ブログで靖国問題のことを書いたら炎上したことがありました。

３日間くらい放置していると、７００以上のコメントが付いていたので、ＩＰアドレスをチェックしてみると、コメントしているのはたったの４人だったそうです。

「１人で４００以上のコメントを付けた人に、

ブログ上でIPアドレスをさらし『ありがとうございます。これからもよろしくお願いします』と書いた。そしたら、次の日から、その人からのコメントはゼロ。逃げてしまったようですね」と、上杉さんは言います。

ニコニコ動画を作った川上量生氏は、著書『ネットが生んだ文化』（KADOKAWA）の中で、ネット原住民の炎上の実態がわずか数名の暴走でしかないことを指摘しています。

川上さんは、「炎上は基本的にヒマなネット原住民がごく少数いれば起こせるのだ。2ちゃんねるの管理人を長く務めていた西村博之氏によると、『2ちゃんねる上でのほとんどの炎上事件の実行犯は5人以内であり、たったひとりしかいない場合も珍しくない』らしい」と言います。

『ネット炎上の研究』（田中辰雄・山口真一／勁草書房）によれば、調査した1年間で炎上に参加したネット利用者は、全体のわずか0・5%だそうです。この少数を「ノイジーマイノリティー」と呼んだりします。少数ですが、うるさいので存在が目立つのです。

じつに、想像よりはるかに少ない人数しか、炎上に参加していないのです。いえ、はっきり言えば、5人以内で起こされる炎上は、架空の炎上だと言ってもいいと思います。

でも、それがノイジーマイノリティーなので、私達は振り回されてしまうのです。

例えば、CMが数本の抗議電話で中止になることがあります。けれど、あとあと、わずか5本の電話で中止にしたんだ、愚かだなあと笑い話になります。

ですが、炎上には、暗く不気味なイメージがありました。ネットの暗闇から得体の知れない何かが飛んでくる雰囲気です。

が、それがわずか5人前後の偏執狂的な書き込みなんだと分かったのです。

逆に考えれば、個人が埋没し、生きてる実感を持てないこの時代に、わずか一人ででも炎上させることができるということは、なんと充実した時間なんだろうとも思います。自分がたった一人、数百のコメントを書くことで炎上の形にできるのです。

そして、ヤフーニュースなど、ネット記事に取り上げられるのです。

前回、僕はネット記事のクオリティーを問題にしましたが、毎日、毎号、毎週書かないといけないと、とにかくなんでもいいから記事にしてしまいがちです。一本の記事の原稿料は信じられないぐらい低いでしょうから、数を稼がないといけないという理由もあるでしょう。

でも、そういうことがノイジーマイノリティーを育ててしまうのです。炎上に対して、勇気を持って無視、または立ち向かっていいんだと思うのです。

ろくでなし子さんが「完全無罪」にならなかった理由

ろくでなし子さんの判決が5月9日に出ましたね。結果は、二件起訴されていて、ひとつは有罪、もうひとつは無罪でした。

で、マスコミは「一部無罪」と見出しをつけた所と、「ろくでなし子有罪」とした所がありました。

無罪になったのは、「デコまん」。ろくでなし子さんが自分のまんこを元にデコレーションしたものですね。

判決文では、「(2つのデコまん)は全体として毛皮を用いたオブジェのような印象を与え、(もうひとつ)は洋菓子のような印象を与える。(つまり)ポップアートの一種と捉えることは可能であり、芸術性・思想性さらには反ポルノグラフィーティックな効果が認められる」とし、

「一定の芸術性・思想性を有し、それによって性的刺激の緩和も認められる」としました。

「性的刺激が緩和される」というのはすごい言い方ですねえ。デコまんの写真を見れば分かりますが、これでワイセツな気持ちになれる人は、人類じゃないと思いますけどね。

さて、有罪になったのは、ろくでなし子さんが自分のまんこの3Dデータをインターネットなどを使って計9人に配布した案件です。

判決文ではこうです。

3Dデータは、スキャンしたものですから、「女性器周辺部分についての形状や起伏や細かいしわやひだも含めて立体的かつ忠実に再現されている」が、それはデータなので、「受領者がデータに色つけなどの装飾をすることで」「他人にもそれぞれの創作活動をしてもらいたいという意味で芸術性ないし思想性を含んでいる」と考えられる。
と、一定の理解を示しながら、「しかし、新しいテクノロジーを用いていることから、ただちに芸術性が認められるものではない」と、そんなことは言ってないぞという突っ込みから「各データ自体からは、被告人が当時進めていた創作活動の一環としての芸術性・思想性をただちに読み取ることはできない」と、「デコまん」では理解した創作性を完全に否定し、「本件各データは主として受け手の好色的興味に訴えるものになっていると言わざるを得ない」と断定するのです。

本当か？　ろくでなし子さんのまんこをスキャンした3Dデータが、「好色的興味」か？　そんなに手間隙かけて（データの再生には専用ソフトが必要ですから）わいせつな気持ちになりたいと人は思うのか？

で、僕はろくでなし子さんと直接の面識がないから失礼を承知で勝手に言うんだけど（ろくでなし子さん、ごめん）、女子高生じゃなくて、巨乳アイドルじゃなくて、人気AV女優じゃなくて、ろくでなし子さんなんだぜ。もう大人のアーティストなんだぜ。本気で裁判官は「わいせつ」だと思ってるんだろうか？

で、結論が「刑法175条のわいせつな電磁的記録に該当する」で、罰金40万円なのですよ。ろくでなし子さんはただちに控訴するようですが。

量刑理由で「種々の方法で不特定多数の人物にわいせつな電磁的記録を頒布していることから

すれば」と前置きして、「本件各データが電磁的記録の一次的な受領者のみならず、さらなる不特定多数の第三者に流通拡散し、性生活に関する秩序及び健全な性風俗が害される危険性は高い」としています。

これが有罪の本音だと思います。つまり、「いいかい。この方法、誰でも有罪になるからね。女子高生とか巨乳アイドルに使うんじゃねーぞ。分かったね」と、ろくでなし子さんを「見せしめ」として有罪にしたのだと感じるのです。

と、書きながら、裁判長は女性です。じつは、判決文を読みながら「うーん。この人、じつは全然問題ない、わいせつじゃないと思ってるんじゃないだろうか」と感じました。

弁護団は、「わいせつ性が問われた刑事裁判で一部でも無罪になったのは非常に珍しい。画期的な判決だ」と評価していました。30年ぶりの無罪判決だそうです。

でも、そもそも、あなたも知っているように、日本の有罪率は99・9%で世界最高です（欧米は70～80%。中国は98%。ナチスドイツで99・5%）。

検察が起訴したのに無罪にすると裁判長の将来の出世に響くと言われています。そう思うと、この裁判長も、検察の手前、完全無罪にできなかったんじゃないかと思ってしまうのです。

蜷川幸雄さんのこと

僕は2005年、蜷川幸雄さんが演出する『キッチン』（アーノルド・ウェスカー作）という作品に俳優として出演しました。

蜷川さんの演出を一度、間近で見たい、そのためには俳優として出演するのが一番いいだろうと思って、1年程前から、とにかく何でもと蜷川さんにお願いしていたのです。

もらったのは、副コック長のフランクという役でした。大勢がキッチンで働くのですが、その中の一人で、二幕なんかはセリフが三つぐらいしかありませんでした。ですが、目的は蜷川さんの演出を見ることなので、関係ありませんでした。

稽古に入る前に、「セリフは稽古前に完全に覚えてきて欲しい」というオーダーがきました。

僕が演出家の時は、「セリフはうろ覚えでお願いします」と、稽古前の俳優さんには言います。あんまり完全に覚えてしまうと、稽古場での微妙な修正ができなくなると思っているからです。

そのことを、稽古に入る前、ポスター撮影の時に蜷川さんに言うと、「完全に覚えて、なおかつ稽古場で相手の言葉にあわせて修正するのが俳優の仕事だろう」とサラッと言われました。「でも、蜷川さん」と反論しようとしたら、「鴻上、お前、今回は役者」とだめ押しされました。「はい、そうでした」と新人俳優のように恐縮しました。

いざ、稽古が始まると、渋谷にあった稽古場は、ロフトというか、一階の稽古場をぐるりと取り囲む中二階のスペースがあって、そこに若者がズラッと座っていました。誰だろうと思って、蜷川組のベテラン俳優さんに聞くと「ニナガワ・スタジオの若者だよ」と教えてくれました。

蜷川さんが若者を集めて作った集団というか、

若者を演出するグループに所属している人達でした。演技の勉強のために、ずっと熱心に中二階から毎日、見下ろしていました。

僕が演出家の時は、稽古場に知らない人を絶対に入れないようにしています。稽古場は傷つき魂が裸になる場所です。そのためには、同志だけが集う場所でなければならないと思っているのです。

けれど、蜷川さんは俳優志望の若者に稽古場を開放していました。稽古場を見学のために、有名な俳優さんが何人も訪れました。そのたびに、蜷川さんは嬉しそうに話していました。

稽古の途中で、ある若い俳優がどうしてもうまくセリフを言えないことがありました。蜷川さんは何度もセリフの言い方を演出しましたが、俳優さんの演技はあまり変わりませんでした。

テレビでは売れていましたが、映像の演技しかしたことがなく、舞台の演技は初めてで、舞台そのものに戸惑っている感じがありありとしました。

稽古はまったく進まなくなり、二日間、その俳優さんのシーンだけが繰り返されました。

三日目、その日も同じシーンから始まったのですが、若い俳優の演技はあまり変わっていませんでした。

すると蜷川さんは、中二階のロフトに向かって、一人の俳優の名前を呼びました。若い男性が大きな声で返事して、階段を降りて来ました。蜷川さんはその若い俳優に向かって「ちょっとやってみろ」と言いました。

すると、彼は、今稽古していたシーンのセリフを完全に話し始めました。その若者は、苦労していた俳優のセリフを完璧に覚えていたのです。

稽古を見ていた僕達は驚き、震えました。全員が、「彼がすでにセリフを完全に覚えている」という意味を一瞬で悟りました。それから、二日間、本来の彼が演じた後、ロフトで見ていた若者が同じ役を演じる、という稽古を繰り返しました。

そして、三日目、その役は、ロフトの若者が演じることになりました。本来の彼は、セリフのない「キッチンに出入りする業者」という役になりました。

僕は、蜷川さんはこういう現実に生きているんだと震えました。もちろん僕だって役を変えたり、おろしたことはあります。でも、二日という速度ではありませんでした。

蜷川さんは、その稽古で若者達に演出した後、「僕の言葉に負けないでね」と何回も繰り返しました。やがて、僕も蜷川さんぐらい大きくなったら、この言葉を使おうと密かに決めました。

あえて冥福は祈りません。向こうの世界に行った時に言いたいことがたくさんあります。

合掌。

『日本会議の研究』について

すごい本でした。『日本会議の研究』（菅野完著　扶桑社新書）。

安倍首相はもちろん、第三次安倍内閣の8割が「日本会議国会議員懇談会」に所属している、あの「日本会議」の正体を暴いた本が、扶桑社から出たんですからね。販売禁止と回収を求める仮処分命令が申し立てられたのは、「ちょ待てよ！　フジ・サンケイグループだろ！　俺達、仲間だったんじゃねーの？」という憤慨と戸惑いからなのかもしれません。

著者の菅野さんは、自らのことを「保守で右翼」と自認し、「保守の本分」を考える人です。別に左翼の人が「日本会議」を攻撃したくて書いたものではないのです。

菅野さんは、保守・右翼として、「日本会議」の主張は奇異そのものに感じ、サラリーマンだった時代からこつこつと「日本会議」の調査・研究を始めたのです。

それは、日本が右傾化していると言われるけれど、2014年の衆院選挙の得票率を見ると、

与党が49・54%で、野党が50・46%で、「有権者の好む政策争点はここ10年左右にぶれることなくほぼ不変であるにもかかわらず、政治家、とりわけ自由民主党の政治家達だけが右側に寄り続けている」という謎を解き明かすことになりました。

内容はまるで一級のミステリーを読むようでした。

皇室を中心とした社会を創造し、改憲し、法の副産物である行き過ぎた権利の主張を抑え、自由な家族観を排斥し、靖国神社参拝を積極的に進め、国防力を強め、自衛隊の積極的な海外活動を目指す、というような主張が「日本会議」です。

その事務総長を務める椛島有三《かばしまゆうぞう》氏と「日本会議」を実質的に作った参院のドン・村上正邦《まさくに》氏、

安倍首相のブレーンである「日本政策研究センター」代表の伊藤哲夫氏、集団的自衛権の解釈は違憲ではないと主張した百地《もも ち》章《あきら》氏、ユネスコの南京虐殺記憶遺産認定に抗議した大学教授・高橋史朗《しろう》氏、さらに、安倍後継の最有力候補と言われる稲田朋美氏が、すべて、ある原理主義的な宗教ネットワークによってつながっているという驚愕の事実を、本書は丁寧に実証していきます。いやあ、ドキドキしますぜ。

ゾッとする話も出ています。2015年8月、「日本政策研究センター」の伊藤氏は、改憲草案を創ります。それは、1「緊急事態条項の追加」、2「家族保護条項の追加」、3「自衛隊の国軍化」の優先順位です。

同年11月10日、日本会議が主導する「美しい日本の憲法をつくる国民の会」は、「今こそ憲法改正を！　武道館一万人大会」を開きました。

その時、櫻井よしこさんは、憲法改正の二点、「緊急事態条項」と「家族保護条項」を持ち出しました。その日の午前中、安倍首相は衆院予算委員会で「緊急事態条項」を改憲の具体的項目として挙げました。

そして、自民党の草案もまったく同じになりました。それまで、改憲と言えば9条が問題となることを、避けたのです。まずは、災害時、緊急時の対応だとしたのです。

そして、それを「日本政策研究センター」がセミナーで発表した時、参加者の一人が「優先順位は分かったし、緊急事態条項の追加などであれば合意も得やすいとは思う。しかし、我々は、もう何十年と、明治憲法復元のために運動してきたのだ」と問いかけ「もちろん、最終的な目標は明治憲法復元にある。だから、合意を得やすい条項から憲法改正を積み重ねていくのだ」とセンターは答えています。

「我々」とは誰か？　それは、ぜひ、本書を。

「我々」は市民運動が嘲笑の対象になった’80年代以降の日本において、めげずに、愚直に、極めて民主的に市民運動の王道を歩き、民主主義を殺そうとしているのです。

政治論争ではなく、宗教論争をしているんだと、議論をしていて感じる時があります。そんな時、僕は激しく消耗します。

自説を語り、具体的な反証を受け、さらに議論を深める。だからこそ、時間をかける意味があるのです。が、ただ宗教的情熱で理念を主張する人とは、生産的な議論はできません。ただ、感情の爆発と恫喝《どうかつ》があるだけなのです。

事務総長の椛島氏は、長崎大学時代、ビラを配ろうとして左翼学生に殴られたと言います。殴った左翼はじつに愚かだったと思います。それもまた、マルクスという〝宗教〟原理主義に固まった人達だったのです。

オバマ大統領の広島演説に思わず涙ぐんだ理由

オバマ大統領の広島演説は、じつに感動的でした。テレビで見ながら、その上手さに唸りました。スピーチとして満点の出来でした。

ここまでの「スピーチ術」を持つ日本人政治家はいないので、余計、日本人は感動したのだと思います。

本当は、「原爆を二発も落とす必要があったのか？」「終戦に導いたのは、原爆ではなく、ソ連参戦ではないのか」「非戦闘員を原爆病を含めて累計で30万人以上殺した原爆は戦争犯罪ではないのか」と、終わらないシビアな問題があります。

だからこそ、「アメリカ大統領は謝罪するのか」というとても大切なテーマがあったのですが、オバマ大統領は名演説で吹き飛ばしました。

スピーチ術

オバマの勝利です。僕も、オバマ大統領が被爆者の方とハグする瞬間、思わず涙ぐんでしまいました。

こうなると、情緒的で水蒸気の国に住んでいる国民としては、「謝罪問題」なんて、どっかにいってしまうのですよ。

僕が何回かこの連載で書いているように、欧米の政治家は「スピーチ術」の徹底した訓練を受けています。

まず、スピーチ内容は、専門のスピーチライターが書きます。プロの作家です。日本の政治家のような官僚の方が各所に問題のないように気配りして書く文章ではありません。

だからこそ、「71年前の明るく晴れ渡った朝、空から死神が舞い降り、世界は一変しました。閃光と炎の壁がこの街を破壊し、人類が自らを破滅に導く手段を手にしたことがはっきりと示されたのです」なんていうスピーチを始められるのです。

これはもう、はっきりと「歴史に残す」ということを意識した文章です。日常聞くと「臭く」感じてしまうテンションの高い表現は、歴史の中では当たり前に感じるのです。

そして、政治家は喋り方の訓練を受けます。

僕が行ったイギリスの演劇学校では、夏休みの間、先生達は、政治家や大企業の社長のスピーチレッスンというアルバイトをやっていました。結構な稼ぎになるようでした。

欧米は特にスピーチ文化なので、「人前で堂々と、ユーモアを交えて、豊かな感情表現と共に、人間味溢れる」スピーチをすればするほど、その人の評価が高まるのです。

日本では、卒業式とか入学式の偉い人のスピーチのように「単調で、書いたものを丸読みして、聴衆の顔を見ないで、ユーモアのかけらもないもの」がスピーチだと思われています。そして、そんなスピーチでも、誰も抗議することなく、みんな黙って聞いています。スピーチってのはそういうものだと思っているのです。

では、演出家はスピーチの時にどんなことをアドバイスするのか？

まず、誰でも人前で話す時、無意識に早口になります。緊張して心拍数も上がるので、つられて話す速度も上がるのです。

ですから、まず、「意識的にゆっくり話そう」と思うことが大切です。そう思っても、緊張している人は早口になるのです。

間を取ることも大切です。けれど、緊張している人は無意味な時間を空けて、間にしてしまいます。

が、落ち着いている人は、意味のある間を取ります。

今回、オバマ大統領の演説が感動的だったのは、この間がじつに有効だったからです。

彼は、「なぜ私たちはここ、広島に来たのでしょうか?」と問いかけ、その後、たびたび、間を取っては広島の風景を見つめました。

ほんの一瞬ですが、ちゃんと街と聴衆を見るのです。広島に来た意味を考えるためには、広島を見て、感じる必要があるからです。

じつは、緊張しているとこれができません。ドキドキしていると、相手の話をちゃんと聞けないように、落ち着いて相手の姿を見ることもできないのです。が、オバマ大統領は、アメリカ大統領が広島を訪ねるという歴史的な瞬間に、周りの風景を見る余裕を持っていたのです。

もちろん、完全にはリラックスはしてなかったでしょう。ドキドキしていたはずです。でも、ちゃんと周りを見て、そして、その場で生きながら話したのです。

日本の政治家や社長は、その場では生きてないです。ただ、過去に書かれたものを、過去の時間として読み上げるだけです。それではどんな内容でも感動するはずがないのです。

二重まぶたを目指し、アイプチ・デビュー？

『ためしてガッテン』がリニューアルした『ガッテン！』を見て、悶々としております。

まぶたが落ちてきて、目が隠れている人は、それが原因で激しい肩こりになることがある、なんていう内容だったのですよ。

どういうことかと言うと、まぶたが老化など様々な原因でたるんでしまうと、瞳の上にどーんと落ちてくるわけですわな。

で、まぶたの力だけでは目が開かなくて、視界が狭くなってしまうから、これはいかんと、代わりに「おでこの筋肉」を使って、人は無意識にまぶたを持ち上げようとするんですと。

この時、おでこにシワが入り、常におでこの筋肉が緊張した状態になります。

じつは、おでこの筋肉は、後頭部・肩・腰の筋肉とつながっていて、おでこの筋肉が緊張する

と、その緊張が全身に伝わり、頭痛・肩こり・腰痛を引き起こしてしまうことがある、なんてことなのですよ。

んで、それを予防するためには、目をパッチリにする手術でまぶたを持ち上げるか、メーク用品でまぶたを持ち上げるかすればいいって言うのですよ、『ガッテン！』は。

番組では、頭痛・肩こりに悩む5人にパッチリメークをしてもらって一週間過ごしてもらい、見事にこりや痛みが改善するという結果が出ていました。

僕の顔を知っている人なら、「ああ、鴻上はまぶたが瞳を隠しているな。目がそもそも、細くてよく見えないもんな。この前、イラストを描いている中川さんのマンガに、鴻上本人が登場してたけど、目はずっと一本の線だったもんね。瞳なんかまったく描かれてなかったもんね」と気付くことでしょう。

はい、あたしゃ、老化とかそんな前からまぶたが瞳を隠してるんですね。

忘れもしません、中学校の時。仮性近視になってどんどん視力が低下し、毎月、眼科に通ったことがありました。

眼科のおばちゃん看護師は、僕の視力検査をするたびに、「ほらほら、よく見ようとして目を細めない。そのまま、見るの！」と怒りました。僕は毎回、「いいえ、細めてないです。そのままです」と、口に出すと怖いから心の中で言っていました。

よく「笑うと目がなくなる」なんて言われる人がいますが、おいらは初めからないのね。

で、おいらは、『発声と身体のレッスン』なんていう本を書いて、自分の体のことはそれなりに意識してるんですが、ずっと、「この激しい肩こりはどこから来ているんだろう？」と思っていたのですよ。

こりそうになると、意識的に力を抜いて、なるべく悪化することを避けてきましたが、放っておくと、すぐに肩の緊張が高まる身体をずっと考えていました。

それが、『ガッテン！』を見て、「こ、これかもしれない……」とテレビの前で愕然としたのです。

メーク用品でまぶたを持ち上げるというのは、女性なら全員が知っているだろう、「アイプチ」

系の商品のことですね。

手術を受けるつもりはないですが、アイプチでまぶたを持ち上げれば、つまりは、二重にすれば、おいらの肩こりは解消するかもしれない！　のですよ。

しかし、ああた、ここまで来て、二重まぶたにするって、どーよ？

それなりに顔を知られて、「鴻上の顔はすがすがしいまでに、一重まぶたで一本の線」と思われているおいらが、50歳を越えて、突然、二重まぶたになったら、君はどう思う？

絶対に腹の奥底で笑わないか？　いや、そんなことどーでもいいかもしんないけど、なんかの間違いで、指原莉乃ちゃんの泣きながらアイプチが見えてる有名な写真みたいに、おいらも笑いながらアイプチが見えてる写真が朝日新聞になんかインタビューの時に載ったらどうする？

でも、目がぱっちりになって激しい肩こりが消えるのなら、こんな素敵なことはない、とも思うのよ。

ああ、私はハムレットやリア王のように苦悩している。

二重になったと笑う人に「美容ではない。肩こりのためなのだ！」と叫ぶのか。私は、生まれて初めてアイプチを買うのか。生まれて初めてつけるのか？　ああ。

石原さんと舛添さんでは態度の違うマスコミ

舛添さんがとうとう都知事を辞めましたなぁ。

前任の猪瀬直樹さんの時もそうですが、「これはアウト」というムードが出てからのマスコミの追い込みはすごいものですねぇ。

猪瀬さんが都議会でカバンを持ち出して、5000万円分の札束模型をなんとか押し込もうとして入らず、途方に暮れている姿なんて、この目に焼きついてますねぇ。じつに人生を感じさせるシーンでした。

今回、舛添さんが嗚咽《おえつ》しながら、辞任を拒否している風景は見てないですが、ニュースに流れたら、きっと、しみじみしたでしょう。

で、みんな都知事に厳しいんだなあと思えば思うほど、なぜ、石原さんが任期をつつがなく全

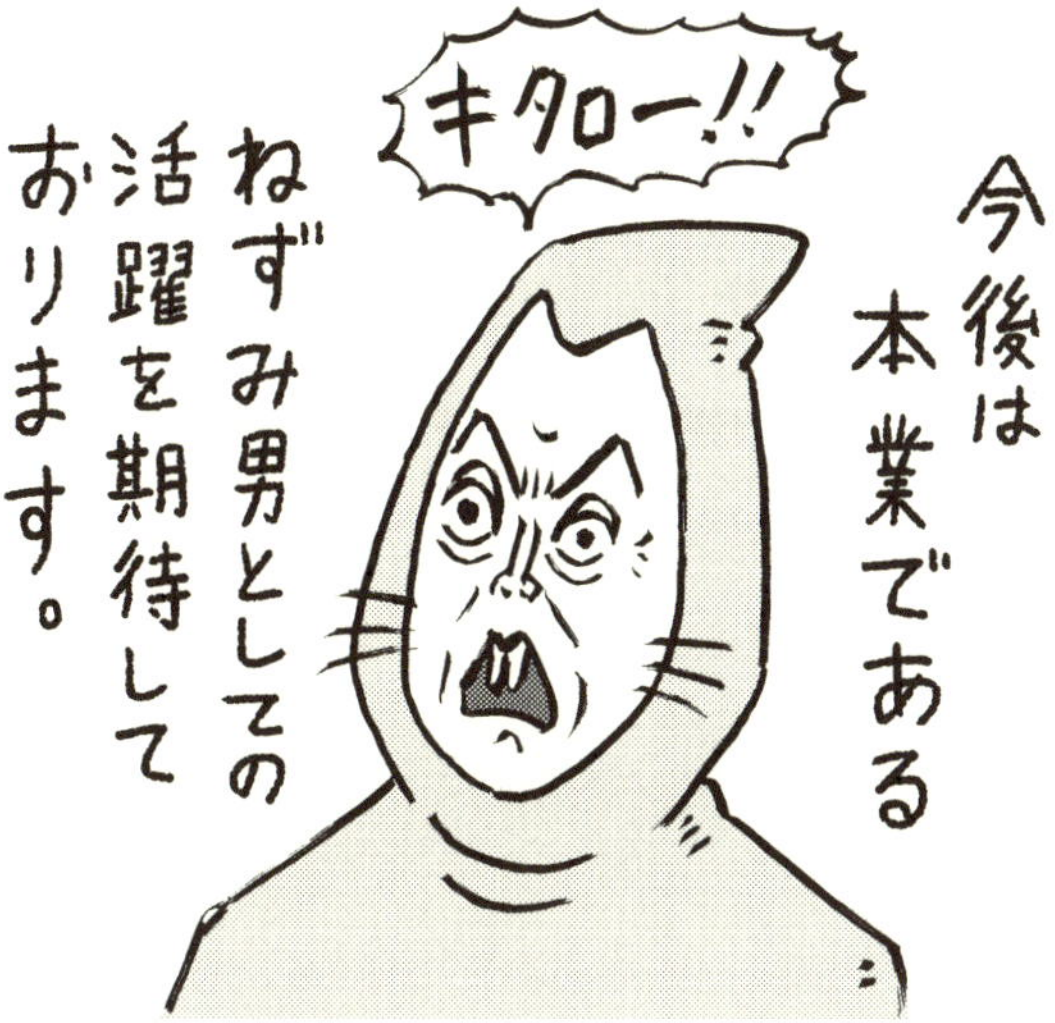
今後は本業である
キタロー!!
ねずみ男としての活躍を期待しております。

うしたのか分からなくなるのです。

調べれば調べるほど、石原慎太郎さんの公私混同とか贅沢の方が、舛添さんを上回っているんですよね。

『LITERA』の宮島みつや氏の記事によると、まず、『サンデー毎日』が'04年、「『知事交際費』の闇」というキャンペーンを展開したそうです。

石原さんは、高級料亭などを使って一回に数十万単位の会食を何回も行っていました。相手も、自分のブレーンで都政とはなんの関係もないものでした。舛添さんの回転寿司なんか、かわいいものです。

海外視察でも、ガラパゴス諸島の往復の航空運賃が143万8000円。もちろんファーストクラスですな。この時、石原さんは4泊5日の高級宿泊船クルーズを行い、船賃が約52万円。全体では、約１５９０万円の支出になってます。けれど、この『サンデー毎日』に続くマスコミは現れず、キャンペーンは尻すぼみになります。都民は怒らなかったのか、他のマスコミが騒がないから気付かなかったのか。

で、その2年後、石原さんが蛇蝎《だかつ》のごとく嫌っている共産党東京都議団が、石原さんの海外視察を問題にしました。全19回のうち、資料が手に入った15回の総経費が2億４０００万超。

例えば、'06年5月からのロンドン・マン島出張では、本来の目的の五輪の調査は実質約1時間半で、マン島でのオートバイレース見物などで３６００万円の経費をかけていました。

すごいですね。石原さん、贅沢の筋金入りです。

石原さんが平均して週三回しか都庁に行ってなかったことは、わりと有名でした。批判はされましたが、マスコミは今回みたいな袋叩きはしませんでした。

舛添さんが週末、湯河原に行き、「もし、大地震が起こったらどうするんだ」と問題になりましたが、石原さんの知事日程表にはよく「庁外」という言葉が書かれました。これは、「知事がどこにいるのか把握していません」という意味で、1年間7カ月の期間で、１１０日あったそうです。地震が起こった時の危機管理をどうするとかの問題じゃないです。すごいです。

舛添さんの美術館巡りが問題になりましたが、石原さんは自分の四男を約5億円の美術事業の役員に任命し、数々のプロジェクトを任せていました。四男は、画家としては当時、無名の存在でした。

舛添さんは決して口に出しませんでしたが、「贅沢とか公私混同とか、石原さんの方がもっとやってるよ。俺なんかまだまだだよ。もっとがんばらないと」と思っていたはずです。これだけ贅沢し公私混同しても、マスコミは石原さんを叩かなかったんですから。油断したのでしょう。

石原さんが自民党の重鎮、右翼論客の大物だったから、マスコミは遠慮したのは間違いないでしょう。

一方、舛添さんは一度自民党を除名になって、安倍さんにものすごく嫌われています。ご本人は今回、「公明党に裏切られた」と周囲に漏らしているとニュースになりましたが、そもそも、自民党も「応援はしたけど、そもそも、外部の人間だし」と思っていたのだと思います。

それから、石原さんは疑惑を追及されると、記者会見で逆切れすることはあっても「厳密な第三者」なんていう詭弁を使わなかった、ということも大きいでしょう。

それでも、なんで、猪瀬さんと舛添さんにマスコミはシビアな対応をして、石原さんにはあんなにも寛大だったのか、全然納得できないのですよ。あなたは納得します？

2割の働かないアリの存在が組織を維持する理由

アリは、どんな集団の中でも「働かないアリ」が2割ほどいる——なんとなく言われていることですが、それを実際に観察し、実証し、働かない理由を解明したと『プレジデント』のオンライン記事が紹介していました。

進化生物学者の長谷川英祐氏の研究なんですが、まず、実証のための観察がすごいです。

150匹の働きアリの集団を4組、胸や腹を3色でペイントして個体を識別し、1匹1匹毎日何をしているのか2年間にわたって観察したのです。

そして、約2割のアリがほとんど働いてないことを見つけます。さらに、よく働くアリ30匹、働かないアリ30匹を取り出して観察を続けると、やはり2割程度のアリがほとんど働かなくなることも分かりました。

問題はここからです。「なぜ、コロニー（集団）には、一定の『働かないアリ』が存在するのか？」

長谷川氏は、『反応閾値《いきち》』と呼ばれる『仕事への腰の軽さ』の個体差が影響している」と考えました。「働きアリたちの前に『幼虫を世話する』『巣を作る』といった仕事が出現すると、反応閾値の低い、つまり『腰の軽い』アリがまず働き始める」のです。

「腰の軽いアリがどこか別の場所に行ってしまったり、疲れて休みだしたりして初めて、より反応閾値が高い『腰の重い』アリは働き始めます。このシステムの結果、相対的に腰の重いアリたちは、「ほとんど仕事をしていないように見える」のです。

よく働くアリ達だけで集団を作っても、必ず反応閾値の差があるので、常に2割が働かなくなるのです。

次の問題は「アリのコロニーは、なぜ効率の悪そうなこんなシステムなのか」です。10割が「働きアリ」の方がいいと思えるからです。

長谷川氏は、コンピュータシミュレーションを使ってこの謎を解明しました。

「コンピュータ上に、個体（バーチャルアリ）に反応閾値の差があって働かないアリがいるシステムと、反応閾値が一様で、皆が一斉に働くシステムをつくり出し、それぞれに仕事を与えてどちらのシステムが長持ちするのかを比較した」のです。

「結果、皆が一斉に働くシステムは、働かないアリがいるシステムに比べて、単位時間あたりの仕事処理量は多かった」のですが、処理量にばらつきがありました。働かないアリのいるシステムの方は、処理量は少なくても、一定の仕事が常に処理されていたのです。

その理由を長谷川氏は説明します。働き者と見なされているアリでも筋肉で動く以上、働き続けていれば必ず疲れて動けなくなる時が来る。

「皆が一斉に働きだすシステムでは、疲れるのも一斉になりやすい。これが仕事処理量のばらつきにつながっていた」のだと。

そして、仕事が処理されない時間があるとコロニーが絶滅すると仮定すると、働かないアリのいるシステムの方がより長続きすることになるのです。

「アリの世界には、一時でも休んでしまうと、コロニーに致命的なダメージを与えてしまう仕事が存在」します。シロアリでは、卵を常になめ続けるという仕事を30分中断すると、卵にカビが生えて死んでしまうのです。

「皆が一斉に働きだすシステムでは皆が一斉に仕事ができなくなり、コロニーに致命的なダメージを与えるリスクが高まってしまう。それが、皆が一斉に働くシステムが短命であることにつながっている。働き者が疲れたら、普段働いていないアリが仕事を肩代わりすることで、アリのコロニーはリスクをヘッジしている」と言えるのです。

こうした研究成果は、今年2月に「働かないワーカーは社会性昆虫のコロニーの長期的存続に必須である」という論文にまとめられ、科学雑誌に発表されました。

一見非効率な存在を許容するからこそ、組織の長期的な存続は図れるという研究です。35年間、劇団を主宰し、零細企業の社長を続けている僕の実感からしても、組織に「どーしてあいつがいるんだ?」という人間がいる時の方が、組織は生き生きとし、創造的な動きができます。

組織が行き詰まってくると「効率性」と「団結」が求められ始めます。そうすると、じつに息苦しく、つまんない組織になり、結果的に組織の生産性は落ち、解散へと至るのです。

アイプチを使って分かった衝撃の事実と困っていること

何回か前に「マブタを持ち上げると肩こりが減る」という文章を書きました。NHKの「ガッテン!」で教えられた情報ですね。

んで、アイプチ系のヤツ、買いましたよ。んで、生まれて初めてつけてみましたよ。いやあ、難しいですねえ。女性は毎日、こういうことをしてるんですね。感心と同情です。だって、マブタの上にノリつけて、歯間ブラシみたいなので押し込むんですよ。これは技術ですわ。

右目は目のすぐ上をなんとか押し込めたのですが、左目はかなり上になりました。

右目は、二重っぽくなりましたが、左目は、「それは二重というより、マブタが引きつってるぞ」みたいな状態になりました。

でもね、びっくりしました。二重にして、マブタを押し上げた瞬間、いきなり、風景が明るく

気遣い上手の体重計

なったのですよ。突然、ライトがついたみたいな感覚でした。

マブタが上がって、瞳がちゃんと露出するわけですから、そりゃあ、明るく見えるんですよね。

この時、直感的に何を思ったかというと、僕の芝居を見たことがある人なら分かると思うのですが、僕は明るい照明が好きです。舞台をとにかく明るくします。

ずーと暗い芝居は本当に嫌なのですよ。でね、「あれ？　俺は照明家さんに『明るくして欲しい』ってよく言うけど、それは、俺自身がマブタが下がって、風景が暗く見えてるからなの？　俺のマブタの都合なの？」という衝撃的な疑問でした。

もしそうなら、おいらの演劇の照明は、なんの普遍性もないってことになるわけです。いえ、まあ、芸術に普遍性なんてないですけど、「なんで、鴻上の芝居は照明が派手で明るいの？」「ああ、鴻上の目が細くて、マブタが下がってて、よく風景が見えないから明るくしてるんだよ」だとしたら、大変なことですよ。

これはもう、劇場で照明を決めていく時は、絶対に「二重マブタ」にして、「本当に芸術的狙いで明るいのか？」それとも「単に目が細いから明るくしてるのか？」を決める必要があると思うわけです。

でもね、ためらうのですよ。私は、今さら、二重マブタデビューできるのか？

じつは、この前は二重マブタにしたまま、馴染みのうどん屋さんに行きました。店に入った瞬間、大将は、僕の顔を見て「目、大丈夫ですか？　なんか、変ですよ」と心配そうに声をかけてくれました。やっぱ、違和感、あるんでしょうなあ。ああ、困った。

でね、困ったついでに、もうひとつ告白するとね――。

僕は毎朝、自分の体重を計っています。デジタルの体重計です。これがね、僕の期待に応えてくれすぎるのです。

朝、計りますよね。今、僕は身長171センチで67キロです。で、「まてまて、おしっこしてからもう一回体重計に乗るともっと減るんじゃないか？」なんていう「身体測定の日の朝の女子中学生」みたいなことを、いまだに思うわけです。

で、トイレに行って、ちょっとだけおしっこを絞り出して、体重計にもう一回乗るわけです。するると、66キロになっているわけです。「いや、いくらなんでも、おしっこちょっとで1キロも減るわけないだろう」と体重計に突っ込むのですが、それなりの金額を払ったちゃんとした体重計は、ものすごく気をつかって体重を低く見積もるのです。

そんなことが何回も続いて、この話を知り合いのスタイリストさんにすると「そうです。デジタル体重計はけっこう誤作動します。だから、私なんか何台も買い替えてます」なんて言うのです。

で、私も買いましたよ。二台目。初代は、ちょっとおしっこすると、やっぱり1キロ、減らしてくれるわけです。で、すぐに二台目に乗りました。すると、二台目は、さらに1キロ減らして、65キロを示したのです！　あああ！

で、このことをさらにスタイリストさんに話すと「そうです。デジタル体重計は、地磁気の影響を受けやすいので、私なんか、東西南北、方向を四回変えて計ってますよ。数字が違うんですから」と、当然の顔をして言うのです。

うむむ。そうなのか。そういうものなのか。私は困っているのです。

チェルノブイリ事故から2年後に書いた『天使は瞳を閉じて』、再演

しこしこと、8月5日から始まる『天使は瞳を閉じて』の稽古を続けています。

この作品は、今から28年前、おいらが29歳の時に書いた作品です。ありがたいことに再演を重ねて、今回で6回目になります。イギリスで上演したり、ミュージカルになったり、いろんな形で上演しています。

原子力発電所の事故で放射能が溢れ、人類がいなくなった地球が舞台です。

冒頭、天使が二人登場します。天使の仕事は、人間の行動を見つめ、記録し、神様に報告することです。が、自分の受け持ち区域の人間が滅んだので、仕方なくフンコロガシとかアライグマを見つめています。

片方の天使がぶーたれます。フンコロガシとか亀とか、表情も分からないしドラマもないし、

天使は瞳を閉じて
学生はなんと
3000えん!!

あいつらを見つめても天使としてのやりがいがないと。なおかつ、神様も全然、返事をしてくれない。たぶん、神様は死んでしまったにちがいないと。

そして、奇跡のように生き残った人間達の街を見つけたから、そこに行こうと言うのです。

もう一人の天使は、自分達の受け持ち区域を離れてはいけないと主張するのですが、結局、その街へ二人の天使は行きます。

その街は、透明なドーム状の壁に囲まれていました。その壁が、放射能から人々を守ったのです。

そこでは、ちょうど、結婚式が行われていました。その幸福な風景を見ているうちに、片方の天使は人間になることを決意するのです。

相棒の天使は慌てます。なんとか引き止めようとするのですが、強引に片方の天使は人間になると宣言します。その瞬間、その姿が人間に見えるようになります。結婚式をしていた人達は、突然の見も知らぬ人の出現に慌てるのです。

その街は、人口に反比例してメディアが異様に発達していました。

人間になった元天使は、その街でさまざまな人間達の生活を見つめます。愛したり、憎んだり、戦ったり、怯えたり、挫折したり、間違いをおかしながら懸命に生きていく人々の姿を見つめるのです。

そんな話です。

書いたのは、分かる人には分かりますが、まずはチェルノブイリ事故の2年後でした。「原発事故によって人類が滅ぶ」というイメージがクリアに見えてしまった時代でした。

5回目の再演は、2011年8月でした。前年から芝居の予定を立てますから、偶然でしたが、また「原発事故で人類が滅ぶ」というイメージが蘇りました。

街を守っている「透明な壁」というのも、第一回目の公演の次の年にベルリンの壁が崩壊して、「目に見える壁はなくなったが、目に見えない壁が現れた」なんて言われたりしました。

それから、スティーブン・キングが2009年に『アンダー・ザ・ドーム』という透明な膜に覆われた街の話を書き、それが4年後にはテレビドラマになりました。しばらく見続けましたが、透明なドームが出現する瞬間のビジュアルには震えました。

長い時間、何回も上演していると作品にいろんなイメージが生まれるのです。

今回は、「虚構の劇団」という、僕が若い役者と一緒に芝居を創る劇団での上演なのですが、見どころのひとつは、客演陣の多彩さです。『仮面ライダーチェイサー』のイケメン俳優、上遠《かとう》野太洸《のたいこう》さんや、『世界ふしぎ発見!』のミステリーハンターの鉢嶺杏奈《はちみねあんな》さん、それから、前回の『ホーボーズ・ソング』で華麗なアクションを見せた佃井皆美《つくいみなみ》さん、そして前回の『虚構の旅団』に出演してくれた伊藤公一《こういち》さんが出ます。

劇団員とのコラボが面白いことになると思います。

と、今回の原稿は、全部、芝居の宣伝じゃねーかとあなたは思っただろうか。はい、全部、そうです。わはははは。すまん。でも、宣伝させてよ。8月5日から14日まで「座・高円寺」で、大阪にも愛媛にも行って、最後に「あうるすぽっと」で31日から9月4日までやります。

まだ一度も鴻上の芝居を見たことがないという人、特にお勧めです。値段も4800円とリーズナブル。学生はなんと3000円! これは見るしかないでしょう。詳しくは「虚構の劇団」でググってください。んでは、劇場で待ってるね。

リアルとフィクションのつながり

8月5日に『天使は瞳を閉じて』の初日を控えて、そりゃもうバタバタしております。

ただでさえ、世の中バタバタしてますが、『Pokémon GO』、もう、はまってます？

あたしゃ、そりゃもちろん、新しモン好きですからね。なおかつゲームも、最近はすっかりやる時間がなくなりましたが、昔は自分でRPGを作ったぐらいハマりましたから（このゲームの製作過程については色々あったのですが、大人の事情でまだ語れないのです）、とにかく、ゲームは大好きなのです。

なおかつ、「拡張現実」が特に好きなのです。

僕の芝居を見てくれている人なら、僕は「リアル」と「ゲーム（フィクション）」のつながりをずっと考えていると知っているでしょう。

『朝日のような夕日をつれて』という作品に登場する玩具会社が作ったゲームは、実際の新宿や

渋谷、つまりは現実の世界が舞台で、そこに自分自身が登場し、時間軸を移動しながら、何度も自分の人生をやり直すことができる、というものでした。

ゲームの名前は『リアル・ライフ』。1985年に上演した芝居でした。

ファンタジーがファンタジーの世界観の中で完結する方が好きな人と、ファンタジーなのに現実の世界を舞台にしている方が好きな人に分かれると思います。

僕は『ナルニア国物語』は大好きですが、一番好きなのは、現実の世界から異世界へ移る瞬間です。洋服ダンスの向こうに銀世界が広がり、子供達がその世界に入っていく瞬間が、例えば、言葉を話すライオンの登場より、大好きなのです。

もちろん、好みの問題でしょう。

ですから、映画版の『ハリーポッター』シリーズはロンドンが映るとよりドキドキしました。自分の知っている現実の中に、魔法を使う人がいる、という「リアル」と「フィクション」のギャップが好きなのです。

ファンタジーではないのに、フィクションとリアルがつながったと思って感動したのは『ニュー・シネマ・パラダイス』のエピソードでした。

映画館に入れない人達のために、映画技師のアルフレードはガラスを使って、映写機から出ている光を二つに分けます。ひとつは映画館のスクリーンに向けて。もうひとつは、映写室の窓から外に向けて。

光の先には、建物の壁があります。

突然、映画館の前の広場に立つ建物の壁に、映画が映り始めるのです。映画館に入れず、落ち込んでいた人は狂喜します。すぐにスピーカーを窓傍に置いて、人々は現実の壁の前で、フィクションの映画を楽しめるようになるのです。

公開時、映画館でこのシーンを見た時、僕は涙が溢れ出ました。作品がフィクションの中で完結するのではなく、現実の中に侵入していく。それは、僕にはたまらなく感動的なことに思えたのです。

僕の芝居が大音量とかにぎやかなダンスとか派手な装置を使うのも、なんとか現実とつながりたい、現実を浸食したいと思っているからだと、自分では思っています。

演劇は、じつは現実に一番働きかけやすいメディアで、それこそ、'60年代の「革命と文化の時代」には、世界中で、上演後に観客が興奮して自発的なデモが起こったり、劇場の前でお祭りが生まれたり、舞台に上がってきた観客と実際にセックスをしたり（ストリップじゃなくて、前衛的挑発劇でね）とか、いろいろありました。

そういう、あまりにも直接的で頭の悪そうな「現実とのつながり」はうんざりするのですが、まだ見ぬリアルとフィクションのつながりを常に夢想し、探求しているのです。

で、『Ｐｏｋéｍｏｎ　ＧＯ』ですわ。これもまた、ひとつの「リアル」と「フィクション」の見事な結合じゃないですか。やるしかないじゃないですか。本番間近のしっちゃかめっちゃかの時にやってる場合じゃない、なんて全然思わないわけですよ。

「リアル」と「フィクション」の結合なんですから。

さっそく、スマホにダウンロードしようとしましたよ。あれ、おかしいなと思って画面を見ると「この機種は、このソフトに対応していません」と表示されてるのですよ！　そこからですわ！　スマホ、買い換えですわ！　待ってろよ！『Ｐｏｋéｍｏｎ　ＧＯ』！　とほほ。

待ったなしの舞台初日と58歳の誕生日

この原稿が活字になる頃には、座・高円寺で『天使は瞳を閉じて』の上演の真っ最中です。が、今は、準備の真っ最中です。

なにせ、8月5日が初日で、開演が7時と決まっているわけです。これは、泣いても笑っても怒っても変更できません。変更したら、大騒ぎになります。

もちろん、世の中にはいろんなことが起こるので、開演時間が大幅に押した公演というのもあります。僕は、一度、最大25分押しました。7時から始まる芝居が7時25分から始まったのです。

これはもう、言ってみれば事故です。

謝るしかないので、僕が舞台に出て、平謝りしました。受付でのチケットの発券に手間取り、25分、ロスしたのです。

世の中には、1時間とか2時間押した、なんていう伝説の舞台もあります。9時に終わる予定が11時を過ぎてしまい、観客が終電に遅れないように走った、なんてエピソードもあります。こういう他人様の事故は、話すと興奮しますが、自分のことだったら死にたくなります。

開演が押さなくても、照明を作る時間が足らなくて、芝居の後半、いきなり、物語とあってない明かりが続く、なんていう初日を迎える芝居もあります。

たまたま初日に、そういう芝居を見ると、他人事なのに胃がキューッとなります。

「ああ、時間が足らなかったんだな。だから、ずっと照明が変わらないんだな。明日、必死で直すんだな。本当は今日はこんな状態の芝居、見せたくないだろうな」と感情移入するのです。

ですから、劇場に入って幕が開くまでの時間は、一分一秒、惜しいわけです。

そんな事情なのに「虚構の劇団」は8月に公演することがとても多いのです。で、困ったことに、8月2日はおいらの誕生日なのですよ。

役者さんが稽古中とか本番に誕生日を迎えると、スタッフは必死でサプライズを考えます。製作はこっそりと誕生日ケーキを買い、音響はナイスなハッピーバースデー・ソングを仕込み、照明は劇場なら派手な照明をチカチカさせながら俳優にピンスポットが当たるようにします。

つまりまあ、総掛かりでバースデーのサプライズを仕込むのです。もちろん、俳優さんに気持ちよく演技をしてもらうためです。カンパニーを好きになって、みんなと仲良く作品を作るために、なにかできることはないかと知恵をしぼった結果です。

役者さんはそれでいいのですが、おいらの誕生日もみんな頑張ってくれるのです。

でもさ、俺はいいのよ。だって、もう58歳になるのね。めでたいって歳じゃないでしょ。なおかつ、カンパニーの代表なのね。つまりは、一分一秒でも時間が惜しいと思って芝居を作っている張本人なのね。ぶっちゃけ、サプライズしてる場合じゃないのよ。

なおかつ、ありがたいことに、8月2日の朝からツイッターとかフェイスブックとかで誕生日メッセージをいろんな人からもらうのね。だから、自分の誕生日を忘れる、なんてことは絶対にないのね。

で、8月2日に劇場とか稽古場でスタッフに会うと、なんかよそよそしいのよ。誕生日なのによ。つまりは、サプライズを一生懸命仕込んでくれて、ソワソワしているのね。困ったことに、僕は今まで何十回もサプライズを仕掛けてきたから、みんながどう準備しているかも手に取るように分かるのよ。分かりたくもないに、分かるのね。

僕が仕掛ける時は、俳優さんに「ちょっと立ち位置の確認をしたいから、そこに行ってくれませんか？」なんて言って、移動した瞬間にピンスポットが当たってハッピバースデーが流れるとか、「じゃあ、ダンスの確認いきます。音楽、どうぞ」なんて軽く言って、バースデーソングをぶつける、なんてやってきたわけです。でも、演出家じゃない人がこれをやると、じつに不自然になるのです。

というわけで、今年もありがたいことに、サプライズパーティーをやっていただきました。ケーキもいただきました。

ちゃんと驚きました。

感謝しながら、「時間がもったいない」と思っている僕はダメなやつです。まったく申し訳ない。もうすぐ待ったなしで幕が開きます。

「いじめ」と奥田愛基さんとクラスメイトと

ＳＥＡＬＤｓの創立メンバーの奥田愛基《あき》さんと対談しました。ＳＥＡＬＤｓの解散を発表した次の日でした。

話した内容は、「政治」ではなく「いじめ」についてでした。

もともと、『クイック・ジャパン』という雑誌で、奥田さんと「水曜日のカンパネラ」のコムアイさんが、僕のいじめについて書いた文章を読んで人生を変えたという対談がありました。

僕のファンがツイッターで知らせてくれたのです。

いじめについて書いた文章というのは、２００６年に「死なないで、逃げて逃げて」というタイトルで朝日新聞の依頼で書いたものです。

もう10年も前のものですが、いまだにネットでは何度も取り上げられています。

この原稿には、思い出があります。

依頼したのは、朝日新聞の記者で、高校のクラスメイトだった山上《やまがみ》浩《こう》二郎《じろう》という男でした。つかず離れずの距離を取りながら、芝居を何度も見に来てくれたり、「記者クラブ」について議論したりしていました。

もし、原稿の依頼が彼からじゃなかったら、断っていたかもしれません。だって、天下の朝日新聞が「いじめ」について特集をするというのは、いかにも、「大人が上からの目線で子供に語る」という匂いがするのです。

けれど、依頼が友人だとなかなか断れません。僕は半ば、困ったなあと思いながら引き受けました。

そして、「上からでなく」「他人事でなく」「説教でもなく」、いじめられている子供に何が言えるのだろうかと考えて、取材で行った鳩間《はとま》島で出会った小学生達を思い出したのです。

その時のことはこの連載でも書きましたが、鳩間島は過疎に悩み、小学校・中学校を廃校にしないために、全国から「海浜留学」を受け入れようと島をあげて取り組み始めたのです。

そして、全国から、不登校やいじめに苦しめられている小学生・中学生が集まりました。

いじめられて鳩間島に逃げてきた小学生は、「鳩間島に来て、どう変わった？」という僕の質問に「子供らしくなりました」と笑顔で答えました。

逃げることは恥じゃない。逃げていいんだ。逃げることは、自分の意志で「行く」ことでもあるんだ。積極的に逃げて欲しい。

そんな思いで、今の学校が嫌なら、南の島にでも小さな村にでも逃げればいいと僕は書いたのです。

この文章を読んで、実際に奥田さんは鳩間島に中学2年の時に行ったそうです。文章のどこにも「鳩間島」とは書いてなかったので、僕は驚きました。

対談では、鳩間島の生活をいろいろと聞きました。奥田さんは1年半ほどいたそうです。

住んでみれば、もちろん、「南洋の楽園」なんかじゃなくて、そこには生活があります。

人間がいれば感情があり、対立や葛藤やすれ違いも当然あります。それでも、奥田さんは「鳩間島に行ってよかった」と言いました。

僕は奥田さんの話を聞きながら、原稿を依頼した友人の山上浩二郎のことを思っていました。山上は、2012年、心臓の病気で亡くなりました。52歳という働き盛りでした。奥さんと娘さん二人が残されました。

山上が依頼しなければ、「死なないで、逃げて逃げて」という原稿を書くことはありませんでした。

原稿を依頼した側も書いた側もお互い、10年後に、こんな形で引き継がれるとは夢にも思いませんでした。こうやって、仕事というか成果というか「やったこと」は受け継がれていくのかなあと、天国の山上を思います。

お前がした仕事は、こうやって今を生きる人の中で続いているんだぞと、山上に語りかけたくなるのです。

奥田さんは、対談した次の日、ツイッターでこう書きました。

「鴻上さんと対談して、自分が生きてるのって笑っちゃうぐらい偶然なんだなと思いました。10年前、鴻上さんのある記事をきっかけに鳩間島に行ったのでした。死なないように、逃げるように」

鳩間島は今、小学生と中学生あわせて3人の生徒しかいないようです。小学校と中学校の定員はまだまだ余裕です。

リオ五輪の閉会式とシン・ゴジラ

リオ五輪の閉会式の東京プレゼンテーションはとても素敵でした。

見事な演出で、素晴らしいクリエーターチームでした。日本だから、歌舞伎だの相撲だの着物だのお琴だのと、「伝統日本」だけになったらどうしようと思っていましたが、見事に、現在の日本、マリオだのドラえもんだの日本文化のポップアイコンを使い、ダンスも箱型の装置も音楽も世界に胸を張れるものだったと思います。

まさに「クール・ジャパン」です。「クール・ジャパン」は、基本的に三つ、「伝統文化」と「ハイテク」と「ポップカルチャー」に支えられます。今回は、この三つをちゃんと融合させていました。それも、かなりのハイセンスで。

安倍首相がマリオになって、土管の下から出てきた時は、「ほお。そうきたか」と驚きました。

安倍首相
衣装脱ぐの早過ぎて
郵便局の人にしか
見えなかったし…
喝ダア!!
喝

この瞬間は、好意的な印象でした。

しばらくして、例えば、スポーツ報知の記事で「五輪の歴史に詳しい首都大学東京の舛本直文特任教授は、閉会式での演出に国のトップが加わった過去の事例は『聞いたことがない』と話している」とか、ネットの記事で「北京五輪閉会式でのロンドンのプレゼンテーションのクライマックスにはベッカム、ロンドン五輪閉会式のリオのプレゼンテーションにはペレが登場しており、今回の東京のプレゼンテーションにも、日本を代表するアスリートが抜擢されるのだろうと思われていた。ネットでも、北島康介、高橋尚子、中田英寿、イチロー、錦織圭の名前、さらにはキャプテン翼などアニメキャラの名前などが飛び交っていた」なんてのを読むと「あらら。安倍首相、出てきてよかった

かなあ」という気持ちになりました。

バンクーバー冬季五輪の閉会式で、ソチ五輪のプレゼンテーションにプーチン首相が熊に乗って出てくるみたいなもんですからね。さすがのプーチンさんも、やりませんでしたからねえ。安倍首相が登場するのは、五輪組織委の森喜朗会長のアイデアだと知らされて、「ああ。オンリー気配り、ノーヘッド」の森元首相らしいなあと思いました。

演出チームも「ここで安倍首相がマリオに」と要求されて困ったんじゃないかと勝手に心配しています。

アスリートがマリオに変わって、土管の中から出てきたら、もっと無条件に楽しめたんじゃないかと今は思います。五輪が生臭いビジネスになればなるほど、政治とは慎重に距離をとるべきでしょう。

さて、『天使は瞳を閉じて』の旅公演をガンガンと続けているのですが、その合間にやっと『シン・ゴジラ』を見ました。

いやあ、面白かったです。初代ゴジラが戦争の記憶によって成立し、リアルな傑作になったように、『シン・ゴジラ』は、悲しいことに3・11と福島第一原発の記憶によって、リアルな傑作になりました。

迫り来る水を背に、狭い路地を男性が駆け抜けるカットがあるんですね。たったワンカットなんですが、このカットが忘れられません。

3・11の記録映像で、路地をゆっくりゆっくりと歩き、後ろから水が迫ってきて、とうとう、道の横に立ち止まってしまった高齢の男性の姿を僕はいまだに何度も思い出します。そのカットと、路地の風景、カメラの角度など、そっくりでした。いや、僕の勝手な読みかもしれませんが、胸にきました。

疑問があるとすれば、政府は笑ってしまうぐらい官僚主義で無策なのに、自衛隊の指揮系統が見事に運営されていることです。

僕は今、旧日本軍の特攻隊の小説を『小説現代』に連載中で、執筆のために調べれば調べるほど、あの当時の政府も軍も、同じぐらい官僚主義で硬直していました。

前例主義、ことなかれ主義、縄張り主義などなど、よくまあ、個人的にはエリートな人が、組織に入るとどうしてここまで無能なんだろうという事例がたくさんありました。映画ではそこがあまりにスムーズで不思議だったのです。

ともあれ、僕達はゴジラと同じ空間に生きていかなければいけないのです。この意味は本当に重いです。

映画のラストに単純なカタルシスがないことは当然でしょう。

「政治」と「報道」の一体化の歴史を伝えるこの一冊

『大本営発表　改竄・隠蔽・捏造の太平洋戦争』（辻田真佐憲著／幻冬舎新書）は、じつに刺激的な本でした。

大本営といえば、戦時中、嘘のニュースを発表し続けた組織というぐらいの理解しかありませんでした。

著者は、まず、どれくらい嘘だったのかを教えてくれます。すごいよ。

アジア・太平洋戦争中の日本海軍の損失数は、大本営発表に従えば、空母4隻、戦艦3隻。が、実際は、空母19隻、戦艦8隻を失っています。つまり、空母15隻、戦艦5隻の喪失をないことにしたのです。

一方、連合軍の損失数は、大本営発表によれば、空母84隻、戦艦43隻。

で、実際は、連合軍は空母11隻、戦艦4隻しか失っていません。水増しは、じつに空母で73隻、戦艦で39隻。

でね、ここまでだと、「なるほど、日本軍は本当に敗北を認めなかったんだなあ。硬直した組織はヤバいなあ。『シン・ゴジラ』に出てくる自衛隊はじつに組織が円滑に動いていたけれど、日本軍は違ったんだなあ」と思うのですが、「待てよ」と思うわけです。

戦前にだって、マスコミがあって、新聞記者がいました。毎日、「勝った、勝った」と大本営が発表する中、「いや、連合軍、沈み過ぎでしょう。だって計算したら、日本軍はたった7隻の損失で、敵を127隻も沈めたってことだよ。いくら神の国の軍隊だからって、それはないんじゃないの」と気付くはずなのです。

つまりは、大本営が「また勝った」と言い続けられるためには、マスコミが協力・沈黙することが必要不可欠だったわけです。

この本では、当初、マスコミは沈黙どころか、軍隊に対してじつに挑戦的に報道していた事実を教えてくれます。なにせ、マスコミは大正デモクラシーの洗礼を受けたのです。

また、従軍記者達は、軍の正式発表を待たないで、憶測で速報を打ったりしました。

南京がまだ陥落していない時に、毎日新聞は「南京城の一角占拠」と報道し、さらに他の新聞も続いて「南京陥落」ととれる号外を配布し、日本は万歳の渦となり、提灯行列が陸海軍省に押しかけたりしました。

軍部は新聞をコントロールできてなかったのです。新聞が報道（スクープ）合戦を続けたのは、もちろん、部数競争のためです。

ところが、やがて、軍部と報道機関は一体化していきます。

大本営がどんなにデタラメな発表をしても、「退却」を「転進」、「全滅」を「玉砕」と言い換えても、報道機関がその不自然さを指摘しなくなりました。

満州事変以降、従軍記者は情報を得るために軍隊と緊密な協力関係が必要になったことがひとつ。１９３８年に公布された「新聞用紙供給制限令」によって、新聞社に供給する新聞用紙を政府がコントロールできるようになったことがひとつ。

1939年の「国民徴用令」によって批判的なマスコミを兵隊として戦地に送れるようになったことがひとつ。

「つまり、軍部が短期間に一方的に報道機関を弾圧したのではなく、20年以上かけて、飴と鞭を巧みに使い分けながら徐々に報道機関を懐柔し、ついにこれを従属させたのである。だからこそ、報道側も抵抗が難しかった」と著者は書きます。

「大本営発表」というと、軍隊のいい加減さがいつも問題になってきました。例えば、情報の軽視や陸軍と海軍の対立、同じ陸海軍の中での作戦部と報道部の対立、データより心情、科学より根性を上位に置く考え方などです。

けれど、大本営がデタラメな発表を続けられたのは、「政治」と「報道」が一体化したからだという筆者の指摘はとても重要です。

そうなってしまえば、政府の発表はただ無批判に垂れ流されます。政府が右というものを、左とは言えないと忖度《そんたく》することは、「政治」と「報道」の見事な一体化です。

大本営は、戦争の初期、日本軍が勝っている時は比較的正確な報道をしています。隠す必要もないし、勝っているから正確な情報を集めるのも簡単だからです。けれど、負け始めた時、捏造《ねつぞう》が始まります。それがピークに達した時、マスコミはもうマスコミではなく、ただの政府広報機関になっていたのです。

芝居と筑紫哲也さんのこと

ジャーナリストの金平茂紀さんに筑紫哲也さんについてインタビューされました。

筑紫さんが亡くなって8年。筑紫さんの本を出そうとして、いろんなジャンルの人から話を聞いていると金平さんはおっしゃいました。

いつから筑紫さんと知り合いなんですかと聞かれて、はたと振り返れば、なんと1985年の『もうひとつの地球にある水平線のあるピアノ』というじつに長ったらしいタイトルの芝居からでした。

驚くことに、そしてありがたいことに、それから筑紫さんは亡くなるまで23年間、僕の芝居をすべて見てくれています。

1985年に初めてお会いしたということをよく覚えているのは、下北沢にあるスズナリとい

う小劇場での公演を見てくれた後、筑紫さんが僕を上品な小料理屋さんに誘ってくれたからです。

僕は27歳で、芝居が終わった後、猛烈に空腹だったのですが、高級なお刺身だけが出て、内心、「こ、米が食いたい！」と思っていました。

筑紫さんはお酒好きで、ニコニコしながら、次々といろんなお刺身を勧めてくれるのですが、腹は一向に満たされず、悶々としていました。

で、最後に「じゃあ、シメで軽く食べますか」という言葉と共に、ご飯が出てきた時に、内心「米あるんじゃないかあ！　最初にお刺身定食でバクバク食いたかったあ！」と強烈に思った記憶があるのです。

当時、僕はまったくお酒が飲めなかったのですが、それ以来、接待の席で「鴻上さんはビールですか？　日本酒？」と聞かれると「いえ、白米を」と答えるようになりました。

筑紫さんは、ずっと僕の芝居を見続けてくれたのですが、芝居が終わると、ただニコニコしながら「いやあ、面白かった」とだけ言って帰られました。

自分でも分かりますが、30年も芝居を見てもらえば、毎回、面白い芝居というわけもなく、そりゃあ、やってしまった失敗作、なんてのも普通にありました。が、筑紫さんはいつもニコニコと「いやあ、面白かった」とだけおっしゃいました。

本当に面白い時に、「いやあ、面白かった。今回はあの点が～だったよね」と語ってしまうと、つまらなかった時も何か言わなくてはいけなくなります。そうすると、批評が始まります。

筑紫さんは評論家ではありませんでした。なんというか、（お金はもらっていませんが）パトロンというか、大人（たいじん、と読む方です）の風格でした。

本当に演劇を見るのが好きなんだな、文化が好きなジャーナリストなんだなと感じました。

『僕たちの好きだった革命』という芝居の時は、平日に見に来て、（通常、僕の芝居は2時間なのですが、この時だけは、二幕もので3時間を越していて）最後まで見ていては、『News23』の打ち合わせに間に合わないと一幕だけで帰り、土曜日の昼に、二幕だけを見にいらしたこともありました。

演劇だけではなく、筑紫さんの興味は映画も音楽も古典も文学も網羅し、じつに多彩でした。

僕が筑紫さんを尊敬したのは、『朝日ジャーナル』の編集長時代に、統一協会の霊感商法を批判するキャンペーンを張り、抗議が殺到し、自宅に帰れず、ホテル住まいで闘いを続けた、ということを知った時です。

そういう人が、映画だの演劇だの音楽を、じつにニコニコしながら愛でている姿に、「文化と教養のある大人」を感じたのです。

あの当時、『Ｎｅｗｓ23』の第二部は、筑紫さんの興味を反映して、じつに面白かったのです。さまざまな流行や現象を大人の目線で紹介していました。

今、そういう番組は残念ながらありません。手近な笑いを入れながら流行を紹介する番組はあっても、地上波で、早く深く新しい動きを紹介するテレビはなくなりました。

いじめを特集した時は、命の電話のような「いじめの被害」を受けている子供達が残した声を延々と流したと、金平さんが話されました。

その時の映像は、金魚鉢が傾き、水が徐々になくなり、金魚達が苦しみもがくものでした。その風景に「死にたい！」という子供達の声が続いたのです。今、そんな番組は間違いなくオンエアできないでしょう。

高熱とマキタスポーツ

風邪をひいてしまいました。この三日ほど、ずっと39度5分前後をフラフラしてました。

先週の金曜日に桐朋学園芸術短期大学という所の最終補講というのをやりました。レッスン内容が、激しく動くものだったのですが、時々、体がフワワッとしました。

じつは、その前の一週間、ずっとロンドンにいたので、「うむむ。ガンコな時差ボケだなあ。まだ、俺を苦しめるか」と思っていました。

で、金曜日に授業を終えて、土曜日、起き上がろうとすると、まだ、体がフワワッとするのです。

えっ？　これ、おかしくないか？　と思い、え？　まてよ？　そんな？　と、普段の10倍ぐらいのゆっくりした速度でまさかと気持ちが動き、ゆっくりと起き上がり、体温を計ったら、38度ありました。

日曜日の救急外来のマキタスポーツと鴻上

「ああ、熱だったのか。だから、なのか。時差ボケじゃなかったのか」と納得し、そのまま寝込んで、夜にもう一度計ったら39度8分ぐらいになっていました。

あかん、これは、あかん、と弱気にツイートすると、あたたかいフォロワーのみなさんから、「病院に行った方がいい」というツイートをたくさんもらいました。

まあ、そうだよね、咳も鼻水もノドの痛みもなく、あるのは悪寒と高熱だけなんだから、これ、なんだろうねえ、怖いねえと一晩、うんうんと唸り、日曜日、僕の住んでいる杉並区のホームページに載っていた救急外来に、朝9時から受付と書いていたので、まさに9時ジャストに電話して、日曜日に診察している病院を教えてもらい、タクシーに乗り込みました。

病院の救急外来の窓口には、先に、マスクをした苦しそうな中年男性がいました。お互い、けだるい歩調でゆっくりと歩き、同じエレベーターに乗り、地下の診察室に案内されました。

インフルエンザだったらどうしよう、すべてが終わるぞと、頭はぐるぐるしました。

9月4日に『天使は瞳を閉じて』の公演が終わって、9月29日から新作『サバイバーズ・ギルト&シェイム』の稽古が始まる予定になっています。

つまりは、それだけの間で台本を書かないといけないのです。それは不可能です。不可能なのに、そんな計画にしてしまったのです。どうしてなんでしょう。まったく分かりません。一週間、滞在したロンドンでは、見たい芝居もグッとガマンして台本を70枚ほど書きました。が、目標は220枚。まだまだなのです。

芝居が終わって休養も取らずいきなりロンドンに行って、芝居を書いたりしたので体が文句を言っているのは分かるのですが、これがしょうがない。

で、診察の順番待ちをしていると、隣のマスクの中年男性から「鴻上さん、マキタスポーツです」と声がかかりました。

「えっ⁉」と思って、発熱39度のけだるい反応で見れば、間違いなく、死にそうな顔のマキタスポーツさんでした。

「どうしたんですか？」と問えば、「高熱なんです」と返ってきました。

思わず、「僕もです」と答えました。

日曜の救急外来。他に誰もいないベンチで、二人、並んでインフルエンザの検査を待っている。

なんだか、意味なくしみじみしてしまいました。

だって、インフルエンザの検査って、粘膜のサンプルを取るからでしょう、鼻の奥に長いキットを突っ込んで、グリンと粘膜をかすめるのよね。おえええっと小さくえづくのよね。

日曜の救急外来で、小さくえづくマキタスポーツさんと鴻上。なんだか、地味な昭和の匂いのする日本映画っぽくない？　ない？

いや、それでね、お互いとも、インフルエンザではなかったのね。それはとてもよかったんだけど、そのあと、解熱剤とかいろいろとクスリをもらったのよ。

で、日曜から飲み始めたんだけど、日曜月曜と二日39度から下がらず、火曜日、ようやくクスリの力でねじ伏せたみたいなんだけど、ねじ伏せ方が強引なのか、頭がずっーとフラフラしてるの。

この原稿も、ずーっとフラフラしながら書いてるの。もちろん、その間、芝居の台本は、1ページも進んでないの。さあ、どうなる。鴻上遅筆堂尚史になるのか。

ふらふら。

「うな子」動画のクリエーターは確信犯か?

この時代だから、たぶん、削除になるんじゃないかなあ、そうなったら嫌だなあと思っていた鹿児島県志布志市制作のうなぎPR動画が、数十件の抗議電話やメールを受けて、市の判断で削除されました。んで、市長のお詫び文まで発表されました。

見ましたあ? 男性がプールでスクール水着のうな子と出会うところから物語は始まります。この「うな子」ちゃんは、思い詰めた潤んだ目で、「養って」と一言言うのです。こんな目で言われたら従うしかないわけで、この男性はプールサイドにテントを立てて上げたり、天然水をプールに引いたりしたわけです。

つまりまあ、ずっと彼女は水着なわけですね。

で、1年たってみると、彼女は「うなぎ」だったと分かるのです。ラストカットは、また新し

私のイメージする「うな男」
や・し・なっ
てくん♥
くね
くね

い「うな子」が現れて、「養って」と言うのです。

なんかねえ、この動画作った人は、もう確信犯的に「美少女飼育モノじゃないか」「女性差別だろ」「行政がこんなの創っていいと思っているのか」と突っ込まれると分かっていたんじゃないかと思います。

ああ、「確信犯」という単語もめんどくさいことになっています。

本来は、「自分の行動の宗教的や政治的な正しさを確信して行われる犯罪を指す法律用語」なわけで、じつは、「こうやったら、こうなるだろうなあと分かってやった場合」は、法律上は「故意犯」と呼ばれます。

で、この指摘がネットで広がったわけです。

「間髪（カンパツ）を入れず」なんかと同じで

す。ちょっと目立つ誤用を知ると、とにかく気になって、それだけを激しく攻撃して、それで書き手の水準を判断する、というパターンです。

　この「うな子」のクリエーターが、「うなぎを養うのは美少女を養うのとまったく同じである。いや、それが、うなぎの養殖の本来の姿である。うなぎの稚魚は美少女そのものである」という宗教的信念を持ってこの作品を創ったのなら、間違いなく「確信犯」です。

　けれど、「この作品、もめるだろうなあ。でも、もめるぐらいが話題になるんだよなあ。無視されるのが一番、意味がないし」と思って創ったのなら、「故意犯」なのです。

　それでね、ネットで「この作者は確信犯として」と書くと、必ず「誤用である。この程度の日本語も知らないで文章を書いて欲しくない」と突っ込む人が現れるんだけど、でもさあ、日常レベルで「故意犯」って使うかあ？　ということなのですよ。使わないよねえ。だって、語感としては「もめるという確信を持って行動したから、確信犯」が一番、ピタッと来るのですよ。

　その実感を尊重してはいけないとなると、「間《カン》、髪《ハツ》を入れず」みたいに「本当はそうかもしれないけど、こっちは『カンパツをいれず』で身に染みついてるのに、それがダメって言うんなら、もう使わないよお」となる可能性がどんどん高くなると思うのです。そして、ネット的厳密な「正しさ」で、日常的に使っていた言葉が抹殺されていくのです。

　で、話は戻って、このクリエーター達は「確信犯」だったと思うのですが、それにしても、市長がお詫び文を出すわけですから、ちょっと計算外だったかもしれません。

まさか市長に「市長、これ、たぶん、もめて削除になります。その時はお詫び文、頼みます」なんて言えないと思いますからね。

市長は、動画の意図について「志布志の天然水でうなぎを大切に育てていること、栄養や休息を十分に与えてストレスのかからない環境で大切に育てていることをお伝えしたかったものです」と説明し、しかし、

「引き続き動画を配信することにより、視聴者の皆様に更に不愉快な思いをさせてしまうだけでなく、これまで志布志市へふるさと納税をしていただいた寄附者の皆様や地元市民の皆様をはじめとする関係者の皆様に及ぼす影響を考え」動画を停止するとし、謝罪しました。

なんかねえ、最後に次の「うな子」が来るんですけどね、これが、いがぐり頭の「うな男」でさ、声変わりした低音ボイスで「養って」って海水パンツ姿で言うだけでも、この作品の印象はずいぶん変わったと思うのですよ。

確信犯なら、それぐらいの「予防線」を張っててもよかったんじゃないかと老婆心ながら。

へろへろのぼろぼろのとほほです

ようやく『サバイバーズ・ギルト&シェイム』の台本を書き終わりました。一週間、風邪で寝込んでしまったので、大幅に予定が遅れてしまったのです。

で、もう毎日、稽古してます。

へろへろ、です。風邪が完全に回復しないまま作品を書き上げ、体力が戻らないまま、怒濤《どとう》の稽古に突入しているので、もう、ぼろぼろです。

稽古場が、これまた、今話題の豊洲なので遠い！　歩くと駅から20分ぐらいかかるので、稽古場に行くだけで疲れています。へろへろのぼろぼろのとほほです。

なので、今回の原稿は、先に言っておきますが、何もありません。ただ、へろへろしかないです。わははは。すまん。今回は、中川さんのイラストを楽しんで下さい。

そもそも、今回、新作を書くのに一カ月しか余裕がありませんでした。まあ、簡単に言えば、「スケジュールの読み違い」ってやつですね。
計画を立てた時には、なんとかなるって思ったんですね。でも、実際にやってみると、なんともならなかったってこと、あるよね。
「台本を書く」ってのは、ものすごく頭脳労働なので、寝ないとなんともならないのね。睡眠時間削って頑張れるのは、単純労働とかルーティーンワークだと思いますね。
創造的な作業だと、てきめんに水準が下がるのです。睡眠が足らないと、表現の「遊び」がなくなります。どうひねるか、どう裏切るか、どう飛躍するかが表現のキモなのに、じつに簡単に、じつに安易に、じつに手垢のついた展開を選んでしまうのです。

主人公が窮地に陥って、「さあ、どうやってこの難局を突破するんだ？」なんてのは、作家としては書いてウキウキするんですが、睡眠不足になってくると「誰かが来てサッと助けてくれる」とか「鍵がかかっていたと思っていたのに鍵が壊れていた」とか、「それ、ありなの⁉」という展開を選んでしまうのです。

昔見た映画で、「早く目的地に着かないといけない」という「目的」をジャマする原因として「山中で車のガス欠」という「ええ⁉　そんな定番の方法でいいのか！」というのがありました。脚本家はきっと、締め切りに追われて、睡眠不足だったのだと思います。

表現として観客や読者を唸らせるためには、まず、自分自身を唸らせないといけないわけで、そのためにはちゃんと寝ないといけないのです。

僕は、どんなに頑張っても、１日、４００字詰め原稿用紙換算で20枚が限度です。それ以上進む時もありますが、それは、あんまりよくないことだと自分では思っています。進みすぎると、雑な表現になるかもと警戒しているのです。

もう35年ぐらい台本を書いていると、自分で自分のことが分かるようになってきたのです。なので、いつごろ完成するかも、予想がつくようになりました。どんなに頑張っても、間に合わないものは間に合わない、なんていう、開き直ってるんだか自分に正直なんだか分からないことになっています。

今回は、人生で二番目に短い執筆期間でした。

昔、『トランス』という作品を書いた時は、なんと、執筆期間は一週間でした。この時は、ムチャでした。1日30枚、7日で210枚一気に書きました。あんまり苦しくて、しばらく、新作を書くことがトラウマのようになりました。

ちゃんと準備して、1日20枚書くと、寝ている間にキャラクター達が勝手に動いて、次の日の展開を教えてくれます。それが、準備が足らず、キャラクターが無意識の中で膨らんでないと、無理に動かさないといけなくなります。これが、じつに苦しいのです。

今回は、そこまでの苦しみはありませんでしたが、風邪の後遺症もあって、へろへろになりました。

でも、自分で言うのもなんですが、面白い作品になったと思います。

主人公は、戦地から戻ってきて、自分の母親に「僕、死んじゃったんだ」と告げます。そして、「天国に行かず、故郷に戻ってきたのは、理由があるんだ」と言うのです。

それは、映画を撮ることでした。愛する女性を主人公に、人生最後の映画を撮るために死んだのに故郷に戻ってきたのです。

『サバイバーズ・ギルト&シェイム』、11月11日からです。よろしければ。

ＴＰＰの著作権の話

がしがしと、11月公演の新作『サバイバーズ・ギルト＆シェイム』の稽古を続けております。「抱腹絶倒の爆笑悲劇」ですので、興味のある方はぜひ、ネットでググっていただいてチケットを。と、いうわけで、話は変わってＴＰＰですわ。

11月にはＴＰＰ関連法案は一括成立の見通しだそうで、「日本の農業はどうなる？」なんてのが議論の中心ですが、じつは、「著作権」も大問題なのだと、どれぐらいの人が知っているでしょうか。

今、日本では作家が死んで50年たつと、著作権が切れます。パブリック・ドメインと呼ばれるフリーになるのですね。２０１６年の今年は、江戸川乱歩さんと谷崎潤一郎さんの著作権が切れます。ネットの「青空文庫」には、著作権が切れた作品がリストアップされ、みんな、無料で自由に読めるようになっています。

でね、アメリカは作者の死後70年なのです。

TPPを批准・参加するということは、無条件で「死後70年」を受け入れるということになるのです。

でね、僕も作家なので、どっちがいいんだろうと考えるのですよ。

そもそも、死後50年たって、商売になっている作家（例えば本を出版されている人）は、統計的に全体の1〜2％だそうです。それ以外、ほぼすべての作家は、死後50年もたつと、ビジネスベースでは成立してないのです。

もともと、著作権が生まれた時、イギリスでは「著者の死後14年まで」でした。それが、ヨーロッパでは、クラシックの作曲家の遺族達の運動によって、どんどんと延びるようになりました。

そして、アメリカでは、ぶっちゃけて「ミッキーマウスの著作権を守るため」と言われていますが、死後70年に現在、なっています。

これから先、じつは、もっと延びるのではないかとも言われています。つまりは、ミッキーマウス関連の著作権を守るために、延々と延ばし続けるんじゃないかという読みです。

それは、アメリカは「著作権・特許」に関する収入が、年間12兆円ほどあるからです。アメリカは著作権で莫大な利益を得ているのです。

日本は、アニメなどのソフトが頑張っていますが、残念ながら年間６０００億円ほどの赤字です。まだまだ、日本は著作権で利益を出せる状態ではないのです。「死後50年派」は、カナダ、ニュージーランド、中国、ＡＳＥＡＮの国々です。

「死後70年派」は、アメリカやヨーロッパです。

例えば、作家が80歳で死んだとして、その時、子供が50歳、孫が20歳だとすると、計算上は子供が１００歳、孫が70歳まで著作権が続きます。子供は間違いなく死んでいるでしょうが、孫が生き残っている可能性は高いです。

これが、死後70年になると、子供が１２０歳、孫が90歳となり、ほぼ、死んでいると考えられます。そうすると、曽孫《ひまご》が60歳、玄孫《やしゃご》30歳が著作権継承者になります。

ところが、実際にビジネスになるのはアメリカでも１％ぐらいですから（ミッキーマウスは例外中の例外なのです）、自分の曽祖父《ひいじい》さんや曽曽祖父《ひいひいじい》さんが作家だということを気に留めている人はかなり少なくなるのです。

これは、逆に言うと、「昭和初期の作品のアンソロジーを作りたいんだけど、曽孫も玄孫もどこにいるのかまったく分からない。でも、著作権が切れてないから、勝手に載せられない。結果、掲載を諦めるしかない」という「孤児作品」と呼ばれるものが大量に生まれることになるのです。死後50年でも「孤児作品」は膨大にあります。死後70年になると、さらに増えるだろうと簡単に予想できます。

シェイクスピアもシャーロック・ホームズも、著作権が切れたからこそ、大胆に改変されながら、新しい作品になっています。有名な作家はもちろんですが、著作権が切れることは、じつは、多くの作品にとって、もう一度、読者や観客と出会うことになる可能性が高いのです。

アメリカがそうだからと、自動的に死後70年にしていいんだろうか。もっと話しあうべきなんじゃないのか、と僕は思っているのです。そもそも、ヒラリーさんもトランプさんも、ＴＰＰに反対してるんですよね。

あらら、ですわ。（そしてとうとう、２０１８年12月30日から、死後70年になってしまいました。これは大変な問題だと思っています）

共通の時間意識と過労死の問題

イギリスでイギリス人相手に芝居をした時、千秋楽にオフィシャルな「打ち上げ」がないことに驚きました。一カ月必死で稽古して、一カ月苦労を共にした本番を過ごしたのに、最後の日、普通に終わるのです。

もちろん、飲みたい奴は飲みます。僕は俳優と共に深夜まで飲みました。でも、参加したくない奴は参加しません。それは、「共に時間を過ごすこと」を強制しない文化だからです。

僕は繰り返し「世間」と「社会」の違いについて書いています。

「世間」の特徴のひとつは、「共通の時間意識」というものです。つまりは、「私とあなたは同じ時間を生きている」というものです。

ちゃんとした会社に電話すると、相手の人は「いつもお世話になってます」と言います。相手が誰だろうが、関係なく、機械的に言います。

僕は初めての会社の時は、こう言われると、「いえ、電話するのは初めてで、お世話になるかどうかは、これからの話次第です」と答えます。たいてい、電話の相手は、「危ないクレーマーの電話だ」と思うようで、態度が急変します。

週末とかにおごってもらったら、日本人は次の週に「先週はごちそうさまでした」と言います。欧米の文化では、「わざわざ言うってことは、またおごってもらいたいということなのか」と考えます。

先週のことをお礼するのは、あなたと私は先週から同じ時間を過ごしていると考えるからです。その延長線上でお礼を言うのです。

欧米では、あなたと私の時間は別々です。先週、私はあなたにおごったが、今週は私は私、あなたはあなたの時間が流れているのです。なのに、わざわざ、「先週はごちそうさまでした」と言うということは、また、同じ時間に戻したいということなのかと思われるのです。

「ひとつよろしくお願いします」とか「これからよろしくです」とかは、基本的に英語に翻訳することが不可能な文章です。

もちろん、通訳の人は、「あなたと仕事ができることが嬉しい」とか「いい結果が出ることを希望します」とか、英語文脈に変換しますが、日本人が意図している「これからずっと、うまくやれるといいですね」という「あなたと私に素敵な同じ時間が流れますように」というニュアンスとは違います。

電通の女性社員過労死問題は、電通という会社の体質だけではなく、日本文化そのものが色濃く出ていると僕は思っています。

それは、「共通の時間を過ごすことがあなたと私の絆を作る」という意識です。

これをすっごく分かりやすくいうと「みんなが会社にいるのに自分だけ帰れない」とか「上司が残っているのに、先に帰れない」ということになります。

つまりは、「同じ時間を過ごすことが、仲間の証明」というのが日本文化なのです。

だからこそ、芝居やプロジェクトの終わりに、必ず「打ち上げ」をします。それは、共に同じ時間を過ごしたことを、お互いに確認するためです。「打ち上げ」は、ひとつのピリオド、時間の区切りです。同じ時間を過ごしているからこそ、区切りもみんなと同じにつけるのです。

電通だけではなく、どの会社もグループも「同じ時間を過ごすこと」が、仲間であることの証明になっています。どんな成果を上げることより、どんな結果を出すことより、とにかく同じ時間を過ごすことが大切になっているのです。

それが「世間」のルールです。

欧米には「世間」はありませんから、ただ「同じ時間を過ごすこと」は目的にはならないのです。だから、ひとつの芝居、ひとつのプロジェクトが終わっても、それぞれが自分の時間で勝手に帰れるのです。全員でピリオドをつける必要はないのです。

電通は、夜22時から朝5時までの消灯を決めました。みんなで時間を共有するのも、じつに日本的です。

さっそく、朝5時に煌々と灯りのついた電通ビルがツイッターで報告されていました。22時には真っ暗にする分、朝5時から働くのでしょう。

やはり、仕事の中身より「同じ時間を過ごすこと」が大切にされる文化なのです。「ただ一緒にいること」に、みんなが心底うんざりしない限り、日本企業の過労死は悲しいけれど続くだろうと思うのです。

サバイバーズ・ギルトとは何か

いよいよ、11月4日から1年半ぶりの新作『サバイバーズ・ギルト&シェイム』が始まります。この原稿が活字になった時は、始まって一週間弱、たっています。

「サバイバーズ・ギルト」という言葉を知ったのは、2001年の9・11からでした。

戦争や災害や事故で、周りの人は死んだのに、自分が生き延びたことが許せない感覚。

この時はまだピンときませんでしたが、2011年の3・11以降、日本でもさかんに語られるようになりました。

精神科医の宮地尚子さんの「環状島モデル」というトラウマに関する考え方があります。

ドーナツ型の円形で、内海があり外海に囲まれている島を、環状島と呼びます。

山状の斜面にぐるりと囲まれた内海に沈んでいる、ということは、死者や行方不明者はもちろん、生きていても激しく傷つき何も発言もできない状態です。

サバイバーズ・ギルト&シェイム

ドーナツ状の内斜面に立つことは、トラウマに苦しめられながら、サバイバーとして声が出せる状態です。

内斜面は、まさに斜面ですから、さまざまな要因で滑り落ちることがあります。

戦争でトラウマを持った人が、テレビの映像や何かで忘れようとしていた戦争を思い出したり（宮地さんはこれを「重力」と呼びます）、トラウマに悩むことで対人関係が悪化したり（これを「風」とします）、戦争に対する社会の対応や理解の変化（これを「水位」）の三つの要因が内斜面に立っている時に影響します。

重力に引きずられたり、強風が吹いたりすると、内斜面を滑り落ち、内海に沈みます。そうすると、具体的に死ぬこともあるし、声が出せなくなります。

外海側の外斜面は、そういう苦しんだ人達になんとか手を差し伸べようとする、自衛隊や医者などの専門家やボランティアの人達が立っています。

各人の関心や熱意によって、外海に近い斜面にいるか山の尾根に近い所まで登っているか、違ってきます。

そして、外斜面に立つ人にも、重力や風が影響します。外斜面をずり落ちると、外海という無関心が待っています。島から離れれば離れるほど、その度合いは高まります。

この「環状島モデル」が優れているのは、「私なんかより傷ついた人がいるから」と、発言を控えることはあまり意味がないと教えてくれることです。

本当に深く傷ついた人は、内海に沈んでいて、発言できないのです。発言できるのは、必死で内斜面に立っている人です。私よりもっと傷ついた人がいる、あの人が黙っているのに私が語るのは申し訳ないと思うことは、心情は理解できますが、適切ではないのです。

また、専門家やボランティアの人が、外斜面を尾根に向かって歩く途中で、対人関係の風や「共感疲労」や「燃え尽き」の重力によって、外斜面を滑り降り、無関心になってしまうことも説明できるのです。

「サバイバーズ・ギルト」は、まさに、この内斜面に立つ苦しみのひとつと言えます。

そして、「サバイバーズ・ギルト」に苦しむ人をなんとかしたいと接することは、外斜面に立つことなのです。

どちら側の斜面に立つにしても、それはいつでも起こりうるし、無関係な人はいないと僕は思っています。

ということがベースの物語なのですが、キャッチフレーズは「抱腹絶倒の爆笑悲劇」としました。

深刻なことを深刻なまま、観客に提出するのは、表現者の敗北だと思っているからです。作家・演出も俳優達も、物語を理解した上で、どれだけ、笑い飛ばせる作品にしようかと稽古を続けてきました。

出演は『仮面ライダーゴースト』に出演していた山本涼介君、じつに可愛い南沢奈央ちゃん、歌声が魅力の伊礼彼方さん、去年に続いてまた笑かしてもらえましょう片桐仁さん、『真田丸』の「おこうさん」が話題になった長野里美、いつもの大高洋夫の6人です。

12月4日まで、新宿・紀伊國屋ホールでやってます。サードステージでググると、チケット案内しています。よろしければ、劇場でお会いしましょう。

あなたは何時間寝ていますか？

やっと『サバイバーズ・ギルト&シェイム』の幕が開きました。12月4日までやってます。本番中ですから、まだまだ気を抜けませんが、まあ、順調に進んでいます。

今回は、一週間、風邪で寝込んだ上に、その後も、完全に回復しないで苦労しました。

いつも僕は、寝る前に「泡盛《あわもり》」のお湯割りを一杯だけ飲みます。習慣になっていて、もう10年以上続けています。

始まりは、深夜、原稿を書いた後、暴走を続ける脳細胞をなんとか静めるためでした。お風呂に入って、さあ寝ようとしても、脳はまだ活動を続けているので、お酒を飲むことにしたのです。

寝酒は睡眠によくないとネットの健康系の文章にはさかんに書かれていますが、もともと、僕はお酒に弱いので、たった一杯の泡盛で気持ちよく寝ていました。睡眠に悪いのは、たくさん飲

む人なんだろうと勝手に思っています。飲めば飲むほど目が醒める人、なんていますからね。

もうひとつ、「泡盛」を飲むと、一瞬、沖縄に行ったみたいな素敵な気持ちになる、という理由もあります。なんだか解放されたような気分になるのです。

ところが、今回は、風邪の後、体力が回復せず、一杯の泡盛を飲むと気分が悪くなり、かといって、お酒を飲まないと頭が冴えて眠れない、という状態が続きました。

市販の睡眠導入剤を買って飲みましたが、朝、体がだるくなって困りました。

と、『サバイバーズ・ギルト＆シェイム』に出演している大高洋夫が「俺が持ってる睡眠導入剤、あげようか?」と言ってくれました。撮影で朝5時起き、なんて時のために、かかりつけのお医者さんに処方してもらったやつがあるというのです。

「体は全然、だるくならないよ。気持ちよく6時間ぐらい、ガッと寝られるし」大高は夢のようなことを言うのです。

なので、もらって飲みました。すごいです。起きたら、9時間たってました。一度も目覚めず、9時間も眠り続けたなんて、10年以上なかったと思います。体も全然、だるくならず、じつに快適でした。

なんだかもう、嬉しくなって、もらったクスリの名前を覚えて、今度は僕のかかりつけのお医者さんに処方を頼みました。

これがね、寝られるのよ。じつに寝られるの。気持ちいいぐらいに8時間とか、ぐっと寝られて快適なのね。

「クスリを飲むことは習慣化しませんか?」とお医者さんに聞くと「習慣化します。気をつけて下さい」と真顔で言われました。

「でもまあ、私は寝酒よりはいいと思っているんですけどね」お医者さんは付け加えました。

「一カ月分しか出しません。欲しくなったら、また、病院に来て下さい」

で、毎晩、飲みながら快適な睡眠を獲得しました。ただ、初日前日は、クスリを飲んでも3時間で目が覚めて、それ以上は寝られませんでした。おお、初日前の緊張はクスリを打ち負かすんだと妙に感動しました。

初日が無事開いて、次の日から習慣化はダメだと思って飲むのをやめました。さっそく、寝られないまま、フトンの中でうんうんしました。寝られないと、いろんなことが浮かんできます。ぶっちゃけて言うと、さまざまなアイデアが浮かび、「あっ、あそこのシーン、こんな風に変えよう」とか「あれ、やろう」とか次から次へと思いつくのです。

睡眠導入剤を飲まないと、そういうご褒美《ほうび》があるのです。その代わり、何時間も寝られずに、うんうん唸ります。

飲むと、さっと寝られるので、何も浮かびません。気持ちよい睡眠だけが、唯一のご褒美です。

厚生労働省の2015年国民健康・栄養調査で、成人男女の平均睡眠が「6時間未満」の人が39・5％だという発表が最近ありました。

4割が6時間寝てないのです。

「6時間以上7時間未満」は34・1％で、十分な時間寝られない理由として、男性は「仕事」「健康状態」、女性は「健康状態」「家事」「仕事」を挙げています。

僕は7時間を切ると、思考が厳密じゃなくなると体験的に知っています。普通に起きて動けても、思考が雑になるのです。ですから、何があっても7時間は寝ようとしてます。

あなたは寝られてますか？

新しいメディアがもたらすもの

11月22日の「福島県沖地震」でも、デマツイートと呼ばれるものが話題になりました。東日本大震災の時の写真を使って「津波やべええええええ！！！」とつぶやいたものがありました。たぶん、この人は「熊本地震の時に、ライオンが逃げ出したとツイートした奴は逮捕されたから、福島県沖地震だと明確に書かないようにしよう。これだと問題になっても、『津波はやばい』っていう一般的な意見を言っているだけだと逃げられる。安心して思いっきり煽ろう」と愉快に考えたんじゃないかと思います。

けれど、そんな言い訳（？）が通るはずもなく、炎上し、やがて、ツイートを消しました。

革命的なメディアが登場した時、まずは爆発的に使用されます。ただし、新しいメディアそのものは、性善でも性悪でもありません。

電話という革命的なメディアが登場して、恋愛が生まれたカップルもいれば、手紙よりも何千倍も早い速度で会話して別れてしまったカップルもいます。新しいメディアは、現実を加速するのです。

テレビもまた現実を加速しました。それが悪い方向だと思った人は「一億総白痴化」と呼び、良い方向だと感じた人は、速報性やインパクトなどの影響力を讃えたのです。

問題は、どのメディアも、登場したばかりの時は、人々は使い方に慣れてないということです。

けれど、やがて、使い方を発見していきます。あまり遅い時間に電話をかけるのは先方に失礼だとか、留守番電話をいつもセットして出なくてもいいようにするとか、電話ってそもそも暴力的に相手を呼びつけるメディアだよねとか、自分と適切な距離が取れるようになるのです。

それは、人々の自発的な知恵もありますが、公的な組織の啓蒙やキャンペーンも重要になるのです。

電話は一対一のメディアですから、「人々の自発的なルール創り」が容易でしたが、テレビというマスを相手にするメディアだと、個人では限界がありました。

誇大な広告をうってはいけないとか、何でもかんでも撮影してはいけないとか、公的な組織が踏み込まないと適正な関係を作れませんでした。

そして、ネット社会になって、人々はいまだに、ネットというメディアに慣れてないのですが、逆に言えば、今の「ネットに対するネガティブな印象や態度」は、ただ慣れてない、適切な距離が取れてないだけとも言えるのです。

『ネット炎上の研究』(田中辰雄・山口真一/勁草書房)の優れた調査・研究は、ネットとの適切な距離の取り方を教えてくれます。

ネット炎上に参加したことがある人が、ネットユーザーの全体の0・5%しかいないこと。何度も書き込み、炎上を狙っているコアな人達は、0・00X%であること。なのに、ネットに対してネガティブな印象を持つ人が7割以上いること。

それはつまり、ほんの少数の人達の行動が、まるで全体のような誤解を与えているということです。

それは、テレビで「○○が流行っています」と聞くだけで、それが真実だと信じ込み、○○を求める行動が主流だと思うことと同じです。

今は違います。今はそういう言い方をしても「マスコミが煽っているだけじゃないの」「俺達はマスコミにだまされないぞ」と適切な距離をさぐることが可能になりました。

ですから、僕はネットもやがて、適切な距離が取れるようになる可能性が充分あると思っています。今は、多くの人が炎上を恐れて、自主規制したり本音を抑えたり遠慮するメディアになりつつあります。ネットの「自由な情報発信」という特性を手放しているのです。

ネットの適切なルールはどういう形で作られるのかは、やっかいで重要な問題です。ネットは、今までのどのメディアより「個人の情報発信力」が圧倒的に強いのです。この両刃の剣を、ただ「人を切るだけ」に使うのではなく、「人を守り、育てる」ためには、どんなルールがいいのか。

でも、ネットは怖いんじゃなくて、ただ人々が慣れてなくて、ルールが整ってないだけだと思えば、ネットに対する態度も前向きに変わってくると思うのです。

自主規制して、ネガティブな態度だけになるのは、ネットはもったいなさ過ぎるメディアだと思うのです。

国旗を燃やす自由について

トランプさんの大胆なツイッターが、また話題になっています。

11月29日、「米国旗を燃やすことは誰にも許されない。そんなことをすればただでは済まない。市民権を失うか、刑務所に送られるかだ！」と書き込んだのです。

トランプ氏の当選に抗議して、アメリカ国旗を燃やす人々が報道されたので、それに頭にきたのでしょう。まあ、トランプ氏なら言い出しかねないだろうなあという言葉ではあります。

ただし、街の愛国者が叫ぶのと、次期大統領が言うのでは、全然、意味が違います。

で、この発言に対して、アメリカはちゃんとしてて、私、ちょっと驚きました。アメリカ、腐ってなかったです。

ホワイトハウスのアーネスト報道官は、記者会見ですぐに「私も含め多くの国民は国旗を燃やすことは不快だと感じるが、我々は、憲法上の権利を守る責任がある。自分が選んだ方法で意見

を表明する自由を、憲法は保障している」と述べました。

まあ、政府の公式見解として憲法解釈を伝えるのは当然ですが、身内の共和党上院のトップ、マコネル上院院内総務も「その行為（国旗を燃やすこと）は、不快な言論の一つの形として（合衆国憲法）修正第1条で認められた権利だ。この国には不快な言論も尊重する長い伝統がある」と発言したのです。

トップだけではなく、共和党の内部からも続々と批判が出ていると報じられています。

連邦最高裁判所の判例では、国旗を燃やす行為は、憲法が保障する言論の自由のもと、守られる権利と判断されています。

トランプを選ぶアメリカだけど、理性的な所はちゃんとしてるんだなあと感心していたら、トランプ氏の政策チームは、国旗を焼く行為を法律違反にするべきだと考えているという記事も目にしました。

トランプ氏のような愛国的な人は、ほぼ例外なく、組織に対する絶対的な忠誠を求めます。求める方は勝手なのですが、それを拒否した時に、どんなことになるかが、その国や組織の本質を示すことになるのです。別の言い方をすれば、国や組織が成熟しているかどうかは、マイノリティーに対する態度で判断できるのです。

余裕のない組織は、例外を認めません。組織の象徴である「何か」を否定する自由を認めないのです。

『ふしぎな君が代』(辻田真佐憲/幻冬舎新書)に書かれたように、「君が代」はじつに議論の絶えない歌です。明治早々、英国王子の来日で急遽、国歌が必要になり、けれど、時間がないため、『古今和歌集』の読み人しらずの短歌を採用したのが、その始まりだと言われています。「君が代」の短歌は、割とメジャーで人々は知っていました。ただ、これに音階を付けることが大事業だったのです。

1999年に「国旗国歌法」で法的に国歌と認められましたが、戦時下では「暗すぎる」、戦後は「民主国家にふさわしくない」と批判されたりもしました。

そして、最近では、学校やいろんな場所で「一人の例外もなく歌うこと」が事実上の強制になっています。

スポーツ中継で、「君が代」をちゃんと歌ってない選手を見つけ出してネットでつるし上げる人達も現れています。口を動かしているけれど、歌詞とあってないとか、厳しく判定しています。学校で、ちゃんと歌っているか口元を検査するということを、真顔でやっているところもあります。

国旗掲揚が嫌なら、目をつぶるという方法があります。けれど、国歌は、歌わなければいけません。歌うというのは、じつに主体的な行動です。

納得できないことを主体的にするのは、激しいきしみを生みます。日の丸よりも「君が代」が話題になるのはこの理由からだと思います。

で、国旗を燃やすというのは、同じぐらい主体的な行動なのです。

国や組織に対して、一人の例外もなく忠誠を誓うことを求め、それから外れることを許さないというのは、つまりは、成熟してない社会なんだと僕はしみじみ思います。

マイノリティーの存在がちゃんと許されている組織の方が、みんな生きやすいと思うんですけどね。「ゆるい愛国心」とか「隙間のある組織」の方が素敵だと思うのです。

『鶴の恩返し』と居続けること

ＢＳ朝日で『熱中世代』という番組の司会を進藤晶子さんと一緒にしています。オンエアは、日曜朝８時なんですが、精神科医で作詞家の「きたやまおさむ」さんが何回もゲストで来てくれています。

きたやまさんは、「かっこよく去る」ということに一貫して反対しています。かっこ悪く、ダラダラと、粘りながら居続けてもいいんじゃないかと言うのです。

例えばと言って「鶴の恩返し」の話を持ち出します。

あの時、鶴は自分の正体を見られたから、去っていく。それはかっこいいんだけど、人生はそんなもんじゃないんじゃないか。そんな風に去れたら素敵かもしんないけど、人生、そうはいかないと思う、と言うのです。

じゃあ、どうすればいいんですか？　と問いかけると、「だから、居座るんです」と、楽しそうに答えられました。

鶴は去っていかない。見られて正体がバレても居座る。ただ、ダラダラと居る。そういう関係は面白いときたやまさんは言います。

そう聞いて、いきなり物語のイメージが膨らみました。

夫の「よひょう」は、女房の「つう」の正体を知った後も、なんとなく一緒の生活を続けます。で、酔っぱらうと「お前は人間なの？　それとも鶴なの？」なんて聞くのです。

つうの方も「両方だし、両方でもないし、私も分かんないのよ」なんて困りながら答えるのです。

んで、また、自分の羽根で反物を織り始める姿を見て、よひょうは、「やせ細ったお前は、美しいのか？　醜いのか？」と混乱するのです。つうは、そう聞くと「やせてガリガリだけどお金はある私と、見事に美しいけれどお金がない私。どっちを選ぶ？」なんていう究極の選択を迫るのです。

おお、これはまるで、「スタイル抜群で美人のモデルなんだけど性格は最悪でバカか、性格は最高でものすごく賢いんだけどデブでおブス。どっちを選ぶ？」という究極の選択の古典そのものではないですか。

んで、そうこうしているうちに、つうとよひょうに子供が生まれるわけですね。

子供は、「うちの母ちゃん、昔、鶴だったらしいぜ」と知って、苦悩していいのか驚いていいのか分からないまま、生活を続けるのです。やがて、子供は二人になって、「ねえ、私達もそのうち、鶴になるのかな？　そしたら、空を飛べるかな？」なんてワクワクしながら話し合うのです。

「まあ、俺達は、最終的には鶴になって自分の羽根で反物を織ればいいんだから、最低保証はあるよな」

兄が妹か弟にそんなことを言うかもしれません。

ここらへん、物語の展開に気をつけないと、映画『おおかみこどもの雨と雪』とかぶりそうになります。『こうかみしょうじの飴と湯気』なんて言われないようにしないといけません。

きたやまさんが、「ダラダラと生き続けること」を主張するのは、２００９年に62歳で自死した加藤和彦さんのことを思うからでしょう。

加藤さんの去り際は、それは見事なものでした。自分の荷物をすべて整理し、スタジオもきれいに片づけ、ただ、壁に一枚、アマチュア時代の『ザ・フォーク・クルセダーズ』のライブ風景を写した白黒写真を残しただけでした。

遺書の書き出しは、「今日は晴れて良い日だ。こんな日に消えられるなんて素敵ではないか」で、末文は、「現場の方々にお詫びを申し上げます。面倒くさいことを、すいません。ありがとう」でした。

あまりにも見事でスマートで手際がいいからこそ、きたやまさんは、「ちょっと待て」と思ったのだと思います。

お前はそれでいいけれど、残された人間はどうなる。かっこよくさっと去っていくお前はいい。けれど、残される人間の気持ちはどうなる。

だから、きれいに去るなんて思わずに、ダラダラとかっこ悪く生きていこうと言うのです。

中年の孤独死が問題になっています。多くの人はかっこ悪くなりたくないから、ミジメな自分を見せたくないから、外部との接触を絶ったんじゃないでしょうか。

でも、かっこ悪く、恥をかきながら世界とつながるのもいいもんだと僕は思うのです。

ゲイとハゲと

成宮寛貴さんの引退に関して、スポーツ紙の報道を怒るツイートがありました。

新聞の一面の写真をアップして、「よくぞここまで悪意のある誤解を招く構成作るな。悪意がないならないで大概だし。意味のない露出度の高い写真使うのとか印象操作が細かいな。一同性愛者として、スポニチを軽蔑する」

一面に大きな見出しで「ゲイ引退」と書き、その横に小さく「報道」という文字をつけています。つまり、

「ゲイ報道引退」であって、「ゲイ引退」ではない、と予防線を張っているのです。

「コカイン疑惑」という見出しもありますが、それは、「ゲイ引退」の5分の1ぐらいの小さい文字です。

そして、成宮さんがシャツの前をはだけ、上半身を出した写真が添えられています。

もう、誰がなんと言っても、「ほら、ゲイだったんですよ。だから引退なんですよ。ゲイだか

カッコイイ
カミングアウト（ヅラ編）
干からびて
死にそう
だった
海ガメの
赤ちゃんを
とっさの
判断で
ヅラを使って
救出!!

ら、上半身、裸になってるんですよ」という「こうした方が売れるし話題になる」という、つまりは「オカマは見せ物」という文脈を忠実に表現した紙面作りです。

僕は、このツイートを見つけた時、感動しました。それは、最後の文章「一同性愛者として、スポニチを軽蔑する」という、自分の立場を隠さない、堂々とした文章があったからです。

僕は38歳の時に、イギリスに留学しました。1年でしたが、いろんな友達ができました。

それから6年ほどして、一人の友達と再会しました。それまで、イギリスには行きませんでした。次に行く時は、ロンドンで芝居をする時だと決意していたので、すぐには再会できなかったのです。

演劇学校を卒業した彼と、一緒に芝居を見て、深夜、酒を飲んでいると、「ショウに話しておきたいことがある」と苦しそうな顔で彼は言いました。いったいなんだろうと思っていたら、「僕は、じつはゲイなんだ」と深刻な顔で語りました。

敬虔なカソリック教徒の両親に育てられた彼は、自分がゲイであるということをどうしても受け入れられなかったと言いました。だから、演劇学校時代は、自分はゲイでないと思い込もうとした、でも、卒業して社会人になって、もう自分には嘘はつけないと思うようになったと。

僕は、イギリスではゲイはオープンに受け入れられていると思っていましたから、とても苦しそうに語る彼に驚きました。

数日後、彼と一緒に別のクラスメイトと再会しました。その友人は、僕の顔を見た途端「ショー！」と腰をくねくねしながら手を振って近づいてきました。

僕は呆然として、思わず、数日前、自分がゲイだと告白した彼を見ました。彼は、「そういうことなんだ」と微笑みながらうなずきました。

腰をくねくねさせていたクラスメイトも、学校時代は全然、ゲイの雰囲気はありませんでした。

彼は、「役者を続けて、自分を見つめるうちに、自分はゲイなんだと思うようになった」と語りました。

ゲイであるとカミングアウトするのも、人それぞれだなあと僕は唸りました。一人は本当に苦悩して、一人はあっけらかんと微笑みながら。

でも、考えてみれば当たり前のことです。個人的なことは、一人一人、思いは違うのです。頭の髪の毛が薄くなり、ハゲ始めたことを、ものすごく深刻に悩む人もいれば、あっけらかんと受け止める人もいます。

個人的なことに、「正しい振る舞い」なんてないのです。

だからこそ、個人的なことは、その人の気持ちや価値観を尊重する必要があるのです。

ハゲやカツラをオープンにしていない人に対し、スポーツ新聞は「ハゲ引退」「カツラ引退」なんて大きな見出しはなかなかつけないと思います。その新聞社の偉い人に一人は間違いなくハゲかカツラの人がいて、安易にからかってはいけないと用心すると思うのです。

でも、「ゲイ引退」は大きくぶち上げるのです。身内の偉い人に、ゲイはいないと思っているのでしょうか。ゲイをからかうことは、社会的に認められたことだと思っているのか。

ハゲとかカツラとかチビとかブスとかは、だんだんからかえなくなってきてるけど、ＬＧＢＴはまだいけると思ってるんでしょうかね。

七味五悦三会と食の思い出

1年が終わりますなあ。この連載で僕は、1年の終わりに「七味五悦三会《しちみごえつさんえ》」をよく紹介しています。

マンガ家で江戸風俗研究家だった杉浦日向子《ひなこ》さんから教えてもらった1年を振り返る営みです。ちなみに杉浦さんは僕と同じ年生まれで、2005年46歳の若さで病気で亡くなりました。毎年、暮れになると、僕は杉浦さんを「七味五悦三会」と共に思います。

江戸時代の人々は、除夜の鐘を聞きながら、今年初めて経験した「七つの美味しい味」、「五つの楽しかったこと」、「三人の出会って良かった人」を話し合ったと杉浦さんは言います。

家族のいる人は家族と、一人ぼっちで年を越す人は内心、ゆっくりと「今年はどうだったかなあ」と確かめながら大晦日の時間を過ごしたのです。そして、もし、「七味五悦三会」が揃って

いたら「今年はいい年だったね」と家族と共に、または一人で喜びました。

僕の場合、やってみて難しいのは、じつは「七味」だと気付きました。

丁寧に、自分の食事の記録を取って・撮っている人はそうじゃないかもしれません。でも、僕は美味しかった味を一年間忘れないように、いちいち、覚えておくというのがじつに難しいのです。

一生懸命考えたのですが、三つしか思い出せませんでした。

ひとつは、以前から気になっていた地元の鰻屋さんです。思い切って入ってみたら「出来上がりまで40分ほど時間をいただきます。それでもよろしいですか？」と言われました。普段なら絶対に待ちませんが、その時は仕事で読まないといけない本があったので、時間を潰せました。出てきた鰻重は本当に美味でした。

タイのある島で食べた「パッタイ」も絶品でした。どこのレストランというより、その島の庶民的な食堂のパッタイ（タイ風やきそば）はどれも素晴らしく旨かったのです。帰途、バンコクの空港の中にあるレストランのパッタイは最低でした。

南新宿の劇場の近くにあったうどん屋さんの「天ぷらうどん」も絶品でした。アメリカ版の「食べログ」みたいな人気サイトに紹介されていて、お客さんの半分がいつ行っても外国人という、じつにインターナショナルなうどん屋さんでした。

あとの４つは、30分考えましたが出ませんでした。

「五悦」は簡単に浮かびました。まず今年は、芝居を三本しました。どれも僕には今年初めて経験する楽しい出来事でした。

４つ目は、大金を払って買ったマッサージチェアです。大きすぎて、廊下から部屋に入らないので、クレーンで吊って二階のベランダから搬入するという（仕事部屋は二階なのです）荒技をしてまで入手したマッサージチェアは優れものでした。

あと一つの楽しいことは、新作の小説を連載したことです。あ、いやいや、映画『この世界の片隅に』も楽しかったし、『Ｐｏｋéｍｏｎ　ＧＯ』も楽しいし、食べ物よりも楽しいことの方がはるかに簡単に浮かびます。

「三会」に関しては、僕は職業柄、芝居のたびに今年初めてという人に出会えます。

何人かの人は、今年初めて仕事をしても、去年、顔合わせで話しているので、正確には今年出会った人にならないのですが、それでも、南沢奈央ちゃんにも山本涼介君にも上遠野太洸君にも鉢嶺杏奈ちゃんにも今年、会えました。

新しい編集者にも会えましたし、「三会」もじつは、そんなに難しいことではありませんでした。

返す返すも、「七味」が浮かばないのです。ということは、「食に対する興味」が薄いのかなあとまで思ってしまいました。または、そこそこ美味しいものは食べていても、強烈に「これ旨い！」という震えるようなものは食べてないのか。それとも、本当に「今年初めて出会う美味しい味」は経験せず、いつもの馴染みの味で生活しているのか。

問題は、正解がどれか分からないぐらい記憶があいまいなことです。まあ、「一昨日の夜、何食べた？」という質問は結構、難問ですからね。

さて、あなたの今年の「七味五悦三会」はどうですか？

よいお年を。来年もよろしくです。

身体と思考の運動について

新年、明けましたなあ。今年も、おつきあいのほど、よろしくお願い申し上げます。

さて、年末に携帯を替えました。

『Ｐｏｋéｍｏｎ　ＧＯ』をやるためですが、これを言うと「今頃？」「流行りモノが好きな鴻上さんが何でまた？」と突っ込まれるのですが、仕事が忙しく、携帯を替えるチャンスがなかなかなかったのです。

だって、携帯を替えるのは、時間も手間もたっぷりかかるでしょう。

やっと遅れて『Ｐｏｋéｍｏｎ　ＧＯ』を始めてみれば、世間はすっかり冷静になっていました。

あちこちのジムにいるポケモンは出遅れた分、ものすごく強すぎるし、なんだかなあと思いながら、それでも、毎日、ちょびちょびと遊んでいます。

で、替えた携帯に、毎日の歩数が表示されるアプリが入っていました。携帯を持って歩くと、ちゃんとカウントしてくれるのね。あたしゃ、平均して毎日8000歩ほど歩いていました。

基本的に僕は電車を使います。

10年以上前、免許を取って車に乗り始め、東宝の撮影所から自宅に帰る途中、いつもの道が工事中で、狭い迂回路をトロトロと走り、後ろから来たタクシーに煽られ、民家の塀にぶつけて一発で廃車にして以来、運転はしていません。

気を遣う性分なので、後ろから車が来て、クラクションをちょっとでも鳴らされたら、それだけでもう、

「すみません。運転してすみません。こんな速度ですみません。下手ですみません。こうなった以上、曲がれるはずのない速度で突っ込みま

す。ああ、ぶつけました。すみません」なんてことになるのです。

廃車にしてからは「もう、運転するのはやめよう。免許はゴールドになるに任せよう」と決めました。

で、電車とタクシーの併用になりました。昔はタクシーの使用度が多かったのですが、だんだんと、「やっぱ、健康を考えたら歩こうかなあ」と思うようになりました。

東京は、電車を使うと歩きます。階段がたくさんあって、乗り換えが複雑で、結構な距離を移動します。

毎日の平均8000歩というのは、仕事であちこち移動したのがほとんどで、意識して歩いたわけではないのです。エスカレーターにじっと乗るのもやめています。と言って階段を全部上がるのはしんどいので、エスカレーターを歩きます。

最近は、「エスカレーターを歩かない」キャンペーンが盛んですが、僕は「走らない」ということは納得できても、「歩かない」は、極端な主張じゃないかと思っているのですが、これは別の話。

僕は「ああ、運転手つきの身分まで出世しなくてよかったなあ」と、本気で思っています。

大企業の重役さんとか政治家さんとか、自宅と職場を車で送り迎えされてる人は、ものすごく運動不足になるだろうなあ、体に悪いだろうなあと思うのです。

だから「ジムで汗を流す」のがセレブなのでしょうが、それは大変なことです。車で通勤して運動せず、時間を作ってジムで汗を流すってのは、僕からするとじつに真面目で非効率だと思ってしまうのです。

たくさん食べて飲みすぎた時は、タクシーに乗りたくなりますが、たいして飲まず元気な時は、ちゃんと歩いて電車に乗って帰ります。そうすると、じつに体が調子いいのです。

たくさん食べて飲んで、レストランからタクシーに乗って、そのまま家に着き、すぐに風呂に入って寝た場合は、次の日、なんとも体が重いのです。もちろん、体重も1kgは違います。たくさん食べた後、30分ほど歩くだけで、間違いなく体も体調も違うのです。

車移動しかない地域に住んでいる人は大変だなあと思います。僕の故郷もそうですが、移動が自家用車になると、極端に運動不足になるのです。その場合、強靭な精神で、普段から運動の時間を取らないといけませんが、これはかなりエネルギーの必要なことです。

ほとんど運動せず、家と職場を車で移動すれば、思考もまた、運動しなくなるだろうと僕は思っています。

肉体というリアルを意識しなくなると、思考から、身体的な感覚が抜けていくのです。じつに観念的に抽象的な思考が中心になると思っています。それは、人間として、バランスを失っていくことなのです。

紅白歌合戦のツイートについて

大晦日に実家に帰り、やっぱり、年配の両親と見るのは『紅白歌合戦』だなあとしみじみしていたのですが、番組の途中で、どうにもやりきれなくなってツイートしました。

「演劇の演出家から見ると、今の紅白の『シン・ゴジラ』や『タモリ・マツコ』の強引な挿入は受け手の人間の生理を完全に無視しているとしか思えない。アイデアがいかに面白くても、それを受けるのは人間であり、人間の感情はアイデアより現実として存在している。それを無視はできない」

実家の愛媛県の片隅で、感じたことをなにげにつぶやいたのですが、これがあなた、数万もリツイートされるわ、ネットニュースになるわ、テレビ番組から取材依頼は来るわ、そりゃもう大騒ぎになりました。

去年の紅白はゴジラがタモリとマッコを踏みつぶした後、普通に進行する有村架純が良かった。
ブチュッ!
さて、次は…

そうなると、当然、僕のツイッター上には「お前うるさい」とか「批判だけして何もしない人は黙ってて」だの「ごちゃごちゃ言うんなら、見るなよ」だの、「ね、ど～して知らない人にそんなに強気で発言できるの?」というような突っ込みが山ほど押し寄せて、正月の5日間ぐらいアタフタしました。

僕自身は、こんなに反響があるとは思ってなく、素朴に創り手としての実感をつぶやいたつもりでした。

しばらくしてニュースを見た北川悦吏子さんが「なんか頭のいい人みたいな文章じゃないの」と連絡をくれて、「とほほですよ」と返しているうちに、ハタと気付きました。いやもう、「ハタッ!」という音が聞こえるぐらいに気付きました。

僕がツイートした「受け手」というのは、司会者の二人のことでした。でも、ひょっとしたら、「受け手」というのは「視聴者」のことだとみんな思っているんじゃないだろうか。

北川さんにそう言うと「演出をしてる私だってそう思ったよ。みんな、絶対に視聴者だと思っている！」と教えてくれました。

大晦日、タモリさんとマツコ・デラックスさんは、地方審査員の代表という設定で、会場に入れずウロウロします。で、結局、最後までステージにたどり着くことなく、帰っていきます。

これ自体のアイデアは面白いと思います。番組とは関係なく、もうひとつのストーリーが進んでいて、それがクロスしそうでクロスしない。悪い発想じゃないです。

問題は、タモリさんとマツコさんが警備員に会場の玄関で止められて入れない、というイベント（というか企画）のすぐ後、会場にカメラが戻った時、司会の二人は何が言えるか、ということです。

「あれ？　地方審査員の方が会場に入れませんね」というのは、あまりにも白々し過ぎます。10年ぐらい前のNHKなら、こういう強引なコメントをさせていたでしょうが、今はさすがに無理でしょう。みんな、二人がタモリ・マツコと知っていて、それをすっとぼけるのは、それこそ生理的に無理です。

じゃあ、どうしたらいいか。じつは、この企画の場合、司会者がナチュラルな状態で、会場で受けられる言葉はないと思います。

タモリ・マツコの後、いきなり会場で歌が始まるのなら、アリです。誰も何も受けず、次の歌が始まる。でも、紅白は必ず、次の歌手を司会者が紹介しなければいけませんから、この方法は使えません。

民放の場合、スタジオでなかなか受けられそうにないVTRや中継の時は、いきなりCMにいきます。CMはニュートラルで、イベント（や企画）に対して評価しないからです。

でも、紅白の場合、生身の人間が受けなければいけないのです。ゴジラが渋谷にやってくるという映像の後、ニコニコしながら「それでは次の歌です」と紹介するのは、「お前、狂ったか」と思われてしまいます。

じつは、挑戦的なディレクターや演出家は、こういう「間違い」を起こしがちです。だから、僕はツイートしたのです。アイデアに溺れ、人間を忘れるのは「野心的ディレクターあるある」なのです。

どんなにアイデアが面白くても、それを受けるのは人間で、その人がうまく受けられないのは、アイデアの出し方がまずいということなのです。タモリ・マツコの映像の後、司会者がどうすれば、混乱せず、次の段取りにスムーズにいけたか。感情が流れることを第一の基本に、仕掛けを考えるのが演出家なのです。

表記の統一に反対します

ネットで偶然、自分の小説『八月の犬は二度吠える』の感想を読みました。ほぼ好評なのですが、「編集者がちゃんと仕事をしていない。初版だからだろうか。それがとても残念です」という表現がありました。

初版の編集者の仕事とはなんだろうと考えて、はたと「校閲」のことじゃないかと思い至りました。昨今、ドラマにもなった校閲です。

で、それはまずは、「表記の統一」ということになります。

ああ、一般の人までこんなことを言うようになったのかと（その人が同業の編集者とは思えなかったので）とても暗い気持ちになりました。

今、僕は4月に中編を2編まとめた小説本を出すために、ゲラをチェックしています。（ゲラというのは校正・校閲用の試し刷りの原稿のことです）

で、ゲラにはびっしりと校閲ガール（じゃなくてマンかもしれませんが）の書き込みがあるのね。

例えば――

「何！」と男は叫んだ。

「なにを言うのさ」女はむくれた。

「ナニッ！」神経質な声が聞こえてきた。

……なんて表記があると「何・なに・ナニ」の三種類が統一されていない、以下のページで不統一、なんて書き込まれるのです。

「何！」の横にＰ17、Ｐ35、Ｐ59……と「何」と書いたページ数がずらずらと続き、その横に「なに」と表記されているのはＰ28、Ｐ49、Ｐ89……と延々と並び、さらにその横に「ナニ」Ｐ19、Ｐ39、Ｐ88……と書き込みが続くのですよ。

大変な仕事です。頭がいつも下がります。が、感謝しながら同時に僕は激しく葛藤するのです。僕は、22歳の時から手書きで台本を書き始めました。俳優に自分のイメージを伝えるために、あらゆる方法を使いました。激しく言って欲しい時は、原稿用紙のマス目一杯に文字を書きました。静かに言って欲しい時は、丁寧な字で書きました。それは、狙ったというより、自然にそうなりました。

そして、漢字とひらがなとカタカナの使い分けも自然に生まれました。僕の中では、「何！」というセリフと「なに！」と「ナニ！」は全然、違うのです。

漢字を使えば硬い印象になり、ひらがなは柔らかく、カタカナは不思議な感覚になります。三種類の表記を持っている言語というのは、世界の言語の中でもかなり特殊だと思います。これは日本語という言語の大きな特徴であり、多様な表現ができる武器です。

なのですが、校閲は不統一を指摘します。

もちろん、作家が「統一はしない」と宣言すれば、校閲さんや編集者さんはそれ以上のことは、普通、言いません。（作家との力関係で変わるのかもしれません）

が、『八月の犬は二度吠える』が講談社文庫になる時には、こういう指摘が300カ所ほどありました。びっしりと書きこまれたゲラを見ていると、だんだんと弱気になってくるのです。

だって、毎回、「ここ不統一」「はい、ここも不統一」「ここも不統一」と300回、言われてごらんなさい。だんだんと「すみません。悪いのはおいらです。おいらのせいで校閲さんのお手をわずらわせてるんです。おいらは人間のクズです」と懺悔したい気持ちになっていくのです。

でもね、やっぱり、「ねえ、あたしとつきあわない?」と女性が言うのと「君との付き合いは完全に間違いだった」と男が言うのは違うんだと、自分を鼓舞して踏ん張って、表記の統一に抗っているわけです。

なのに、一般の読者が「表記の統一ができてない。二流の作家と編集者なんだな」と決めつけるようになったのなら、これはもう、叫ぶしかないと思うのです。

昔の文学作品を読むと、表記が不統一なことが多いです。いつからか、とても几帳面になってきました。

なので頭を抱えて「日本人はこういう所で几帳面にするのが得意だし、好きそうだなあ。表記の不統一を見つけ出して、それを問題にするのはじつに簡単で分かりやすいから、これが文章表現の基準になってしまったら、日本語から豊かな表現が失われてしまうのになあ。でも、そういう流れになるんだろうか。困ったなあ」と溜め息をついているのです。

マッサージのサービスについて

「～せていただく」の乱用は、日本語と人間関係を貧しくすると、口を酸っぱくしてレモンを丸かじりしたぐらい言ってるのですが、先日、マッサージに行って、左上半身をもまれた後、「それでは、右に移らさせいただいてもよろしいでしょうか？」と聞かれて、うとうととまどろんでいた気分が一気に醒めました。

マッサージ業界、60分3000円とかが普通になってきたので、いろいろお店は必死のようです。

値段を下げられないお店では、たぶん、「その分、お客さんのために徹底したサービスを！」とがんばっているんだと思います。

そうなんだけど、「いちいち問いかけること」と「いちいち許可をもらうこと」がサービスな

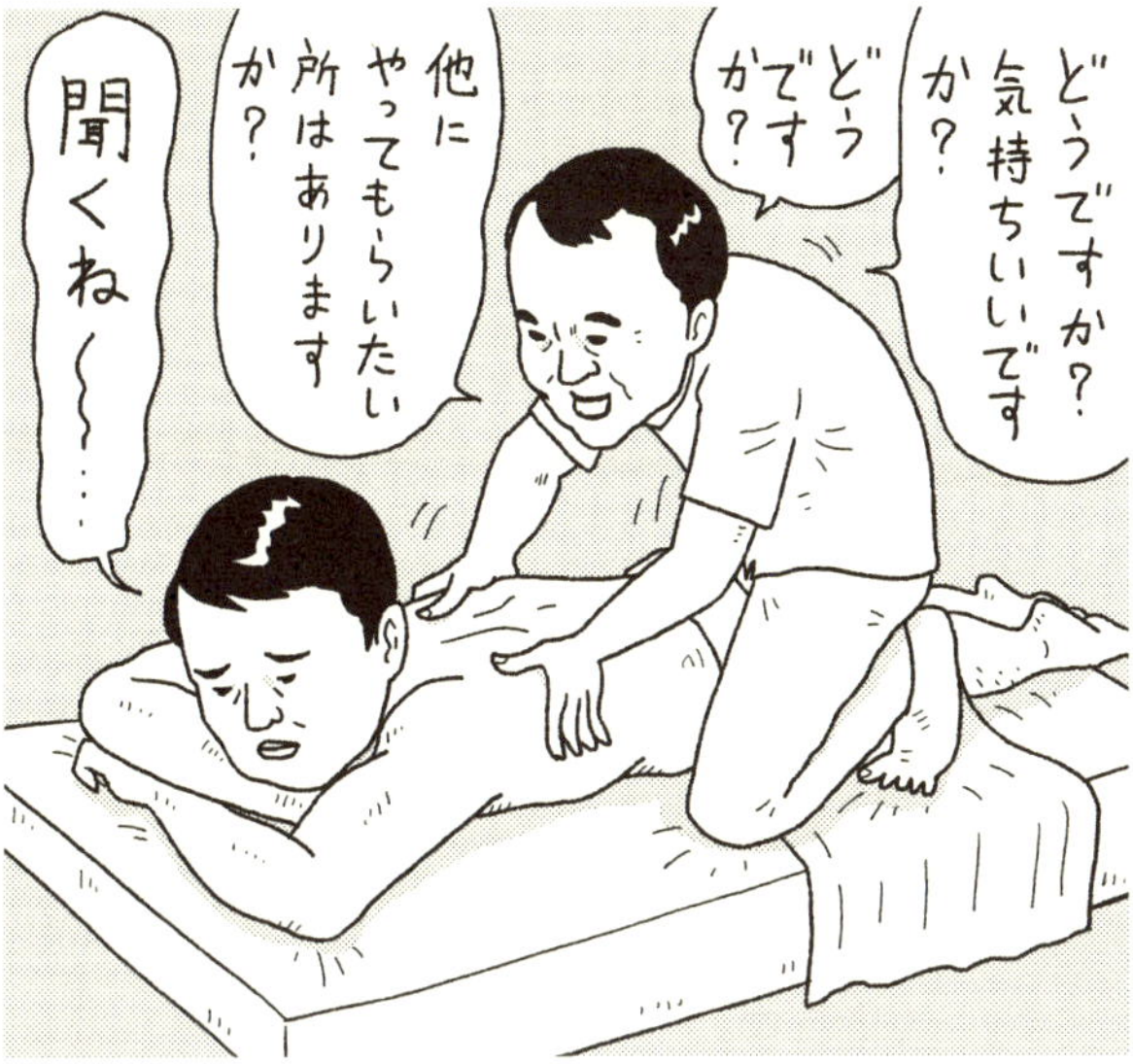

のかなあと猛烈に疑問に思うのです。
僕が行っていたマッサージ屋さんも、いつのまにか、「それでは右に移らさせていただきますが、左でまだここはという所はございますか？」なんて聞いてくれるようになりました。けどね、これはかなり高度な質問だと思うのですよ。だって、僕の背中なんかパンパンの鉄板みたいな凝り方してますからね、そんなに簡単にリラックスしないわけです。
なので、「まだありますか？」と聞かれたら、「そりゃ、あります」となるのです。
でも、それを言い続けると、あっという間に時間がきてしまい「あれ、左半分しかできませんでしたね。でも、気にかかっていたんですからしょうがないですよね」なんてことになるんじゃないかと、悩んでしまうのですよ。

まあ、相手はプロなので、まさかそんな分かりやすい失敗はないでしょうが、でも、問われると考えてしまうのです。

マッサージを60分頼むとすると、50分か55分ぐらいでいったん終わらせて、「最後にここをもっとという場所、ありますか？」なんて聞かれます。これも、なんだか困るのです。

マッサージを受ける時ってのは、なんというか、身を任せているわけです。つまりは「受け身」に徹しているのね。自分の判断じゃなくて、あなたの判断に任すのです。

なのに、急に「さあ、どこが足らないですか？」と聞かれると、意識を一気に組み換えないといけなくなるのです。

あなたはそんなこと、ないですか？

なので、終わった後「どうでしょう？」といきなり聞かれるのも、とても困ります。

こっちは、「受け身」の快感に身を浸したいわけで、そこからゆっくりと復活したいのに、「どうでしょう？」とすぐに聞かれると、慌てて自分の体を意識して、感覚を覚醒させないといけなくなるのです。

マッサージ後のまどろみを強引に捨てるのは結構な苦痛なのです。

正月、一週間ほど実家にいて、でも、原稿は書かないといけないので、実家のリビングでノート型のパソコンでずっと書いていました。今から思えば、画面を見下ろす形になる、じつに体に悪い態勢でした。

案の定、東京に戻ると一気に腰が猛烈に痛くなりました。

なにかあると故障した俳優を送り込む「ほぼ神の手」と僕が呼んでいるマッサージ屋さんに行くと、「ははあ、鴻上さん、椅子が高くて机が低かったですね」と言われてしまいました。

まさにそんな状態で書き続けたのです。そりゃあ、体が悲鳴を上げるというものです。

この「ほぼ神先生」、腕は確かなのですが、とにかく施術中、「どうですか？」「これはどう？」「痛い？」「こっちは痛い？」と聞き続けます。

結果、この先生にお願いしている時は、いっさい、僕はまどろみません。

全身をセンサーにして、自分の体をメンテナンスします。気持ちいいとかリラックスなんて、完全に諦めてます。

でも、普通のマッサージ屋さんに入った時は、やっぱり、「受け身の気持ち良さ」を味わいたいと思うのです。意識をまどろませ、あなたに任す快感です。

でも、「問いかけ」と「許可」がサービスとして広がるってことは、それを求める人が多いってことなんでしょうかねえ。初対面のお客じゃない限り、そんな頻繁にはいらないと思うんですけどねえ。

凄まじい内容の北朝鮮のドキュメント

凄まじいドキュメント映画を見ました。タイトルは『太陽の下で―真実の北朝鮮―』。

ロシアの有名な監督が、北朝鮮のドキュメントを撮ろうと撮影を始めるのですが、やがて「これは、ドキュメントではなく、全部、用意されているフィクションじゃないか」と悩み、けれど、本当のことは撮れないので「じゃあ、これが全部ヤラセだということをこっそり撮ろう」と考えて完成させた映画です。

もちろん、撮影したフィルムはすべて検閲される予定でしたが、監督は当局の目を盗んで北朝鮮の外に持ち出しました。

「どうやって持ち出したのですか?」という問いかけに、「具体的には答えられない」と監督は言います。それを語ってしまうと、「その過程でいろいろな方達の助けを得ていますので、彼らに被

正男は
世界を放浪する北朝鮮の
山下清として活躍してほしかっ
たんだが、残念だ・・・

害を及ぼす可能性があるから」と言うのです。

冒頭、じつに裕福で幸せそうな家庭の夕食風景が映ります。8歳の少女ジンミは、両親に対して、キムチがいかに健康にいいか大人びた口を聞きます。それを聞いて笑う両親。

と、すぐに、フィルムは、時間を持て余した三人を映します。そして、中年の男性二人が現れ、セリフの言い方に注文をつけます。そして、もっと大きな声で笑うようにという指示を出すのです。

夕食のシーンは何度も撮影されます。北朝鮮側の監督（？）達が納得する、理想的な家庭に見えるまで続けられるのです。

ジンミの父親はジャーナリストでしたが、北朝鮮当局は撮影のために、彼の職業を縫製工場のエンジニアに〝変更〟しました。その方が労働者っぽいという判断でしょう。

父親は、まったく知らない工場に入り、北朝鮮側の演出を受けて、理想的な労働者を演じます。模範的な女性労働者が、熱く父親に語りかけます。

母親は、豆乳工場で働く女性労働者の役を与えられました。同僚が、彼女の娘ジンミが栄えある「朝鮮少年団」に入団したことをカメラの前で讃えます。よく知らない人のまったく知らない娘さんのことを熱烈にほめます。当然、少し、言葉がぶれます。それは、慎重に聞いていると感じます。

もともと、ロシアのヴィタリー監督は、「北朝鮮に自分の祖国（ソビエト連邦）の過去を見たいと思いました」とパフレットで語ります。

「どうしてあの体制が今でも維持できているのか、自由が圧迫されているのにどうして人々がそれに従っているのか。大きな過去を抱え、過去へと行こうと思っていたのです」

けれど、北朝鮮のリアルを撮ることはできませんでした。

工場に向かう人々が、止まって待っていて、掛け声と同時に歩き出す瞬間は、まるで映画『トゥルーマン・ショー』そのものです。

胸潰れるのは、8歳の少女ジンミの演技です。僕達がよく目にする「満面の笑みで歌い・踊る」少女と同じく、彼女は誇らしげに祖国を語り、歌います。

そして、8歳の彼女は朝鮮少年団に入った抱負を語るのです。

「少年団に入って組織生活をします。組織生活をすれば過ちに気付き、何をすればいいのか分かります」

暗記した言葉が続きます。

「大元帥様たちの遺訓を守り、金正恩元帥様の教えの通りに行動し、チュチェ革命偉業を、代を継いで光り輝かせる社会主義祖国の後代として生きることを誓います」

けれど、一度、彼女の目から涙が流れます。それは、北朝鮮側の監督が部屋を出た時に起こりました。彼がいると彼女の目が泳いでしまうので、ロシアの監督が外で待っていて欲しいと彼らを退去させたのです。

ロシアの監督は、彼女が泣いたことを知られてはまずいと考えて、ジンミになにか楽しいことを考えてとアドバイスします。楽しいこと、思わず微笑むこと。けれど、ジンミは楽しいことは考えつかないのです。

この作品を知った北朝鮮当局は、すぐにロシアに上映禁止を要求しました。ロシア政府はヴィタリー監督への非難声明と上映禁止を発表しました。けれど、ロシア国内の民間の映画館で上映し、やがて、世界各地の都市へと上映は広がりました。

「リアル」と「演出」がここまでむき出しになっているドキュメントを僕は初めて見ました。とにかく凄まじいです。

戦争と日常の話

僕が進藤晶子さんと一緒に司会をしているBS朝日『熱中世代』に、ブライダルファッションデザイナーの桂由美さんをお招きました。

桂さんは、少女時代に東京大空襲を経験しています。一夜にして10万人以上が亡くなった翌日、桂さんは勤労奉仕の工場に行こうと、東京の街を歩きます。

途中で、たくさんのマネキンを見たと言います。この辺りに洋裁工場なんかあったんだろうかと桂さんは思います。

やがて、胴体が真っ二つになって内臓が飛び出た馬の死体と出会います。そして、ハッとするのです。さっき見た、たくさんのマネキンはマネキンじゃない。あれは死体だったんだと。

焼死体は真っ黒になりますが、煙であぶられた皮膚は、マネキンのようにテカテカになるのだそうです。

売れ残った貧相な犬のケースからのんさんの声が流れ続けるペットショップ
この世界の片隅に
うちを見つけてくれてありがとう

桂さんは戦時中、「どうして女は特攻隊員になれないのですか」という血判状を海軍大臣に送ったそうです。真面目で責任感の強い生徒は「軍国少女」になるのは当たり前のことだったのです。

桂さんは、ウェディング・ドレスを日本に定着させた方です。桂さんがウェディング・ドレスを作り始めた時、日本では洋式の結婚式は3%しかありませんでした。97%は和式で着物でした。

ウェディング・ドレスは高値の花でした。それを、桂さんは「中堅のOLの一カ月の給料」で買えるものにしたいと決意し、実行したのです。

桂さんが純白の美しいウェディング・ドレスを作り続けたのは、少女時代の体験が影響しているとおっしゃいます。美しいものが何もなかった時代、つらく悲しいことしかなかった時代を経験したからこそ、圧倒的に美しく夢のような衣裳と空間を創りたいと思ったんじゃないかと。多感な少女時代、戦争がどんどん激しくなって、本当に世界と身の回りから美しいものがなくなったとおっしゃるのです。

リアルタイムで戦争を知っている人達が少なくなっています。声高に反戦を語るのでもなく、観念的に戦争を賛美するのでもなく、日常としての戦争を語ることは、経験者にしかできないのでしょう。

ただ、僕が映画『この世界の片隅に』に圧倒的に感動したのは、そこに、日常としての戦争があったからです。

まず、作品として、じつにリアルでした。

映画の冒頭、船から降りたすずさんは重い荷物を背に担ぐために、まず、荷物を壁に肩の高さで押しつけ、その高さをキープしたまま、後ろ向きに背を当てて風呂敷を絞ります。

そうすれば、重い荷物も背負うことができるのです。僕はこの描写に痺《しび》れました。なるほど、重すぎてなかなか担げない荷物は、こうやって背負うのか。リアルな知恵がありました。

こうやって、映画は小さなリアルを積み重ねます。

空襲は悲惨である前に眠いこと。日常のように繰り返されること。退避前の点検の儀式が求められること。いちいち、戸を外さないといけないこと。

食べ物を確保するために、人々がどんな工夫をしたかということも、丁寧に描かれます。何が食べられて、何が食べられないか。どうやったら量を増やすことができるのか。どう料理したら美味しくなるのか。

それは大切な日常です。どんなに戦争が激しくなっても、観念だけでは人間は生きてないということを教えてくれます。

驚くほどの細部が、さらりと丁寧に積み上げられていくのです。

ああ、いかん。『この世界の片隅に』の話を書くだけで、なんだか、泣けてくる。

女優・のんさんの声が、主人公・すずさんの孤独や苦しみやコミュ障とぴったりと重なって、圧倒的なリアリティを生み出すのです。

変な言い方ですが、のんさんが順風満帆に能年玲奈として活躍を続けていたら、ここまでの衝撃はなかったんじゃないかと思います。もちろん、名作は名作でしたが、すずさんとのんさんが同一人物のように脳内でシンクロすることはなかったと思うのです。

戦争の話から『この世界の片隅に』の話になってしまった。未見の方はぜひ。

『ドラえもん』の舞台化について

がしがしと、3月26日から始まる『ドラえもん　のび太とアニマル惑星』の稽古を続けております。

はい、『ドラえもん』を舞台にしてます。じつは、9年前の再演です。

気がつくと、世の中は、「2・5次元ミュージカル」というものが花盛りになっていて、マンガやアニメを舞台にするのは、普通のことになりました。

『弱虫ペダル』も『刀剣乱舞』も『ハイキュー!!』も、みんな舞台になりました。

『ドラえもん』が再演だと知らない人からは、「とうとう、鴻上も2・5次元にのっかるのか」なんて突っ込まれましたが、いえいえ、ドラえもんが大好きで、9年前、芝居にしていたのです。

初演の稽古で、ドラえもんが初登場した瞬間は忘れられません。

舞台「ドラえもん」は9年前の
やつを見たが、すごい良くで
きていてビックリ
した!!
見ないと損!!

ドラえもんの着ぐるみ的なもの（本当はこんな言い方はしたくなくて、ドラえもんはドラえもんなんですが、まあ、そこをあんまり主張していると、痛いディズニーファンみたいになるので、この言い方でおさめますが）を担当する俳優と、のび太役などの生身の人間である俳優でさんざん稽古した後、「んじゃ、そろそろ、登場しますか」の一言で、ドラえもん担当の俳優は別室に消えました。

ドラえもんに変身する瞬間は、誰にも見せないようにしたいと思ったからです。俳優は、ドラえもんに変身して（はい、着ぐるみ的なものに入って）稽古場に現れました。

その瞬間、稽古場全体の温度が間違いなく3度は上がりました。ドラえもんを見たキャスト・スタッフ全員が笑顔になり、体温が確実に

3度上昇したのです。

オープニングの立ち位置に行こうとして移動しているドラえもんに対して、思わず、歓声が上がりました。

僕は、スターというのは、こういう存在なんだとしみじみしました。

昔、俳優の中村雅俊さんと『僕たちの好きだった革命』という芝居を創ったのですが、雅俊さんが微笑んだ時に、間違いなく稽古場の温度が上がったのを感じました。ああ、スターだなと心底思いました。

それと同じ感覚でした。人を無条件で微笑ませるパワーを、スターは持つのです。

幸福な初演の経験でしたが、お客さんの入りでは、苦労しました。みんな、まだ、「2・5次元ミュージカル」を体験してなかったので、デパートの屋上でやるようなショウだと思って、敬遠されました。

見たら一発で分かるのですが、着ぐるみ的なドラえもんと生身ののび太やしずかちゃん、ジャイアン、スネ夫が同じ空間にいて、自然に会話するのを見ることは、自分で言うのもなんですが、間違いなく、心震える経験なのです。

僕は始終、頬が緩みっぱなしでした。

が、観客動員で苦労したので、経済的にはさんざんでした。ドラえもんに関わって、赤字になった初めてのカンパニーと言われました。とほほでした。

もともと、ドラえもんを舞台にしようとしたのは、沖縄で行われる国際児童・青少年演劇フェスティバルに参加を要請されたからです。

ロンドンに1年間いた時、「演劇にできない作品はない」というイギリス演劇人のプライドに感動しました。『きかんしゃトーマス』も『ウォレスとグルミット』も奴らは芝居にしました。今年の冬は、『はらぺこあおむし』を上演して、評判になっていました。

映像の表現は、どんどんリアルになる方向に進んでいます。CGを駆使して、描写不可能だったシーンを映画やテレビは描きます。想像力の上を目指そうとするのです。

が、演劇は、想像力に頼って舞台化します。観客の想像力を前提にして作品を創るのです。

『タンタンの冒険』という少年タンタンと相棒の白い犬のマンガをイギリス人が舞台化した時は、最初、主人公は、本物の白い犬を抱えて出てきます。そして、舞台の端でつまずき、本物の犬を思わず舞台の袖に放り投げます。すると、すぐに、白い犬の格好をした俳優が飛び出てきて「痛いじゃないか！」と話し始めるのです。なるほど、この手があったかと唸りました。

演劇はアナログだからこそ、観客の想像力と直接握手できる。そう信じて、稽古を続けているのです。

うつのトンネルを抜けたマンガ

田中圭一さんのマンガ『うつヌケ　うつトンネルを抜けた人たち』（角川書店）がじつに良かったです。

文字通り、うつ病から抜けた人達のインタビューマンガで、田中さん自身のケースも描いています。

うつ病は、とても身近な病気になりました。僕自身の周りでも、何人か、うつ病で苦しみました。

僕自身だって、いつ発病するか分かりません。今はまだ、なんとか、ひいひい言いながら仕事と生活を続けているだけ、とも言えます。

うつ病にかかる可能性なんかまったくない、と断言できる幸せな現代人はそんなにいないんじゃないかと思います。

田中さんは、2005年ぐらいから「謎の苦痛」にむしばまれていたと書きます。毎日続く原因不明のつらさ、つきまとう恐怖と不安。どんな曲を聴いても映画を見ても風景を見ても、なんの感動もわかない。

うつ病にかかった原因は、「自分を嫌いになったこと」だと、10年の長いうつ病のトンネルから脱出した後、田中さんは書きます。

自分に合わない職場で無理してがんばり、うまくいかず「自分を嫌いになる」。そして、嫌われた体や脳は、心に対して反抗する。

その結果、うつ病に苦しめられる。

そんな時、田中さんは、コンビニの文庫本売り場で、精神科医がうつ病に関して書いた本を見つけます。

それには、うつ病は、「これ以上無理をするな」と体が発する警告（アラート）だと書いていました。

その本『自分の「うつ」を治した精神科医の方法』（宮島賢也／河出書房新社）もまた、うつ病に苦しめられ、克服した人によって書かれていました。

その本では、うつ病の克服方法として「自分を好きになればいい」と書いていました。マンガは、アシスタントさんと二人の対話形式で進みます。

アシスタントさんは、このアドバイスに対して「キモッ」と返します。そんなアドバイスは凡百の自己啓発本にだって載っていると。

けれど、田中さんは、この本に書かれている「自分を好きになる」ステップを三週間続けることで、本当に気持ちが明るくなってきたと言います。

2カ月もすると、陽差しの気持ちよさを感じ、生活の中に笑いが生まれ、動画を見て面白さを感じるようになりました。そして完全にうつを抜けたと感じたのです。

が、ある日、なんの前触れもなく、突然、うつがぶり返してきます。

このマンガがリアルで、刺激的なのは、ここからです。どうして突然、うつがリターンするのか？田中さんは、内省し、資料を漁り、考え続けます。うつは、いきなり治るのではなく、一進一退を繰り返しながら、徐々に良くなるものだと理解します。少し戻る時が、ぶり返す状態になるのです。

問題は、なにがリターンの引き金になるかです。田中さんは、自分の精神状態と気温を毎日つけていたグラフから、自分自身のうつを重くしているのは「激しい気温差」ではないかと推理するのです。

そして、それは見事に症状と対応していました。ある意味、こんな簡単なことで、自分のうつはぶり返すのかと田中さんは衝撃を受けます。同時に、からくりが分かったことで、一気に霧が晴れたような気持ちにもなるのです。

ツイッターで情報を集めてみると、人によってさまざまな引き金があることが分かりました。気圧差の人もいれば、血行、ホルモンバランス、胃の調子、体温などなどです。

ある日田中さんは、ツイッターで「もし明日、急に気分が落ち込んだとしたらそれは台風による気温と気圧の急激な変化が原因です。落ち着いて安心して過ごして下さい」と書き込みました。すると5000人以上がRTし、原因を言い当ててくれたので安心できたというような好意的な感想が返ってきたそうです。

この本は、田中さん以外になんと15名ほどの人達の「うつ病から抜けた」体験を描いています。大槻ケンヂさんもいれば、代々木忠監督、内田樹さん、脚本家の一色伸幸さんも登場します。

じつに、参考になるラインナップです。もし、自分がうつになる日が来ても、このマンガがあればなんとかなるとまで思えるのです。

メジャーになることとテレビに出ること

「舞台でどんなに活躍していようと、テレビ的に売れて初めて、『ブレイク』『長い下積みから脱出』とマスコミに書かれるのはどうにも納得できないと憤慨したのは20年以上前の筧や勝村の時。んでまた、一生《いっせい》で同じ感覚。この国の文化状況は何も変わってない、とまた憤慨。ぷんすか」

というツイートをしたら、たくさんリツイートされて、ネットニュースにもなりました。

その昔、『第三舞台』という劇団の主宰をして、何万人というたくさんのお客さんに来ていただき、舞台で生活できるようになったなあと喜んでいた時期がありました。

ブレイクという言葉を使っていいなら、充分、ブレイクしていたと思っていました。

その時から10年近く過ぎて、当時、劇団員だった勝村政信と筧利夫がそれぞれにテレビ番組でメインの活躍をしました。

その時、マスコミは、「やっと長い下積みから脱出」とか「ブレイク」と表現しました。腰が抜けるかと思いました。

「テレビで全国区になった」とか「全国の人に知られるようになった」と言うのなら分かります。が、「長い下積みから脱出」とはなんだと驚いたのです。

テレビに出てなければ、テレビに映らなければ、それは下積みなのかと、突っ込みたくなりました。

俳優やアーティストにとって重要なことは売れることだけで、それは、「テレビに出ること」だけで、ブレイクという言葉に対応するのはテレビでメジャーになることだけという、じつに分かりやすく情けないマスコミの表現に対する憤慨でした。

あれから、20年以上たって、『カルテット』に出演していた高橋一生さんに対して、やはりマスコミは、同じような表現をしています。

僕が初めて一生と仕事をしたのは、彼が23歳の時でした。その時から、知る人ぞ知る存在でしたが、それ以降、舞台での活躍は続きました。

そして、映像にもたくさん出るようになりました。今回、今までの映像出演の中で一番、話題になったのでしょう。で、マスコミは36歳の一生に対して「ブレイク」「長い下積み」と書くのです。

昔、勝村や筧に対するマスコミに憤慨してエッセーに書いた時は、アーティスト系の人達から賛同する手紙や言葉をもらいました。クラシックとかバレエ、ジャズダンスの人達です。

彼ら彼女らは、テレビでブレイクする可能性はほぼないと言えます。国際的なコンクールで優勝するとか、大学の先生になるとか、なんらかの権威がないと、マスコミは評価しないまま、「ずっと下積み」と表現されてしまうと、多くの人は苦渋の表情をしていました。

今回、僕のツイートに、「声優さんもそうです！」という返事が多く返ってきました。お気に入りの声優は、もうすでに声優界で充分メジャーなのに、ただ、テレビに出ていないというだけで、「マイナー」とか「売れてない」とか書かれるという現状を憤慨していました。

テレビで売れるのは、基本的に良いことでしょう。収入も増えるし、仕事の幅も広がります。

けれど、それは「テレビ的に売れたこと」であって「長い下積みから脱出」したことではありません。

つまり、「テレビで売れること」が、あらゆる芸術の存在理由でもなければ、最終目標でもないのです。

ネットの時代にこんな文章を書かないといけないことが、なんとも情けないのですが、マスコミの文化に対する理解は、つまりは、田舎のおじさん・おばさんと同じレベルだということです。

故郷に帰って、親戚のおじさんとかおばさんに「俳優をやってる」というと、「なんの番組に出てるの？」と多くの俳優は聞かれます。

「いや、舞台を中心にしていて、テレビにはあんまり出てないんだ」と答えると「なんだ、売れてないのね」とか「テレビに出ないと俳優じゃないよ」と言われるのです。アートの価値が、テレビだけの人達です。こういう人は、もちろん、今も多いですが、それをマスコミがなぞってどうする。

ああ、バンドマンからも「よく言ってくれた」のツイートがありました。音楽もまた、テレビを最終目標にしない人がたくさんいるのです。

舞台版『ドラえもん』は間違いなく面白いのに

この原稿が活字になる頃には、『ドラえもん　のび太とアニマル惑星』の東京公演が終わって、全国ツアーに向かっています。

まず、今週末に福岡です。んで、愛知、宮城、大阪と続きます。

自分で言うのもなんですが、ムチャクチャ、楽しいです。生身の人間とドラえもんが同じ空間にいて、ドラえもんが動き、話し、踊り、歌う姿を見ていると心から癒されます。なおかつ、ポスター撮影時と全然違って、のび太役の小越勇輝《おごえゆうき》もしずかちゃん役の乃木坂46・樋口日奈ちゃんもスネ夫役の陳内将もジャイアン役の皇希《こうき》も、外見・演技含めて見事にキャラクターになっています。

いや、ほんとにすごい作品だと、自分では思うのね。で、なんで二回も自画自賛してるかとい

うと、東京公演は、チケット完売しなかったのね。それが、残念でしょうがないのですよ。こんなに面白いのになあと。

僕は自分で自分の作品を客観的に見られるつもりです。そうできたから、35年間も現役の演出家であり作家でいられていると思っているのです。この連載だって、自分の書くものを自分で客観的に判断できるから1000回以上、続けられているのだと勝手に思っているのです。

良い意味でも悪い意味でも、「情の深い人」はいて、そういう人は対象とか自分とかを愛しすぎて、客観的に見れなくなります。作品を創る時は、没入して愛さないといけませんが、いったん、完成したら、俯瞰《ふかん》で批評的に見ることが必要なのです。

でね、そういう客観的な目で見て、この作品は間違いなく面白いのよ。面白いのに、チケットが東京公演、余ってしまったのよ。なんだか、力が抜けるのよねえ。自分でもイマイチだった作品のチケットが残るのは、納得できます。で、ああ、次、ガンバロウっていう気持ちになります。

でもね、自分で間違いなく面白いという作品を作ったのに、人々が見てくれないってのは、これは深く腰にくるのよねえ。

いや、グチっぽくなって申し訳ない。おいらが、エッセーでこんなにすがすがしくぼやくのは初めてかもしんない。

だってさ、いまだに、ツイッターとかで「ドラえもん　舞台」で検索すると、「ドラえもんが舞台なんて草ｗｗｗ」だの「ドラえもんの舞台化を知って笑い転げる」なんて書き込みが普通にあるのよ。

なんだか、デパートの屋上の手軽なショウか、ジャン・レノがやった人間ドラえもんのイメージなんだよなあ。見てくれたら、一発で面白さが伝わると思うんだけどねえ。

なにせ、この舞台、すべてが大変なのですよ。途中、スネ夫が溺れるシーンがあるんだけどね、まず、お魚さん達がダンスしながら登場するのね。背景のリアスクリーンには波打つ水中の映像が舞台の後ろ側から映されているわけ。やがて、舞台の前面に紗幕が降りてきて、これにも水の映像が客席側から映される。で、スネ夫が舞台の上空からワイヤーでフライングしながら降りてくる。溺れて、水中に沈むっていう表現ね。

前面の紗幕と後ろのリアスクリーンの間は、舞台照明で明るく照らされているので、ダンスするお魚さんと上から沈んでくるスネ夫は見えるわけね。で、スネ夫は溺れているので、口からアブクが出ています。これ、リアルタイムでスネ夫の口の位置を追跡しながら、前面の紗幕にアブクを映写しているのです。

見るとあっという間のシーンなんだけど、これだけのことをやっているわけですよ。

一から十まで、演劇の意地と魔法に満ちていて、「演劇にできないものはないっ！」という信念で作った作品です。再演なのに、あんまり大変だったので、稽古中に僕は3キロ痩せました。いつものズボンの胴回りに拳ひとつ入りました。

なのにさ、チケットが余ったなんて知るとさ、悲しいよねぇ。だって、チケットが余るということは、赤字になるってことなのよ。それもさ、スネ夫の溺れるシーンで書いたように、プロジェクターを二台、舞台前と後ろに用意したり、フライングしたり、まあ、大がかりだからさ、赤字額も、大がかりなのよ。初演も、膨大な赤字になって、おいらの会社サードステージが激しく傾きました。さあ、今回もえらいことになりそうです。あ、ツアー先の各地のみなさん、もしよかったら劇場に来てね。

零細企業社長と新入社員

新入社員の季節ですなあ。あなたの職場にも来ましたかね。

僕はサードステージという株式会社の社長を、もうかれこれ、30年ぐらいやっています。

中小企業じゃなくて、零細企業の社長ですね。でも、社長ですから、今回の『ドラえもん』みたいに、莫大な製作予算を使って、期待したほどお客さんが来ない場合は、大変な赤字に苦しんで、銀行さんにお金を借りにいったりします。

会社として借りるんだけど、社長個人として保証人になります。ああ、会社が倒れても、個人的な資産で担保しようとしてるんだなと思います。

以前、ネットで「好きなことだけしてきた奴に、お金を稼ぐ悲哀なんて分かんないだろう」と突っ込まれたことがありましたが、その時は何も反論しないまま終わりましたが、ようく分かります。

有名な諺「銀行は晴れている時には傘を押し付けて、雨が降り始めると強引に傘を奪う仕事である」ってのも、しみじみ分かります。

でまあ、そんな会社に去年、新入社員を迎えました。27歳の男性でした。ネットの就職サイトに40万円ぐらい払って告知してもらい、100人ぐらいの応募者を書類で半分にして面接をして決めました。

各種保険完備の正社員としての採用です。ちょうど、芝居の本番の時期でしたので、途中から参加してもらいました。

水曜日や土曜日は、昼と夜の二回公演があります。劇場に朝の10時に入って準備をして、昼と夜の公演を終えると、夜の10時になります。

つまりは、12時間、劇場にいるわけです。僕が社長の会社、サードステージは、だいたい年二回、公演をします。それぞれ、一月半ぐらいの長さです。それ以外は、公演の準備をしたり、俳優のマネージメントをしたりしています。

つまりは、一番忙しいのは、本番中の、それも一日二回公演のある時期だけなのです。そういうことを新入社員君に噛んで含めるように言い、「忙しいのは今がピークだからね」と繰り返したのですが、10日ほど働いた後、いきなり、メールで「やめます」と来ました。

メールは、「仕事というものは朝9時から5時まで。その間に1時間、休憩があるものです」という文章から始まって、いかに長時間労働が間違っているかを訴えていました。で、最後に、「僕の残業代、ちゃんと計算して振り込んで下さい」と締めくくられていました。

100人の中から選んで、10日しか持たないのかよおと、悲しくなりました。12時間も劇場にいるのは、年二回の公演の土曜日と水曜日だけだからと繰り返したのに、理解してもらえませんでした。

んで、また、就職サイトに25万ぐらい払って、去年の秋から今年の冬にかけて社員を募集しました。

また100人ほどの応募があって、半分の人に会い、23歳の女性を採用して、3月、『ドラえもん』の稽古場から参加してもらいました。

稽古場は、公演初日が近づくと、朝の11時ぐらいから夜10時まで稼働します。つまりは11時間です。これが、1年中続いたらブラックですが、年に二回の公演、計二カ月ほどの間だけです。それ以外の時期は、トータルの残業を平均化する意味でも、ゆるい勤務時間です。ということを、新入社員君に言ったのですが、入社して8日目にラインで「やめます」と言ってきました。

「こんなに長時間の労働には耐えられない」と書かれていました。

将来、一本立ちするプロデューサーとして募集しました。会社の歯車ではなく、自分で企画し、自分で公演を立ち上げることがプロデューサーの醍醐味です。そのためには、学ばなければいけないことは山ほどあると思っています。

でも、あっさり8日目で今回の新入社員もやめました。腰にきました。

もう、どうしようかと思っています。

6月には、『ベター・ハーフ』を再演をします。風間俊介、片桐仁、中村中、の初演メンバーに加えて、今回は風俗嬢役に松井玲奈ちゃんを迎えます。

テレビ制作会社の人に聞くと「ああ、そんな感じで、ウチの新入社員もすぐにやめるね」とあっさりうなずかれました。誰かいい人いないですかね？

新発売の小説について

この原稿が活字になる頃には、全国の『ドラえもん』ツアーの最終地、大阪公演です。東京からもあちこちからも、まだ間に合いますからね。見ようかどうしようか迷っている人は、週末、大阪へびゅーんと見に来てくらはい。とにかく楽しいから。

さて、そんな中、小説がひっそりと発売されました。

いえ、別にわざとひっそり出したつもりはないんですが、芝居の発表とかに比べると、やっぱり、地味ですね。しょうがないんですが。

タイトルが『ジュリエットのいない夜』（集英社）。中編小説が2本、入ってます。値段はなんと、1400円プラス税。つまりは、1512円。安い！　芝居に比べたら、なんて安い！　レゴランドの入場料金よりはるかに安い！

書き下ろしじゃなくて、まずは、『すばる』という純文学系の雑誌に掲載されたので、やっぱ

り、雰囲気は静かというか控えめです。

エンタメ系ではないので、部数もささやかで、当然のように僕が住んでいる駅にある本屋さんでは見ません。見かけません。元気でいるのでしょうか。

一作目は、『ロミオとロザライン』というタイトルで、劇団の話です。看板女優と男性演出家、それに若い男女の主演俳優の四人の、まあ、三角関係というか経済問題というか組織葛藤というか、家庭問題というか、そんな話です。

僕の作品に詳しい人は、僕が「ロザライン」にこだわっていることをよく知っているでしょう。

ロザラインは、ロミオがジュリエットと恋に落ちる前に大好きだった女性の名前です。でも、ロザラインはどんなにロミオに求愛されても無視してきました。

嘘ではありません。世界で最も有名な恋愛物語であり、あなたがこの文章を読んでいる今この瞬間にも、世界のどこかで間違いなく上演されている作品のヒーローは、ヒロインに恋する前にロザラインという女性を熱愛していたのです。

が、物語には出てきません。出てくるのは名前だけです。ロミオは、舞踏会に忍び込んで、そこでジュリエットに一目惚れしますが、そもそも、その舞踏会にロザラインが出席すると聞いたから出かけたのです。

ロザラインの立場からすると、『ロミオとジュリエット』という物語は壮絶でバカバカしいものになります。だって、自分のことを大好きだと言っていた男が、5日後に知り合いの親戚の女性と心中するのです。

あんなに自分のことを「好きだ」「愛してる」と言ってた男がです。何が起こったのかと混乱するでしょう。からかわれていたのか、私がふったから頭がおかしくなったのか。

ひとつはっきりしていることは、ドラマチックな恋愛がロザラインの前を通りすぎたということです。その後、どんな恋愛をしても、ロザラインの頭からロミオとジュリエットのことは消えないでしょう。

二本目の小説は、『オセローとジュリエット』というタイトルです。こっちは、プロデュース公演で『ロミオとジュリエット』を上演しようとする話です。劇団と違って、事務所力学とビジネスが冷徹に現場を支配します。若い演出家と若い女優、それにイケメン男優がからみます。ロミオだった人物が、やがて嫉妬に狂い、オセローのようになるという仕掛けです。はい、シェイクスピアのオセローは、嫉妬のあまり愛する妻を殺してしまう物語なのです。

35年ぐらい続けている演出家の知識と経験をぶち込んで書きました。

演劇の現場は、人間が生な形でぶつかるのでドラマの宝庫です。これは面白いなあ、小説になるなあ、いつか書きたいなあ、と思っていたものがやっと形になりました。

最初、担当編集者が提案した宣伝のオビ文は、「これはほぼ実話です」でした。で、「若い女優に手をつけた劇団の演出家が」なんて表現も書いてました。

ちょっとそれは待ってよ、実話だったら小説にする意味ないじゃん、エッセーで書くよ、なんていう詳しいやりとりはしませんでしたが、結局、オビの謳い文句は「これはほぼフィクションです」になりました。

ほぼフィクションですから、ノンフィクションもあります。面白いと思います。そもそも1512円。安い。これは安い。レゴランドの入場料金よりはるかに安い!

入れ墨と2020年のこと

『ｃｏｏｌ　ｊａｐａｎ』というNHK BS1の番組をかれこれもう12年ぐらいやっています。民放で似たような番組が増えて、「日本は素晴らしい」「日本は最高」というコンセプトじゃないと視聴率が取れないのか、そんな内容ばかりになっているようです。この前も、アメリカ人タレントさんがある番組で「『日本は四季があって素晴らしい』って言えと求められたが、アメリカにも四季はあるんだ。日本だけじゃない」と憤慨したのがネットニュースになっていました。

で、その元祖みたいな番組だと思われて、相変わらず、見てない人からいろいろと言われます。一度、見てもらえば、単純な日本礼賛番組じゃないと分かってもらえるのですが。

んで、番組でいつかは取り上げたいと思いながら、いや、当分、無理だろうなあと思っているテーマがあります。

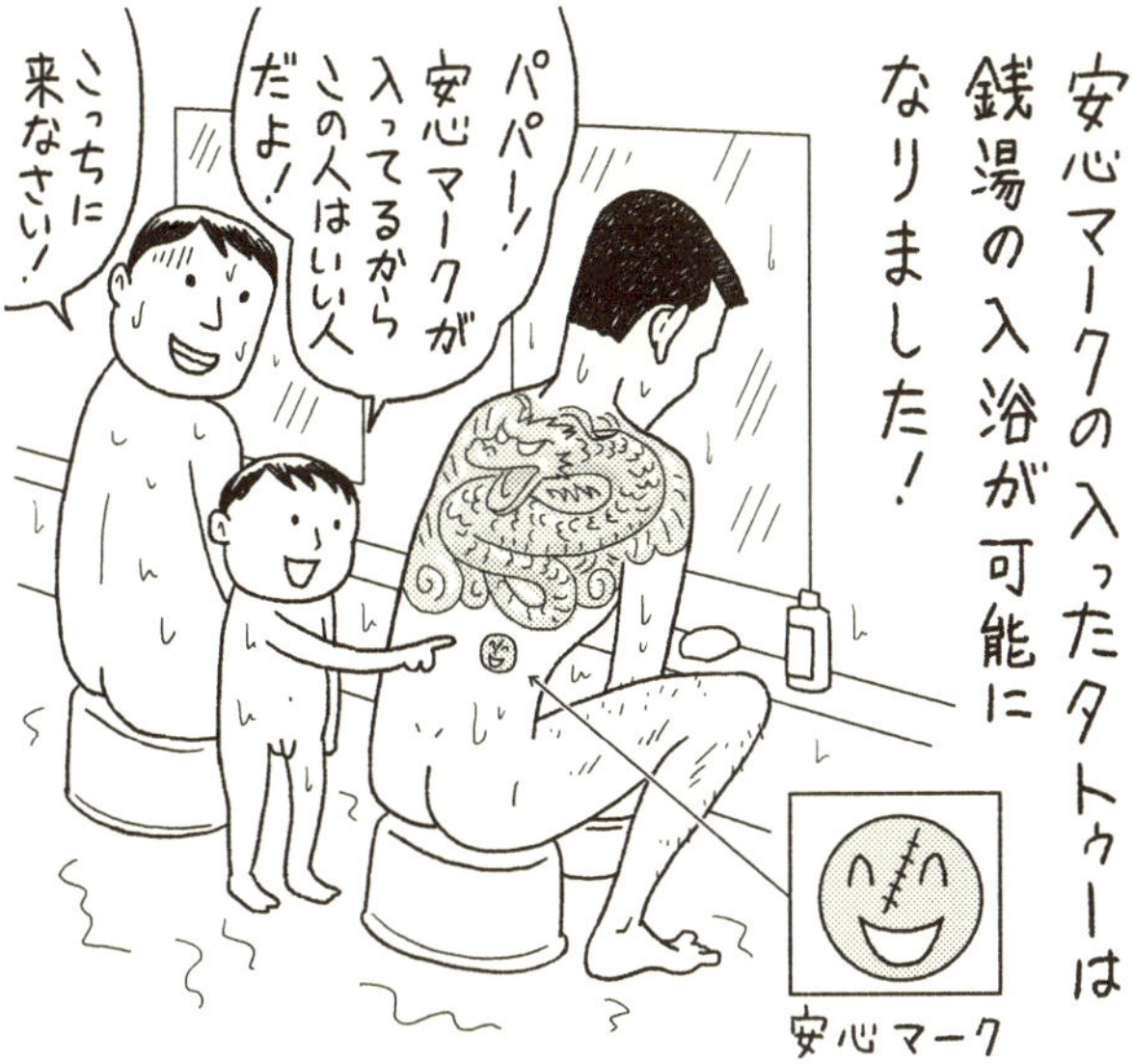
安心マークの入ったタトゥーは銭湯の入浴が可能になりました！
パパー！安心マークが入ってるからこの人はいい人だよ！
こっちに来なさい！
安心マーク

「ｔａｔｏｏ（入れ墨）」です。

海外のリゾートに行くと、見事な「和彫り」の入れ墨を見ることがあります。弁天様とか昇り竜とかです。何年か前、タイのリゾートで鮮やかな毘沙門天の入れ墨の白人男性がいて、しみじみ見つめてしまいました。

日本人の場合は、じっと見ていると「われ、なんか文句あんのか？」とか凄まれそうなイメージですが、その中年白人さんはバドワイザーを飲みながら、のんきに浜辺に座っていたので安心して見れました。

見ながら、やっぱり、どう言われようと、これは日本文化だよなあ、これをクールだと思う外国人は多いだろうなあと思いました。ｔａｔｏｏを入れている外国人はよく見ますが、単色で抽象的なデザインが多いので、余計、カラフルな和彫りが目立つのだと思います。

２０２０年に向けて、銭湯とかスーパー銭湯とか温泉とか、ｔａｔｏｏ対策はどうするんだろうと勝手に心配しています。

シールを貼っていれば入浴ができるとか、いろいろと対策を始めている所はあるようですが、まだまだ、多くの場所は入浴禁止なので、トラブルが増えるだろうと思います。

日本の「入れ墨をしている人は反社会的な人が多いから禁止している」というのは、ぶっちゃけて言えば対象を見ない一律の禁止で、日本人は受け入れても、多くの外国人は納得しないだろうと思います。

僕達は、コンビニで、お酒を買う時に、とにかく20歳以上の「はい」にタッチしろと言われます。相手が何歳に見えようと、とにかく、一律に言われます。で、従います。俺が20歳未満に見えるわけないだろうと内心思いながら、日本人はタッチします。

欧米なら、若く見えた場合だけ何らかの身分証明の提示を求められます。対象によって対応を変えます。考えようによっては、じつに当たり前の行動です。

センス自慢のクラブや高級ブティックの入り口では、タフな人がいて、入ってくる人を選別します。それもまた、欧米では当たり前のことなのです。

ｔａｔｏｏがあれば、どんな人相風体でも一律禁止という日本方式は、理解されないだろうと思います。

ところで、最近、医師免許がないのに入れ墨の施術をしたとして、医師法違反の罪に問われた彫師さんの裁判が大阪でありました。

同被告は「犯罪とされることは納得できない。タトゥーはアートだと信じている」と無罪を主張しました。

ｔａｔｏｏに関して医師法違反で正式な裁判になったのは初めてのことだそうです。今までの人は、納得しないまま、罰金30万円の略式命令を受け入れていたようです。

検察側は冒頭陳述で、針を皮膚に突き刺して色素を沈着させる行為は、細菌に感染したり血管を傷つけたりする危険がある医療行為だと指摘しました。

弁護団は「タトゥーは危険ではなく、医療行為ではない」と反論、彫師に医師免許を要求することは、憲法で保障された表現の自由や職業選択の自由、タトゥーを入れたい人の自己決定権を侵害すると主張しました。

なんだかよく分からない裁判です。彫師になるためには医師免許が必要となれば、彫師という職業は日本から消えるでしょう。つまり、警察と検察は入れ墨（ｔａｔｏｏ）の存在を日本から消そうとしているとしか思えません。本気なんでしょうか。注目の裁判です。

夫のちんぽと宮沢賢治

舞台版『ドラえもん』が終わって、やっと、読みたいと思っていた本を二冊、読めました。一冊は、『夫のちんぽが入らない』（こだま著／扶桑社）。ちょっと遅いんですけど、ようやくです。

まさに、夫のちんぽが入らない女性の自伝・私小説ですが、ものすごく面白かったですねえ。もう完全に松尾スズキさんの世界です。松尾さんの世界がリアルに存在して、ちゃんと生き延びている人がいる、ということがまず、感動的でした。松尾さんが激賞したのもうなずけます。みんな誠実で、ずるくて、狂っていて、優しくて、クソで、可笑しくて、美しい。人間の本質が見事に描かれています。

筆者のこだま氏はユーモアも含めて描写力がすごいです。

ネットの出会い系で知り合ったアリハラさんは、ふだんは静かで真面目な人。でも、山に対し

『夫のちんぽが入らない』
続編タイトル予想
「またまた夫のちんぽが入らない」
「夫のちんぽが目に余る」
「夫のちんぽが呼んでも来ない」
「夫のちんぽがどこより安い」
「夫のちんぽが肩まで伸びて」
「夫のちんぽが来りて笛を吹く」

て異常な性的興奮を覚える人。

　アリハラさんは、筆者のこだま氏を誘って登った山の頂でいきなり自慰を始めます。

「彼は大きな岩に腰掛けて、感情を持たない化け物のように高速でちんぽをしごいていた。その尻だけがとても白かった。

　神聖な山頂で、人の狂うさまをまざまざと見せられた。荒い息使いのアリハラさんと、その背後に広がるカルデラ。私はカメラのレンズの焦点を絞るように、交互に盗み見た。そして、ここに私がいる意味を考えていた」

　見事な描写です。カメラの焦点を絞るたびに、アリハラさんとカルデラが浮かび上がるのです。

　夫や他の出会い系で出会った人達、そして、小学校教師となって出会う子供達まで（そうなのです。この本は、こんなタイトルなのに、見事に『仕事論』だし、『教育論』だし『教師がいかにブラック企業になっているか論』なのです。筆者が、小学校教師として苦悩する部分は胸潰れる描写が続きます）、とにかくまあ、筆者が出会う人たちはみんな、見事に松尾さんの芝居に出てくる登場人物そのものです。

よくもまあ、こんな人達と出会い続けられるもんです。筆者が引き寄せているとしか考えられません。引き寄せの魔法ですかね。

ひとつ、思ったことは、「入らない」という状態をもう少し詳しく描写して欲しかったということです。妻が夫以外の他の人とセックスできるのですから、女性側には問題がないということでしょう。

入らず、口と手でしてあげる時、夫のちんぽはどれぐらいでかかったのか。口に入ったのか。口さえもなかなか入らず、アゴが外れそうになったのか。

赤裸々な本なのに、そこらへんの描写はまったくありません。

風俗通いを続ける夫は、ヘルスではなく、ソープランドでもちゃんと対応されているのか。お前は何を書いているのか、とあなたはあきれているかもしれませんが、実際に作品を読んだ人なら、どうしても知りたくなることだと思います。

もう一冊は、『宮沢賢治の真実―修羅を生きた詩人―』（今野勉著／新潮社）。

僕はこの本を読むまで、宮沢賢治が男性のことが好きで苦悩し、それが作品を生む力になっていたとは知りませんでした。

賢治の初恋は、17歳の時、女性看護師だったそうなので（筆者は綿密に追跡しています）、ゲイではなく、バイということになるのかもしれません。それにしては賢治は生涯独身でしたが。

その次に好きになったのが盛岡高等農林学校の1年後輩、保阪嘉内《ほさかかない》でした。

このことを具体的に論証したのは、筆者ではなく、1994年に出された『宮沢賢治の青春〝ただ一人の友〟保阪嘉内をめぐって』（菅原千恵子著／JICC出版局）なのですが。

「私が友保阪嘉内、私が友保阪嘉内、我を棄てるな」と賢治は書いています。『銀河鉄道の夜』のジョバンニが賢治なら、カムパネルラは保阪と考えられるのです。

筆者は膨大な調査と研究によって、保阪が与えた影響、そして、次に好きになった花巻農学校の同僚、堀籠文之進《ほりごめぶんのしん》の影響を調査し、宮沢賢治の作品全体を浮かび上がらせています。頭の下がる労作です。

ストレスとキンドル

「女の人がストレス解消に買い物をする」というのがちょっと前まではどうにも理解できなかったのですが、最近は、ようく分かります。

原稿を書いてて、気分転換をしたいと思うと、つい、アマゾンを開きます。で、本を買いたくなります。アクセサリーとか服とか時計とかはどーでもいいのですが、本は欲しくなるのです。読む時間なんか全然ないのに、あれもこれも欲しくなります。

今までは、「いや、これを買って、どこに置くんだ？　仕事部屋はまた、ドロボウが入った直後みたいな散乱状態になっていて、床はもう2年ほど見えず、本を買っても置く場所なんかないぞお」という自分への突っ込みで、なんとか「買い物衝動」を押さえていました。

が、キンドルです。電子書籍です。持ってます？

「キンドルだと、ダウンロードするだけなんだよ。なんにも場所も取らないいんだよ。ほらほら、

買えばいいじゃん」という悪魔の声が響きます。

で、気がつくと僕のキンドルには、１０００冊ほどの書籍が入っているのです。

だって、買っても買っても、部屋が散らからないんだもんね。

でもね、そんなに買って読めるわけないのです。死ぬまでに、間違いなく読めません。でも、ストレスがたまったり、旅に出たくなると、電子書籍をポチッとするのです。その時、なんか、ちょっとだけ、ストレスが消えるような気がするのです。

「ああ、これかあ。これが、女の人が買い物をしたらスーッとするって言ってるやつかあ」と、最近、しみじみしています。

アマゾンさんは親切で、「あ、これ買おうかなあ」と思って、ポチろうとすると、「お客様は、２０１６／４／26にこの商品を注文しました」と教えてくれるのです。場合によっては、「２０１０／２／20」みたいな場合もあって、「おお、俺は7年も前に買っているのか⁉　ということは、キンドルのこのクラウドという雲の奥深くのどこかにあるはずなんだ。どこだあ！」なんて状態になるのです。

ちなみに、紙の本だと、この日付がもっと古くなります。10年前に買ったとアマゾンに教えられて、散らかった仕事部屋を見て、溜め息をつくのです。「おお。このカオスに紛れた中から救出できるんだろうか」と悲しい気持ちになります。

電子書籍はなかなか定着しませんが、まずは、マンガを読むのにはとても便利です。活字は買わないけれど、マンガは買ったという人は多いでしょう。電車でも空港でも、電子書籍リーダーを持っている人の大部分がマンガを読んでいます。

僕も、『Q.E.D.証明終了』とか『進撃の巨人』とか『金田一少年の事件簿』とか続々と買いました。

慣れてくれば、活字も便利です。問題があるとすると、キンドルさんは親切で、読み始めると画面の左下に「本を読み終えるまで：２時間30分」とかっていう予測を出してくれることです。いや、これはこれで便利なんですけど、分厚い本だと「読み終えるまで：６時間20分」なんて場合があります。溜め息が出ます。

今、英語の本をつっかえつっかえ読んでいるのですが、「読み終えるまで：40時間」と出ています。死にそうになります。もちろん、非表示にできるのですが、機能があると知ると、つい、見たくなるのです。

電車の中でひょいと取り出して、電源を入れると、読んでいた画面から表示されます。これも便利なのですが、そうすると、なんという作者のなんという作品か分からないまま読み続けられるのです。

活字の本だと、本を手に取るたびに、表紙で作品名と作者を確認できます。キンドルはそれがなくても読めるので、「面白かったけど、作者と本のタイトル、覚えてないや」という状態になるのです。

まだまだ、電子書籍は日本では定着してなくて、電子書籍化になってない作品も多いです。反対している作者さんもいて、そういう人の作品は全部が紙なので、逆に買うのをためらってしまいます。断捨離じゃないですけど、なるべく持たないまま楽しめたらいいなと思ってしまうのです。

そんなわけで、今日も僕はストレスに負けて、読む時間もないまま、ポチるのです。はい。

頭痛とバイト敬語

初めてのコンビニに入ったら「いらっしゃませ、こんにちはァ～！」といきなり女性の声が聞こえました。

語尾の「はァ～」の部分が急に上がります。ピアノで白鍵盤3つ分ぐらいです。ものすごく不自然に響いて、とても僕に話しかけている感じがしませんでした。

と、すぐに別の場所から「いらっしゃいませ、こんにちはァ～！」と、同じように語尾が急に高くなった男性の声が聞こえました。

続いて、お客さんが入ってきたので、語尾を急に上げた女性と男性の声が響きました。もう大きな独り言の連発です。そして、「ただいま××が50円引きのセールス中でございまぁすゥ～！」と、語尾を上げながら女性が叫びました。同じ内容を男性も叫びました。商品をレジに持っていくと、女性店員が目の前で「いらっしゃいませェ～！」とまた急に語尾を上げて叫びました。

なんだか、頭痛がしてきました。

「不自然な日本語を聞いているから」という理由もありますが、「店員さん達は本気だ」という理由の方が大きいです。

男性も女性も、それは熱心に、語尾を上げて独り言を繰り返します。これが、やる気がなくて「っしゃいませ〜」なんてモゴモゴ言うのなら、人間として理解できます。

頭痛がしてくるのは、「まったく逆効果のことを、本気で熱心に大声で言っている」という、じつに理解を超えた不条理な現実をつきつけられているからです。

だって来店してくれたお礼に、相手に言葉をかけるのです。大声の独り言は、相手の神経を逆撫でしても、感謝の気持ちは伝わりません。

じつは、語尾を上げるというのは、演劇のセリフ術から見ると、「相手にかけないようにする方法」です。自分の言う言葉を、いちいち相手にかけたくない時、かけるのが面倒な時、無意識にかけたくない時に、語尾は上がります。言葉も言霊として形を持つとイメージすると、本気の言葉は剛速球のように相手の胸に投げ込みます。本当に大切な言葉、重要な内容は、まっすぐ話しかけるので、語尾は絶対に上がりません。

相手に話しかけたくない時に、語尾は上がるのです。

役者では、繊細な人、気弱な人、緊張している人の語尾は上がります。セリフを相手にかけるのが怖いからです。それは人間としては当然のことです。

演劇のセリフだと「こんなこと、日常じゃあ、絶対に言わないよ」なんてことを無理に言わないといけません。だからドラマが起こるのですが、そういう言葉を言うのはとても怖いことです。だから、相手に直接投げれなくて、語尾が上がるのです。

コンビニの店員さんのマニュアルは、やっぱり、日常なかなか言わない言葉です。「いらっしゃいませ」でいいはずなのに、それにさらに「こんにちは」を付けます。「ありがとうございました」でいいはずなのに、「またお越しください」を付けます。

人が来店するたびに言わないといけないので、いちいち、相手にかけることが面倒になったり、難しくなるのです。そして、語尾が上がるのです。

話はそれるのですが、『コンビニ人間』（村田沙耶香著／文藝春秋）は、抜群に面白かったのですが、コンビニ人間になっていく練習が「いらっしゃいませ」しかなくて、ついぞ「こんにちは」が付いてこなかったのが不思議でした。

実際に村田さんが働いたコンビニは、マニュアルを無視していたのでしょうか。ならば、画期的なコンビニですが、どうもそんな感じがせず、疑問がわきました。

で、話は戻って、こういうマニュアルを、何の疑問もなく、じつに真面目に元気に叫んでいる現場に出会うと暗澹《あんたん》たる気持ちになるのです。

ちょっと前に、僕の芝居で、劇場案内のバイトの若い女性が、チケットをもぎりながら「いってらっしゃいませ！」と叫んでいるのを見て、腰が抜けそうになりました。

どこに行くんだ、もう劇場に来てるじゃないか、客席は遥か向こうなのか、と混乱しました。

話を聞くと大きな劇場では、こうやってチケットをもぎると言いました。

マニュアルですが、最近の言い方「バイト敬語」と言ってもいいと思います。覚えると楽なのですが、確実にコミュケイションが途絶えていくのです。

ロースがカルビになっていく!

もうずいぶん昔、ジャズピアニストの山下洋輔さんのアメリカツアーに「目撃者」という訳の分からない立場で参加した時に、カンザスシティで食べたステーキが衝撃的に美味しかった。僕は20代で、世の中にこんなに旨い肉があるのかと、泣きそうになった。噛めば肉汁がジュワッと口の中に広がり、肉そのものの柔らかく豊かな味が全身を貫いた。

たしかホテルの中にあったレストランだったと思う。名前も場所もまったく覚えていない。ただ、ツアーの流れでなんとなく入ったお店だった。

それ以来、僕はあの体験を求めて、肉を食う。

が、いまだに、もう30年近くたつのだが、あれほど旨い肉に出会ったことがない。

日本で旨い肉を食おうと思って高い金を払う。そうすると、必ず、霜降りだ。

私もあの霜降りの肉が苦手です
口の中でふわ〜っと溶けていきます〜♡
そんなもん肉じゃない!!

僕は霜降りは嫌いだ。どうして、サシが入っている方が高級で旨いという信仰が日本にはあるのだろう。

アメリカのステーキはまったくの赤味だった。余計な脂肪分はなかった。そして、抜群に旨かった。

歳をとると、カルビが苦手になるとよく言われる。

でも、僕は20代の時から、カルビよりロースの方が好きだった。

というか、そもそも、肉の脂身が食べられなかった。

給食で、脂身がたっぷりついた豚肉なんかが出ると、残すしかなかった。

今でも、食べられない。唯一苦手な食い物が、肉の脂身なのだ。

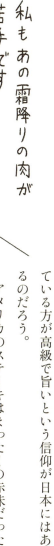

給食を残すことを許してくれない教師の時は、一切れずつ口の中に入れて、牛乳で飲み込んだ。体質的にどうしても受けつけなかった。つらくて、脂汗がよく出た。

で、話は戻って、高い焼肉屋さんは、ロースなのに、上ロースを頼むとサシが入っている。普通の焼肉屋さんのカルビみたいにサシが入っている。これはロースじゃないと思うのだけど、カルビの顔をして、上ロースはやって来る。

オネエチャンなんかと入ると、やっぱり、タンより上タン、ロースより特上ロースを頼まざるを得ない。それは、しょうがない。焼き肉屋さんに二人で入るのだから、それなりに、ヨコシマな願望があり、特上ロースまで奮発するのも、「正しいデート道」だと思う。

思うんだが、特上ロースは、ロースが特上になっているんじゃなくて、カルビに変身している。

これはロースじゃないと何度も思う。

一度、思わず、「赤味を下さい」と言ってしまった。やって来た赤味は、とても美味しかった。でも、その時のオネエチャンは「この人、特上ロースを頼むつもりはないんだ」という顔をしていた。

「私は、その程度の女なのね」と不満そうだった。違うんだと、心の中で何度も叫んだ。しょうがないので、特上ロースを追加した。カルビの顔をした肉片がやってきて、不味かった。不味いのに、高い金を払わなければいけないことがどうにも納得できなかった。

なんで、日本の肉はいつのまにか、「脂肪分サイコー！　サシ入り上等！」になってしまったんだろうか。

よく分かんないけど、肉に脂肪がたっぷり入っているってことは、牛さんにとっても不健康な生活を強いられている、と思う。のびのびと運動して、「ああ、体を動かすって素晴らしい！さあ、食って！」という状態ではなく、「まったり、ゆったり、脂肪をためるよ。さあ、食べて」という生活をしていたはずだ、よく分かんないけど。

一度、ニュースでまったりと生活しながら、ビールを強引に飲まされている牛さんを見た。こうすると、サシがよく入ると解説されていた。あの牛さん、体を壊すんじゃないかと僕は思った。だから、ロースを食べている方が牛も人間も健康的に違いないと僕は思っている。たぶん、そうだよ。

でも、ますます、ロースはカルビ化していくんだろう。なんだろう、この流れ。本当に旨いステーキは赤味だと思うんだが、和牛では無理なのか。きっぱりとした赤味が食べたいと思っているのは、僕だけなんだろうか。知りたい。

政治とお笑いと民主主義

少し前、茂木健一郎さんが「日本のお笑い芸人たちは、上下関係や空気を読んだ笑いに終止し、権力者に批評の目を向けた笑いは皆無。後者が支配する地上波テレビはオワコン」とか「日本の『お笑い芸人』のメジャーだとか、大物とか言われている人たちは、国際水準のコメディアンとはかけ離れているし、本当に『終わっている』」とツイートしました。

その後の騒動を知っている人も多いでしょう。爆笑問題さんが憤慨し、ダウンタウンの松本さんも参戦し、ようやく鎮火するかと思ったら、オリラジの中田さんが茂木さんを援護したことで、また議論は再燃しています。

僕は、茂木さんの最初の発言と二番目の発言はまったく違うことだと思っています。

一つ目はぶっちゃけて言えば、「日本の地上波の笑いには政治ネタがない」ということで、二

つ目は「日本のコメディアンは国際水準より低い」ということです。

で、二つ目に関しては、僕も反論します。日本の笑いは多様であり、じつに複雑で国際水準に比べても、何ら劣ることはありません。

笑いを作ってない人から、印象批評でそんなこと言われたら、お笑いの人達はカチンと来るのは当然だと思います。

それは「日本映画はハリウッドに比べると全然ダメだよ」と通ぶって話す人と同じです。

日本映画を広範囲に見て、深く研究している人からすれば、「何を言ってるんだ」と憤慨するのは当然なのです。

で、問題は一つ目の発言です。

地上波では、現在、まったく政治ネタの笑いがありません。かつてはありました。昭和のずいぶん前、テレビがまだいい加減さを持っていた頃、毎日、時事ネタを笑いにしていました。でも、今はありません。それは、お笑い芸人さんの責任ではありません。テレビが許さない。それだけの理由です。

二つ目の「日本の笑いの水準が高い」というのは、じつは政治ネタをテレビが許さないという理由もあります。直球が投げられないからこそ、いろいろとひねって、複雑にしているのです。

テレビが政治ネタをお笑いにすることを許さないと、どういうことが起きるかというと、「人々が政治ネタを笑う習慣が生まれない」となります。

笑いは文化であり、文化はゼロからは生まれません。繰り返しと蓄積、伝統の中で育つのです。が、「政治ネタ」を見たことがない視聴者はどうやって笑っていいか分からなくなるのです。

欧米のテレビを見て、政治ネタを笑う習慣がある茂木さんとはまったく違ってくるのです。

現在、じつは、ネタの宝庫です。

加計学園に関して「前川氏の証人喚問は必要ない」と答えた自民党の竹下国対委員長は、記者から「必要ないという理由は何か?」と聞かれて「必要ないというのが理由だ」と胸を張りました。ナイスなジョークです。

でも、これをネタになんか地上波では絶対にできません。

政治ネタの笑いは、自民党批判が目的ではないのです。政治ネタは、大きなモノを笑うことです。権力者と言ってもいいですが、それは自民党に限りません。民進党でもおかしいことがあれば笑い飛ばすのです。

政治ネタに対する笑いが健全に発展する国は、風通しのいい国です。民主主義という時間のかかるじつにやっかいなシステムを育てようという決意と熱意が、じつは政治ネタの笑いを支えるのです。

アメリカ大統領選挙の演説会をネタにしたアメリカのコメディー番組では、病気説のあるクリントン氏のソックリさんは杖をついてヨタヨタと登場し、トランプ氏のそっくりさんはドル紙幣をまき散らしながら現れました。両方を笑うのです。

笑いは価値を揺さぶり、絶対の帰依を溶かします。ネトウヨもパヨクも笑い飛ばすことで、政治に対する距離と民主主義への努力が生まれるのです。

本当は優れたお笑い芸人さんによって、安倍首相と蓮舫代表に扮した夫婦コントなんかが地上波で放送されたら、この国はずいぶん楽になると思うのです。隣人は前川氏と籠池氏のパロディーでね。

『ベター・ハーフ』再演します

がしがしと、6月25日から下北沢本多劇場で始まる『ベター・ハーフ』の稽古を続けています。初演は2年前。幸福な事に、とても早く再演できることになりました。

登場人物は4人。若い男女と中年の男性とトランスジェンダーの女性の物語です。

中年の男性が女性とネットで知り合う。でも、自分に自信がないので、自分の写真を送れなくて、若手の部下の写真を送ってしまう。

若手の部下に風間俊介さん。中年の上司に片桐仁《じん》さん。仁さんは、テレビドラマ『99・9―刑事専門弁護士―』のヒットで、去年、「今年ブレイクした芸能人」として、ネットで紹介されていました。43歳の仁さんを「今年ブレイク」と言い放つ勇気に感動しました。『ラーメンズ』のブレイクはなかったんでしょうか。

んで、待ち合わせに現れた若い女性。でも、彼女もまた、トランスジェンダーの友人の代わり

「ベター・ハーフ」は片桐仁さんが最高におもしろいです！
おすすめーー!!

にデートに来ていました。

若い女性に、松井玲奈さん。男性の体に生まれて、女性の性自認のMTF（Male to Femaleという意味です）に中村中《あたる》さん。松井さん以外の3人は、初演のメンバーです。

ここに、たった一人、松井さんが飛び込みました。

毎日、ハードな稽古が続いています。なにせ、他の3人は初演時、たっぷり演技しているのです。2年前ですから、じつはまだ記憶が残っています。稽古していくうちに、どんどん蘇ってきます。そんな中に、松井さんがたった一人で参加したのです。

たいした女優です。食らいついてきます。さすがSKE48でぶいぶい言わせていただけあります。

やっぱり、大人数の中で戦い、生き残った人は魅力があります。僕なんか、劇団も少数精鋭主義で、ずっと、少ない人数しか相手にしてないのですが、それはとてもまずいんじゃないかと思ったりします。

風ポンも（風間俊介のことをこう呼んでいます）、やっぱり、ジャニーズの中でもまれ、戦い、生き残った人なので、魅力があります。

亡くなった蜷川幸雄さんも、大人数で戦わせるのが常套手段でした。若手の劇団を作った時も、30人から40人集めて、その中で戦わせました。まあ、当事者達にとってはたまったもんじゃないでしょうが、優れた人材と出会うには、一番、効率的な方法です。

この作品は、中村中さんと出会ったことで生まれました。実際に、トランスジェンダーである中村さんに、トランスジェンダーの役を演じてもらえたことで成立したのです。

初演時、何人ものトランスジェンダーのお客さんが見に来てくれました。嬉しいことに、好意的な反応をもらいました。目を真っ赤に泣きはらして激賞してくれた人もいました。黙って僕を抱きしめてくれた人もいました。ああ、創ってよかったと思いました。

物語は、約3年半ぐらいの長い時間を描いています。

普通、恋愛物はいろいろあって、最後に結ばれました、で終わるのですが、「問題はそこからでしょ。結ばれた後から、恋愛の本当の問題は始まるでしょ。結婚でも恋人関係でも、交際が始まった時からが問題でしょう」という思いで、長い時間を描きました。

2年の間に、『LGBT』ではなくて、『LGBTQ+』という言い方も広がり始めています。レズビアン、ゲイ、バイセクシャル、トランスジェンダーだけではなく、それに「クエスチョニング（またはクィア）」という、自分自身の性的志向や性自認に迷ったり疑問を持っている人が加わりました。

さらに、アセクシャルやインタージェンダー、パンセクシャルなど、まだまだ、多様な性があります。それを全部、書くことはできないので『+』で表すのです。

『LGBTQ+』は、つまり、セクシャル・マイノリティーの人達のことです。

人が人を好きになるってのはどういうことなんだろうなあと、稽古をしながら考えます。

ぶさいく村に生まれたからか、僕はたくさん振られてきました。でも、好きという気持ちは押さえられないのです。

よろしければ劇場で。恋愛ものですが、笑えて、歌もたくさんあって楽しいですよ。チケットはネットで買えます。

休憩時間とノンアルビール

職場の休憩時間にノンアルコールビールを飲んで出勤停止になった30代半ばのOLさんの話題がネットで盛り上がっています。

上司に「会社で就業時間中に飲むものじゃないな」と1時間以上説教をされ、「出社しなくてよいから家で反省文書いてこい」と出勤を拒否されたと書きました。

OLさんは、「休憩時間中に飲んだんだから全くOKだと思うんですが、就業時間中にノンアルコールビール飲むってダメな事なんでしょうか？」と疑問を投げかけました。

そのまま、ツイッターでも紹介されてましたが、コメントはほとんどが「ダメでしょう」「非常識」「信じられない」という批判でした。

あたしゃ、この反応に愕然《がくぜん》としました。

「仕事する場では節度ある行動をすべきだという暗黙の了解がある」とか「なぜ勤務中にアルコール気分を味わう必要があるのか」とか「スーパーなどで、ノンアルコールはお酒コーナーにありますよね。だからそういう扱いです」とか「ずいぶん緩《ゆる》い（だらしない）会社だなと思われる」とか批判・否定コメントのオンパレードでした。

みんな、すっごく真面目ですよねえ。そして、社長と同じ立場で会社のことを考えてるんですよね。

こんなに「日本人らしさ」が爆発している現象もないでしょう。

ノンアルコールビールですよ。ビールって書いてるけど、つまりはノンアルコールです。なおかつ、休憩時間ですよ。

このOLさんは、上司に注意された時、「ノンアルコールビールです。本物ではありません。間違えちゃいました?」と答えたと書きます。最後の一文は、器の小さい上司なら、間違いなくカチンと来ますね。

このOLさんが、普段から反抗的だったり、我が道を行く人なら、余計、ネチネチと文句を言いたくなるでしょう。

でもさ、なんで、圧倒的多数の日本国民が(と大きく書きますが)、ノンアルコールビールを職場で休憩時間に飲むことを批判しないといけないんでしょうか。

職場固有の問題はあると思います。

このOLさんと上司はたぶんコミュニケイションが円滑に行われてないでしょう。だから、「なんでビール⁉」と上司は怒り、「間違えちゃいました?」と、無意識に(または無邪気に)返してしまったのです。

挑発的な意味を分かって「間違えちゃいました?」とは言ってないような気がします。そういう人なら、上司との戦いは別のレベルになっている気がするからです。

だから、ひとつは、この職場のこのOLさんと上司の問題です。他の職場で、ノンアルコールビールを飲んでいるOLさんがいて、コミュニケイションが円滑なら、上司がさらっと「それは?」と聞き、「あ、これ、ノンアルです」ですむ話です。

でも、圧倒的多数の日本国民は、基本的に、そして原則的に職場でノンアルコールビールを飲むことを非常識とするのです。

ノンアルコールってさらっと書いてますけど、基本的にソフトドリンクは全部、ノンアルコールですからね。休憩時間に、僕達はノンアルコールコーヒーやノンアルコールコーラを飲んでるんですからね。

欧米では、昼食時にビールやワインを飲む光景は日常です。どれぐらい飲んでも仕事できるかは、以前、日本で流行った自己責任です。アルコールを軽く飲んだことで、気分転換になって仕事がはかどるかどうかも、自己責任です。

日本は「職場の雰囲気を考えろ」と突っ込まれます。これは自己責任の問題ではありません。これは自己ではなく、管理職の目線です。

話はいきなり飛びますが、外国からやってきたほとんどの演出家は、日本人の俳優はとても演出しやすいと言います。自分の国では、俳優にある演技を求めると、必ず「どうしてそういうことをするのか？」と質問責めに合い、なかなか納得しなくて苦労するそうです。でも、日本の俳優は「演出家さんはそうして欲しいんだ」と先に考えてくれて、「演出家の立場を慮《おもんぱか》って」文句を言わないのです。

自己よりも一番偉い人を思いやるのです。つまり自分の気持ちより、演出家とか社長さんや管理職の気持ちを一番大事にするのです。

池上無双と政治家

東京都議会選挙に関するテレビ東京の池上彰さんの選挙特番は、もうぞくぞくするぐらいまた、やらかしてくれました。

公明党の代議士さんに向かって（名前と立場、忘れました）「国政では、自民党と組んで与党。都議会では『都民ファースト』と組んで与党。公明党は、結局、与党でいたいってことですか？」と突っ込みました。

いやもう、日本のジャーナリストの誰がこんな発言ができるでしょう。そして、許されるでしょう。

僕は本気で、池上さんが選挙特番から引退したら、「おめでとうございます。今のお気持ちは？」だけを繰り返す司会者しかいない日本になるのかと心配しています。

それは、ものすごくつまらないぞ。

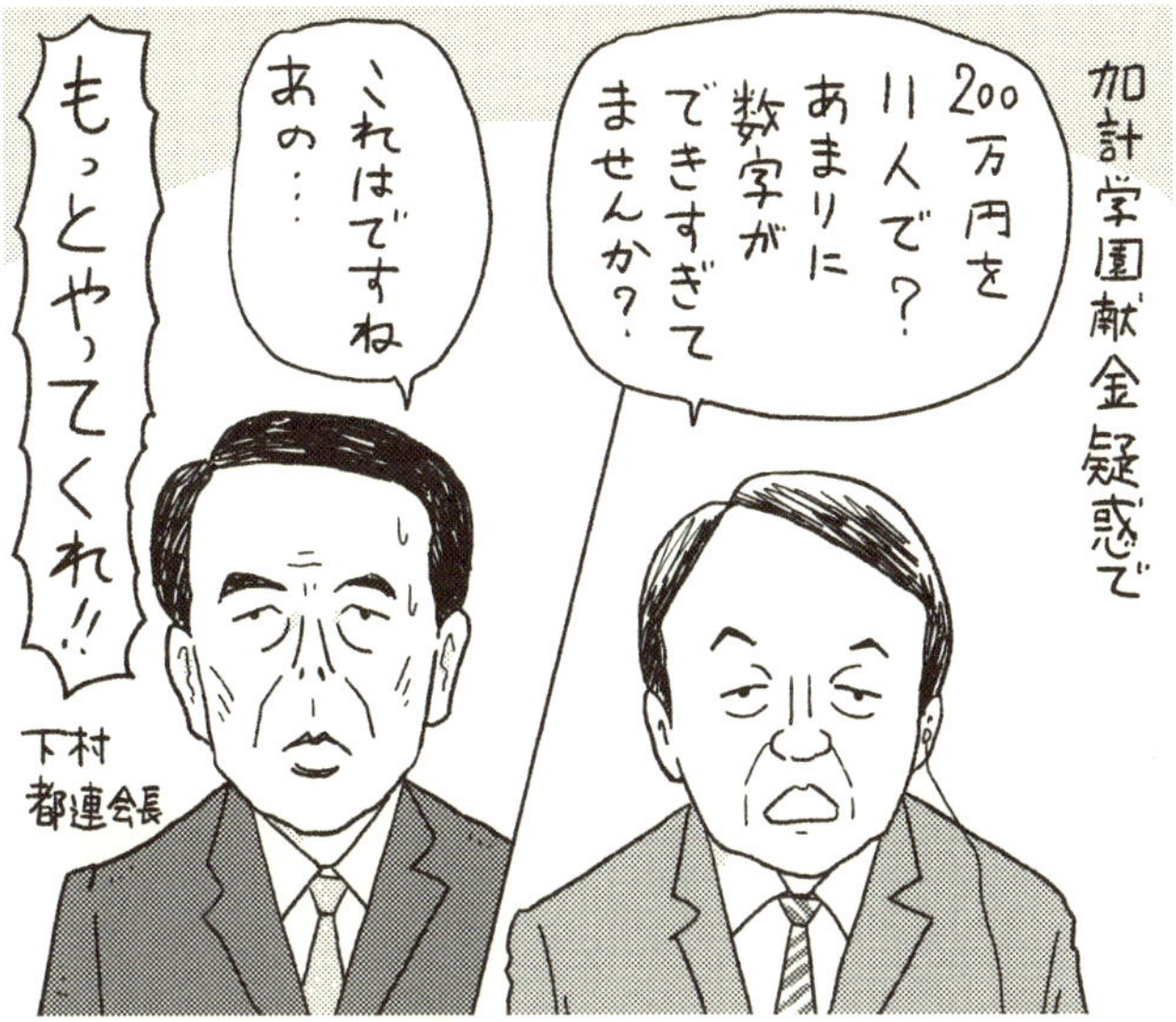

今回、「都民ファースト」の候補で、池上さんのインタビューを断った人がけっこういたとマスコミは報道していました。

気持ちは分かります。前回の国政選挙の時に、沖縄出身なのに、沖縄の基地問題を池上さんに鋭く突っ込まれ、何も答えられず、無知とバカを天下にさらしてしまった人がいました。

池上さんの突っ込みは容赦ありません。見ていて、じつにスリリングでハラハラします。

ですから、逃げたい気持ちはよく分かります。分かりますが、政治家たるもの、国民や都民の税金を報酬として受け取るのです。答えるべきだと思います。

答えにくい質問、嫌な質問をどうスルーするか、ということだって、政治家の度量と器が見えてくるのです。

昔、どの番組だったか忘れましたが、ある選挙特番で司会者が当選した田中眞紀子さんに、じつに鋭い質問をしました。その当時、問題になっていたことです（それが何か、詳しく覚えてないのが申し訳ない）。で、田中眞紀子さんは、耳に差したイヤホンをいじりながら「すみません。もう一度、言っていただけますか？」と聞き直しました。

司会者の人は、もう一度、質問しました。田中眞紀子さんは「すみません。聞こえなくて。もう一度、お願いします」とまた言いました。司会者は質問を繰り返しました。田中さんは、「すみません。よく聞き取れないんです。もう一度、お願いします」と困惑した表情をしました。

司会者の人は、あきれて、苦笑いして、生中継は終わりました。

僕はそのやりとりを見ていて唸りました。答えたくないということを、こんな「ものすごい方法」でアピールする人がいるんだ。そして、やり切るんだ。

これはもう、インタビューという格闘技で、いきなり、リングを降りて、会場を飛び出したファイターです。圧倒的な反則ですが、一番嫌な「インタビュー」という戦いをスルーすることに成功しているのです。会場の外まで追いかける気力を無くした司会者の負けです。

インタビューされて発言したことが起こす物議より、スルーしたことで起こる反発の方が少ないと田中さんは判断したのだと思います。だから、こんな反則技を使ったのです。そして、ニヤリと笑えば、（この当時の）自分自身は愛嬌で乗り切れると読んでいたのです。

父親の田中角栄さん的に言えば、恐るべき胆力です。腹の力です。

相手の言葉にムキになるのでもなく、感情的になって失言するのでもなく、形だけ反省して無表情でお詫びの文章を繰り返すのではなく、困惑の表情とニヤリとする愛嬌の振る舞いをミックスさせながらスルーする。

欧米の外交史を読んでいると、人間の度量と器が外交の大きな部分を占めていると分かります。困難な交渉の時、相手の言い分を聞いたふりをしながら、自分の言い分を通し、相手の要求をねじ曲げる。それは、人間力とも言えるものです。

池上彰さんの鋭い突っ込みに対して、まともな答えができないにしても、愛嬌とか力業とか開き直りとか人間的魅力とかで答える政治家がたくさんいないと、この国の将来は心配だなあと思うのです。

とんでもない失言をする政治家は続々と生まれましたが、胆力の人はなかなか見ません。

政治的主張は認めないけど、人間的魅力は認めるという政治家が今の日本にはすごく少ないと思うのです。

芥川賞が文学嫌いを増やしている

第157回の芥川賞が決定されました。芥川賞のニュースを見ると、いつも、複雑な気持ちになります。

それは、「おお。芥川賞が決まったのか。そういやあ、ずいぶん、小説を読んでないなあ。よし、ここはひとつ、話題作だから買って読んでみるか」という人が確実にいて、でも、「ずいぶん小説を読んでない人」とか「1年に1回だけ小説を読む人」にとって、「芥川賞受賞作」は最も不適切なものだからです。

「芥川賞」は、小説の筋を重視しません。はっきりとした筋、面白い筋があるものは受賞できない、とまで断言する人もいます。

確かに、歴代の作品を読むと、筋らしい筋、素人をワクワクドキドキさせる筋はありません。

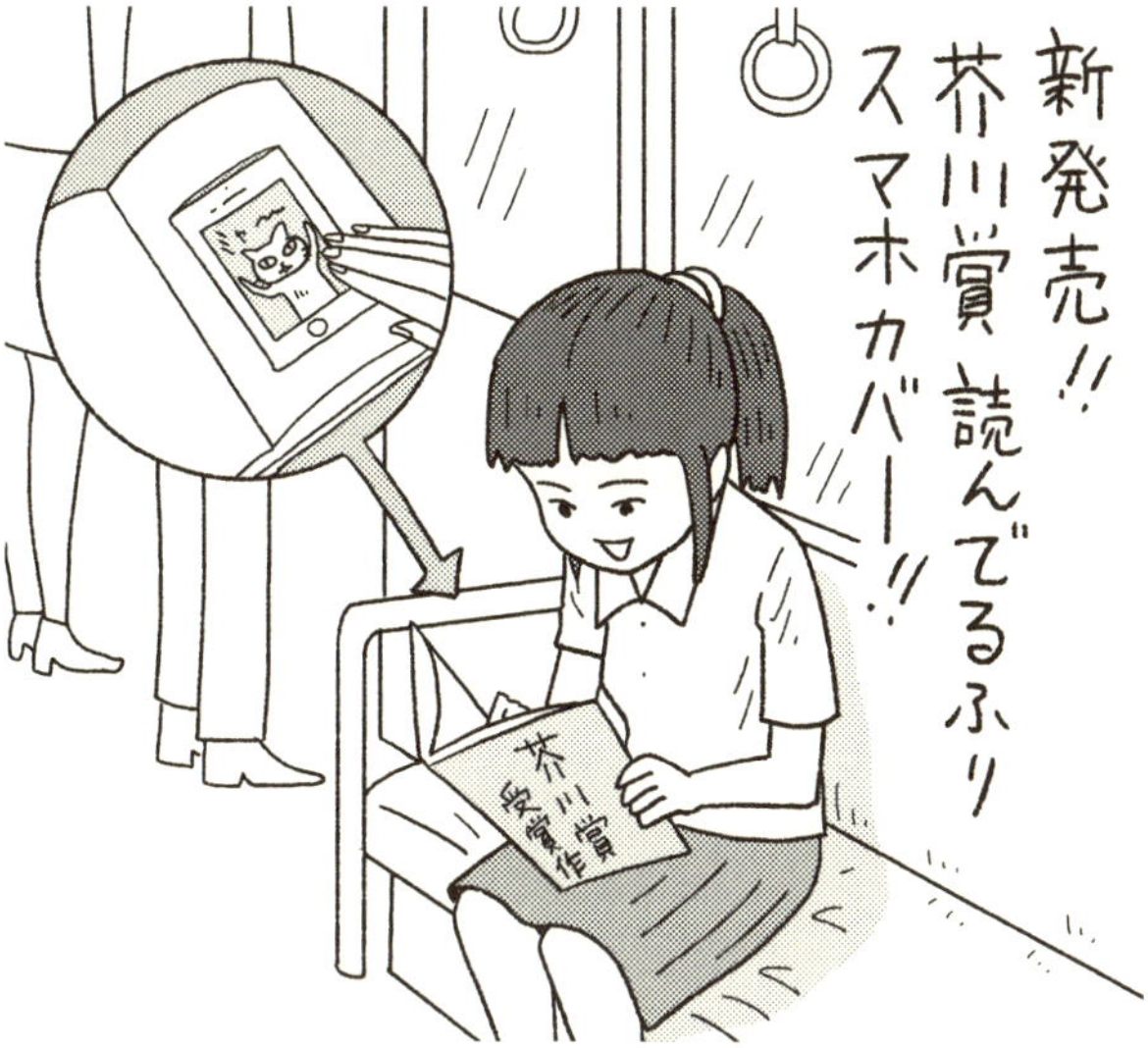
新発売!!
芥川賞読んでるふりスマホカバー!!
芥川賞受賞作

むしろ、筋に頼らず、どう面白くするかが、眼目のように感じます。

でも、小説をあんまり読んだことのない人がまず、注目するのは「筋」。つまりはページターナーと英語で言われる魅力的なストーリーです。

そこを外して、小説の魅力を楽しむというのは、じつは、かなり高度なことなのです。小説を読み慣れた人が楽しむ領域とも言えます。

また、筋らしい筋がないまま、とても面白いというのは、かなりのハードルなのです。

『コンビニ人間』（村田沙耶香／文藝春秋）は、その奇跡を実現した作品で、普段、文学をあまり読まない人にも楽しめると思いますが、多くの受賞作はハードルが高いのです。

結果、普段、めったに小説を読まない人は、話題になった芥川賞を買って読んで「やっぱり、文学は俺にはあってないや」「文学ってやっぱり、難しくてダメ」と、大量の文学離れを量産しているように思うのです。

もちろん、これは芥川賞そのものの罪でも責任でもなく、芥川賞を盛り上げ、それを受け入れているマスコミと国民の問題だと思います。

その昔、菊池寛は小説の売り上げの増加を目指して、芥川賞・直木賞を設けたと言います。でも、結果的には、文学離れを増加させているんじゃないかと思えてしょうがないのです。

言うまでもないことですが、久しぶりに小説を読んだり、小説に詳しくない人が読むべきなのは、「直木賞」受賞作です。

けれど、どこでどうなったのか、小説をよく知らない人の間では、「芥川賞」の方が「直木賞」より優れているという、訳の分からない信仰があります。

ある作家が、直木賞を取った時に、親戚から「次こそは芥川賞が取れるといいね」と言われたのは有名な話です。

文学を知らない人からすると、「直木賞」は二位、「芥川賞」こそが一位、金メダルです。そして、マスコミがそのイメージを加速させているのです。

演劇界で、初舞台のアイドルが、ものすごくシリアスな翻訳物の主役をやることがあります。

そういう時、僕は芥川賞の騒ぎと同じ気持ちになります。

アイドルのファンは、もちろん、舞台を見たくて殺到します。初舞台のアイドルのファンですから、ほとんどは生まれて初めて演劇を見る人達です。

そういう人達に、ものすごく重厚でシリアスな西洋演劇を見せるのです。もう反応は決まっています。

「好きなアイドルを生で見れたのはよかったけど、内容はまったく分からなかった」

「アイドルは素敵だったけど、お芝居は退屈だった」。

でも、それはファンの責任ではありません。小説でも演劇でも、そして映画でも、読む順序、見る順序があるのです。

生まれて初めてアート系の映画を見た人が理解できなかったといって、生まれて初めて見た絵画がピカソの絵で戸惑ったからといって、誰も責めません。

芸術には歴史があります。その道をたどって、高みに向かうのです。どんな評論家でさえも、最初から高みにいた人はいません。

重厚でシリアスな西洋演劇が理解できなかったとしても、それはファンの責任ではないのです。けれど、ファンは二度と演劇というジャンルには興味を持たないでしょう。

そんなわけで、今回もまた、文学嫌いを増やすのかなあと、芥川賞の発表に溜め息をつくのです。

半ズボンと高校野球

暑いですなあ。暑い時に暑いって言うのは、なんとも芸がなくて嫌なんですが、しかし、暑いもんは暑いです。

もう、日本は亜熱帯気候になったんだよねえ、とずいぶん前に、この連載で書きました。だから、ジャケット着用のビジネスマンを街で見ると心底、同情します。

おいらは、7月1日から8月31日までは半ズボンと決めています。冠婚葬祭以外、相手がどんなに偉い人でも、どんなに正式な場所でも、この二カ月はとにかく半ズボンです。

この前は、文部科学省の人に呼ばれて、ある案件について話しましたが、半ズボンでした。昔、高校演劇コンクールの全国大会で審査委員長を務めましたが、半ズボンでした。

政府の人達は「かりゆしウェア」を推進しようとしていますが、どうせなら「半ズボン」もお願いしたいと思います。この国はそういう気候になってしまったのです。

ただ、ここ数年、流行としては、半ズボンの長さがどんどん短くなっています。新しいのを買うと、膝上の丈で、小学校低学年か！　という突っ込みを自分に入れるぐらい恥ずかしいのです。毛も剃ってないですし、あんまりたくさんの部分を見せるものではないと思って、僕は必ず膝下丈のものにしています。

どうでもいい話だと思ってるでしょう？　でも、僕なりのエチケットです。

今の子供達は、僕の子供の頃のように、夏を楽しみにしているんだろうかと思います。こんなに暴力的で凶暴な暑さの夏は、嫌になってるんじゃないかと心配するのです。

ニュースでは、海水浴客がどんどん減っていると言っていました。いろんな事情があるんでしょうが、僕は勝手に、海に行くとクソ暑くて、ベタベタして、砂がついて、海の家はクーラーが効いてなくて、なんてことが理由だと想像してます。

さて、半ズボンでタクシーに乗ると、ものすごく冷えている時があります。そういう時は、ほぼ間違いなく、タクシーの運転手さんがジャケットを着用しています。タクシー会社のマニュアルというかルールだと思います。

弊社のドライバーはシャツだけじゃなくて、ジャケットも着用して、お客様を丁寧におもてなししていますよ、ということですね。

でも、この夏ですから、当然、運転手さんは暑くてたまりません。当然、冷房を強めに効かすことになります。で、乗客の僕は寒いのです。まあ、半ズボンの人は少ないとは思いますが、半袖やTシャツやノースリーブの服を着ている人は間違いなく寒いです。

いったい、誰のためのジャケットなんだろうと、そういう時、思います。お客さんのためを思って、ジャケットを着用して、冷房をガンガンに効かす。で、夏服のお客さんは寒さに震える。

サービスとはなんだろうと思うのです。

そもそも、レストランとかお店でも、お客さんじゃなくて、働く人が暑くならないための温度設定の場合が多いと感じます。すごく冷えているケースです。

オフィスだと、ジャケットを着た人向けの温度設定の場合です。

屋内で寒さに震え、屋外で暑さに死ぬ繰り返しがつらいのです。

もう日本の夏は屋外で運動する気候ではなくなっていると思います。

高校野球はいつまで、真夏の炎天下の真っ昼間の試合を続けるのでしょうか？　毎年、熱中症で脱水症状になった選手や応援団のニュースが流れます。でも、試合は続きます。

たぶん、重篤な熱中症で何人かが死なない限り、真夏の試合は続くのだと思います。せめて、昼12時から3時までは試合を中断しようとか、ナイターを増やそうとか、思い切って、秋に試合を動かそうとか、大胆なことを提案する人はいないのでしょうか。

長く続く伝統を変更することは、たぶん、日本人が最も苦手とすることだと思います。誰も最終責任を取らないまま、粛々と炎天下の試合と熱中症や脱水症状が続くのです。

で、炎天下と言えば、２０２０年7月24日から8月9日まで開かれるオリンピックですよ。この暑さで、マラソンするんですよねえ。本気なんでしょうか？　なんで、こんな真夏にやるんでしょう。

マラソン選手がバタバタと熱中症で倒れたら、誰が責任取るんですかね？　誰も取らないんでしょうねえ。

『青空に飛ぶ』と特攻

8月8日に、『青空に飛ぶ』という長編小説が講談社から出ます。

いつも、自分にしかできない仕事、やらなければいけない仕事、自分がやる意味がある仕事、を続けたいとずっと思っています。

そういう意味で、この長編小説はものすごく気合いが入っています。

始まりは、特攻隊に関する本でした。その中に、「八度の出撃にもかかわらずことごとく生還している」特攻隊員がいると書かれていました。

この人は、陸軍の第一回目の特攻隊員でした。海軍はゼロ戦の神風《しんぷう》特攻隊が有名ですが、陸軍も特攻攻撃を始め、第一回目は、絶対の成功を期するために、優秀なパイロットを選びました。

陸軍のメンツにかけて、第一回目は勇壮な結果を出さないといけないからです。

が、選ばれたパイロット達は憤慨しました。操縦技術に自信があり、爆弾を当てることに死に

物狂いの訓練をしてきた自分達に、爆弾攻撃ではなく、体当たりを命じるとは。

特攻隊の隊長は部下達に、司令部の命令である体当たりではなく、爆弾を落として敵艦を沈めろと言います。明らかな軍規違反でしたが、それが熟練パイロットのプライドでした。

一回目の攻撃に出発したパイロットに対して、陸軍は勇壮な戦果を発表します。確認する余裕もないまま、戦艦を撃沈したと公表し、天皇にも報告したのです。

けれど、そのパイロット、佐々木友次《ともじ》さんは生きていました。爆弾を落としたあと、別の飛行場に着陸し、そして戻りました。

慌てたのは司令部です。すでに戦死と輝かしい戦果を公表し、天皇に報告している。こうなれば、死んでもらうしかない。

そして、確実に殺すために出撃命令は連発されました。が、佐々木さんは「体当たりをして死ね」という命令に背き、爆弾を落とし、8回の出撃を（正確には9回）生き延びたのです。

こんな日本人がいたんだと僕は衝撃を受けました。

佐々木さんの存在を知ったのは、2009年のことです。

それから、毎夏、テレビ局のディレクターやプロデューサーから「鴻上さん、なんか終戦記念日に相応しい話ないですか？」と聞かれるたびに、「佐々木友次さん」の話を語りました。

けれど、どのテレビ局の人も「面白そうですねえ」と言うだけで具体的には動きませんでした。特攻隊のイメージを崩すことになるからか、いろいろと問題が起こりそうだと思ったのか分かりません。

2015年の4月に、『熱中世代』という、僕がMCを務めているBS朝日の番組の上松プロデューサーから終戦企画の話を振られ、僕はいつものように佐々木さんの話をしました。

上松さんは面白そうですねと目を輝かせました。そして、5月に僕に言いました。

「鴻上さん。佐々木友次さん、生きてますよ」

僕は思わず叫びました。どうして、その可能性を考えなかったのか、まったく愚かでした。

佐々木さんは92歳でご存命でした。

上松さんは、さすが、ベテランというか、なるほど団塊世代のテレビマン達は、こんな風にエネルギッシュに対象に肉薄するんだという見本のような行動で、佐々木さんを見つけ出しました。資料を調べ、佐々木さんの故郷を見つけ出し、住民に問いかけ、札幌の病院に入院していることを突き止めたのです。

そして、僕は佐々木さんに5回、会いに行き、いろいろと聞きました。

そして、どうしても、こんな日本人がいたことをより多くの人に知って欲しいと思いました。けれど、佐々木さんの話だけを物語にすると、戦争や歴史好きの人だけを対象にしてしまうと考えました。

そして、特攻隊に選ばれ、特攻をすすめていく過程が、じつに日本的だなと感じたので、もうひとつ、僕が日本的だと思っている「日本のいじめ」問題を同時に描くことにしました。

教室で孤独に戦っている中学二年生の男の子が生き延びた佐々木さんに会う話です。死のうと決意した少年が、死なず、9回、生き延びた元特攻隊員と会う物語にしたのです。

本心から多くの人に読んで欲しい小説です。よろしければ。

心を開くことのメリットについて

BS朝日で日曜朝8時の『熱中世代』という番組で進藤晶子さんと一緒に司会をしています。

この前、歌舞伎の中村吉右衛門さんがゲストにいらっしゃいました。

鬼平犯科帳の鬼平さんとか、松たか子さんの叔父さんでもあります。

事前に資料として渡されたインタビュー記事を読んでいて、とても驚いたことがありました。

楽屋で横になると、楽屋雀《すずめ》に（老いたとか体力がなくなったとか）いろいろと言われるので、ずっと座っていたのだが、最近はさすがにそうはいかなくなってきた。体力の回復のために、横になることにした。

さらっと吉右衛門さんは答えていますが、これは衝撃的なことです。

だって、個室の楽屋というのは、プライベートな空間のはずです。人の目を気にしなくていい

から、ホッとしたり、気持ちを切り換えたりできるのです。

それが、歌舞伎の楽屋は、プライベートでパーソナルな空間ではないというのです。吉右衛門さんは主役ですから、当然、一番立派な個室のはずです。なのに、中が見える形（おそらく『楽屋暖簾』と呼ばれるものがかかっているだけで、ドアは閉めないのでしょう）だから、横になっているとバレるというのです。

「演じる」というのは、じつは人に対して、最も隠したいこと、知られたくないことを見せることです。目立とうとしたり派手にすることではありません。

例えば、熱烈な恋人役をやる時、

「へえ、この人、こんなに甘えるんだ。日常もそうなのかな。すごいなあ」と観客に思わせれば、いい演技です。「綺麗だけど、なんか固いなあ。本当に恋人同士なの？」と思われるのは最低の演技です。

自分が普段、どんな風に恋人に甘え、すね、愛を求めるかは、人に知られたらとても恥ずかしいです。できれば、そんなことは絶対に見せたくありません。

だから、観客は見せません。でも、俳優は見せます。それが仕事だからです。

そうするとじつは傷つきます。うんと甘える演技をして、観客から「ヘンタイじゃないの？」なんて突っ込まれたりします。

無防備になればなるほど、傷つきます。だからこそ、個室の楽屋で人の目を避けて傷を癒す時間が必要なのです。けれど、歌舞伎の楽屋ではそれはできそうにないのです。

楽屋で心を解放できないのに、舞台でできるんだろうかと僕は思いました。

たくさんの俳優さんと仕事をしていますが、稽古で一回も心を開かないまま舞台に上がる人にも会いました。甘えているふり、愛しているふり、悲しんでいるふり、つまりは形だけで演じている人です。

そういう人の経歴を聞くと、激しい競争にさらされ、勝ち残ってきた場合が多いです。

楽屋でも稽古場でも、常に気を許せず、心を開いたらいろいろと突っ込まれて潰されてしまいそうな現場です。靴やカツラを隠されるのは当たり前の集団で育った人でした。

吉右衛門さんに思わず、「楽屋でリラックスできないのに、舞台の上で解放できるんですか?」とお聞きしました。吉右衛門さんの演技は、ちゃんと心を開いているように感じて、理由を知りたかったのです。

吉右衛門さんは、「舞台に上がればこっちのもんだと思って演じるんです」と微笑みました。

決して心を許せない状況で、自分から心を開くということは凄まじいことです。

プレゼンでも営業トークでも部下への指示や教えでも、心を開いて言うのと、心を閉じたままあれこれ言うのだと、聞く方の気持ちも印象も言葉の到達度も全然違います。

無防備な状態で発せられた言葉は、相手の心の扉を揺さぶります。そして、しっかりと閉じた鍵を明けることができるのです。

と、書くのは簡単ですが、心を開くということは、心ない中傷が魂の奥深くにまで刺さる可能性があります。何度もそうされると、絶対に心を開かなくなります。そうなると、哀しいですが言葉は相手の心の扉の前で跳ね返るだけです。

後から何を言われようと、その時間だけ心を開く。それがプレゼンとかトークの極意なのです。ものすごく難しいんですけどね。

ワークショップにはいろんな人がやってくる

オープンワークショップという先着順のワークショップを年に数回やっています。

イギリスに留学した時、演劇人達が「演劇人として社会に還元しよう」とさまざまな活動をしていることを知りました。税金で文化的に助成されているのだから、お返しにスピーチ術だのコミュニケイションのテクニックだのを演劇的視点で一般の人に伝えるワークショップです。

で、おいらも反省して、イギリスから帰った後、時間があるといろんな人が参加するオープンワークショップを開いています。といってイギリスに比べたら、全然、助成の金額の桁が違うので、演劇人はやさぐれててもいいとは思います、はい。

で、もう、17年ぐらいやっています。先着順ですからいろんな人がやってきます。

俳優志望者や俳優、ミュージシャン、監督やディレクターはもちろんです。

『ベター・ハーフ』に出演した中村中さんは、これに申し込んでくれました。メールの申し込み者名を見た時は叫びました。

8月の今回は、「10年間、引きこもっていました」という男性が参加しました。20代の前半から30代の前半まで引きこもって、去年、部屋から出てきたと言いました。

いい奴でした。レッスンでちょっと周りと体が触れただけで、心底、申し訳なさそうに謝ってました。

ワークショップの最後に演技の時間があるのですが、朴訥《ぼくとつ》というか純朴な人柄が滲み出ていました。

こういう男性がもてたらいいなあ、こういう男性を好きになってくれる女性はいい女なんだけどなあと思いながら見ていました。

ま、なかなか、そんなカードを女性は引かないんでしょうなあ。

「僕、年上の熟女にはもてるんです」と無邪気な目で言ってました。と言っても、一回だけだそうですが。余裕のある年上の人なら、「かわいいなあ」と素朴さを愛せるのでしょう。

別のレッスンでテキストを使うのですが、それは、「昨日、カラオケに一緒に行った相手が素敵だった」とオーディション会場で思い出し、「うまく行けばいいなあ。芸の肥やしかあ」とニマニマし、でも、そこに恋人から電話がかかってくるという設定のセリフでした。

若い女性がやってきて、(セリフは男女共、同じ設定です)「あの、これ、電話の相手は恋人ですよね?」と言いました。

「そうです」と軽く答えると、「じゃあ、どうして、カラオケに行った相手のことを思ってるんですか?」と真剣な目で聞かれました。

彼女は、「これは『二股』ですよね、そんなことしていいのですか」とさらに言いました。

本気のようでした。

僕は「まだ無名だから、文春砲は炸裂しないから大丈夫だと思うよ」と答えましたが、唖然としました。

17年間、同じテキストを使ってますが、こんな質問というか突っ込みを受けたのは初めてでした。

いきなり、「ああ、『週刊文春』と『週刊新潮』は日本の文化を変えたんだなあ」と思いました。彼女は、どうみても道徳的に間違ったことは許せないという感じでした。付き合っている人がいるのに、別の人にときめくなんておかしい、まして一緒にカラオケに行くのなんて信じられない、そう言いました。

でも、彼女は俳優を目指しているのです。俳優はドラマを演じます。ドラマはたいてい、人間の弱さやずるさ、情けなさを描きます。完璧な人間や道徳的に正しい人間、やましさが何もない人間を描くことはありません。そもそも、そんな人は存在しないと考えるのが芸術だったり芸能の基本です。

夫がいるのに別な人を真剣に恋してしまったり、同時に二人の人を同じぐらい愛してしまったり、体の欲求に信頼を裏切ってしまったり。そういうことをするのが人間であり、そこから人間の苦悩や葛藤が始まるのです。そして芸能や芸術が生まれたのです。

「付き合っている人がいたら他の人を好きにならない」そう決めて、そのまま人生を終わらせられるのなら、それは生きた人間ではないと僕は思うのです。

なんだか、俳優志望の世界にまで、「健全な道徳律」が染み込んで来るのはものすごく息苦しいと感じてしまうのです。

『青空に飛ぶ』とAmazonランキング

小説『青空に飛ぶ』（講談社）が出てからずっと「Amazon売れ筋ランキング」を見ています。

1時間ごとに更新されるたびに見て、1時間たってなくても見ています。いやもう、気合を入れて書いた本なので、そして、どうしても多くの人に読んでもらいたい本なので、気になるのです。

いえ、4月に出した小説『ジュリエットのいない夜』（集英社）だって気合入れて書いたんですよ。でも、何が違うって、『青空に飛ぶ』は、佐々木友次さんという9回出撃して、9回生きて帰ってきた実在の特攻隊員の人生を描いているわけです。

なんか、『青空に飛ぶ』が売れると、佐々木友次さんという存在を、多くの人に知らせることができると思えるので、なんか使命感というかやる気というか頑張ろうという気持ちになるのです。

なんでしょうねえ。自分のためというより、誰かのためと思うと、正面から頑張れるじゃないですか。自分のための時も、そりゃあ、頑張りますけど、どこか照れるんですよねえ。

『ジュリエットのいない夜』は、演劇界の裏側が舞台で、言ってしまえば、僕の純粋の想像力なので、それを「お勧めです！」って叫ぶのは、なんか照れるわけです。照れてる場合じゃないんですけどね。

　で、ランキングですよ。

　すごい本を見つけました。

『Ａｍａｚｏｎランキングの謎を解く　確率的な順位付けが教える売上の構造』（服部哲弥／化学同人）です。

　Ａｍａｚｏｎのランキングはどうやって出すんだって、ずっと思ってたわけです。だって、数百万位のランキングですよ。１時間おきですけど、ランキング出してるうちに１時間なんてあっという間に過ぎちゃうのではと勝手に心配していたのです。

この本によると、Ａｍａｚｏｎのランキングは、①毎時１回更新、②全部で約百万位ないし数百万位まである、③同時刻に同じ順位の本はない。また順位の欠落もない。

すごいですね。同率２３６位なんてのがないんですね。で、当然なんですが、注文されれば順位が上がり、注文がなければ順位は下がります。

どうやって順位を出しているのかという推測（Ａｍａｚｏｎは正式に発表してませんからね）を著者は、〃単純な数理モデル〃だとして、〃最後に売れた順に並べる〃と〃注文数の大きい順に並べる〃の組み合わせだと考えるそうです。つまりは、売れてからどれくらいたっているかと、どれくらい売れているかで、順位をつけているということです。

１万位ぐらいだと、７・５時間に１冊売れている感じだそうです。１０００位だと、30分に１冊です。

本を出している人なら、Ａｍａｚｏｎの順位で、１０００位台になるというのは、どれぐらい大変なのか分かると思います。30分に１冊って、売れませんぜ。

10位だと5秒に1冊ですと。いや、もう、想像できませんね。5秒ごとに売れていく本。まさに「飛ぶように」売れるわけですな。

おいらは、たしか『クール・ジャパン⁉　外国人が見たニッポン』（講談社現代新書）という本の時に、瞬間最高位150位くらいを記録しました。もう奇跡かと思いましたね。

Amazonには、ベストセラー表記というのがあって、1位になると王冠のマークがつきます。といっても、いろんな分類があります。たとえば、「日本論」とか「社会・政治」とか「講談社文庫」なんていう分類だけじゃなくて、「か行の作家」なんていう「それは、なんの意味があるんだあ！」というジャンルもあります。

嬉しいんでしょうか？　「か行の作家」の1位になって王冠マークがついたら？　分かりません。で、『青空に飛ぶ』は、か行の順位が出ます。おいら、いつも微妙な位置にいます。

どんなに頑張っても、角田光代さんの『対岸の彼女』（文春文庫）に負けています。同じ「か行の作家」同士です。で、「か行の作家」の上位5位以内にいつも、『対岸の彼女』はいます。名作ですよ。直木賞ですよ。でも、もう10年も前に出版された作品なんですよね。でも名作には勝てません。

Amazonで自分の順位を見るたびに、「か行の作家」もつい見てしまい、「おお、か行の作家はこんなにいらっしゃるのか」と呟きながら、どんな意味があるんだろうと悩むのです。はい。

武井咲さんとTAKAHIROさんと

武井咲さんとTAKAHIROさんが結婚・妊娠を発表しました。

二人の出会いが『戦力外捜査官』というおいらが脚本を書いたものでしたから、しみじみしました。

TAKAHIROさんにとっては、初テレビドラマでドキドキだったでしょうが、僕も初連続ドラマの脚本で必死でした。

一回目のドラマの収録の時に、TAKAHIROさんの演技を見て「あの事務所なのに、演技が上手い！」と叫んでプロデューサーから怒られました。そういうことは、音声化しないで心の中でつぶやきなさいと前向きなアドバイスでした。

収録につれて、二人の仲はどんどん良くなっていくのが手に取るように分かりました。

このまま、交際が始まって、んで別れたりしたら、シーズン2ができないんじゃないか、そう

なったらどうするんだ、なんて勝手にプロデューサーと心配していました。

1年たって、スペシャルが放送されることになり、僕はシナリオハンティングで一足先に、ドラマのクライマックスとなるマカオに行きました。報道を見ると、二人の仲は、マカオでぐんと近づいたようです。

なんだか、ウキウキします。だって、23歳という絶頂の中で、結婚を選ぶってのはものすごい勇気です。TAKAHIROさんだって、32歳ですが、人気俳優ですから、結婚の影響は少なからず受けるでしょう。それは、良い悪いではなく、スターの宿命です。

なのに、二人は決断しました。

そのために、妊娠というカードを切ったのでしょう。

本当か嘘か、25歳まで恋愛禁止という事務所のルールを突破するためには、それしかなかったのかもしれません。

でね、やるなあ、かっこいいなあと思っていたら、ネット世論がどんどん変な方向に行っていると心配しているのです。

それは、「武井咲、違約金10億円か?」という報道の反応です。

ネットの反応が「社会常識がない」とか「迷惑かけて平気なのか?」とか「自分達の幸せのために周りを無視している」とかなのです。

あたしゃ、唖然《あぜん》としました。

じつはおいらも俳優事務所経営者です。俳優のマネジメントをかれこれ30年ぐらいやってる社長です。なので、オスカー担当者さんの悲鳴はよく分かります。事務所で一番の売れっ子女優が突然、結婚・妊娠を発表する、というのは、商品としては大損害です。だから、関係者が文句を言うのは分かります。

けれど、ネットで「わがまま」と言っている人はなんだろうと思います。みんな、オスカー関係者の立場で文句を言うのです。

CMの違約金を求められるだろうとネットニュースは書きますが、たぶん、ほとんどのスポンサーは要求しないと思います。不倫ではなく、ちゃんとした結婚・妊娠で、スポンサーのイメージの何が傷つくというのでしょう。

これで、結婚・妊娠したから約束が違う、と違約金を求めたら、その企業のイメージの方が悪くなると思います。

すでに決まってるドラマの人達は大変でしょう。妊娠が分かって、同じ役柄はできないと思います。だから、ドラマ関係者が文句を言うのなら分かるのです。でも、一般人が責めるのです。

少し前、ノンアルコールビールの話を書きました。みんな、まるで経営者のように、「昼休みとはいえ、会社でノンアルコールビールを飲むのはけしからん」とコメントするのです。

まるで小学校や中学校の「終わりの会」とか「クラス会」とか「学活」とかで「クラスのまとまりを乱す人がいます」なんて言う、「お前は誰だ？　モラルマスターか？　担任代理か？」という発言と同じなのです。

この国はどうなってしまったんでしょうね。

最近の不倫騒動が典型ですが、みんな、「道徳の守り神」とか「正義の使者」とかになってコメントするのです。

『週刊文春』と『週刊新潮』が間違いなく、この国を息苦しくしていると僕は思っているのですが、多くの人が、その方向に猛烈に走っていると感じるのです。

モラルを声高に叫ぶ先に何があるのでしょう？

三里塚闘争の傑作ドキュメント

すごいドキュメント映画を見ました。『三里塚のイカロス』。

若い読者のどれぐらいが、かつて、成田空港をめぐる戦いがあり、機動隊員や学生が何人も亡くなっていると知っているのだろうと思います。

ある日突然、農民達は、自分達の農地に空港が作られるという決定をテレビで知ります。何の根回しも説得もヒアリングもないまま、それは決定されました。

問題の根本はここです。あの時代、国家はこういうことをして許されると思っていたのです。少々の問題はあるかもしれないけれど、国家が国際空港を作るんだ、住んでいる人達は引っ越してもらいたい。これは、命令である、という考えです。

歯がゆいのは、この決定をした政治家も手続きを進めた官僚も、みんなとっくに天寿を全うし

て亡くなっていることです。誰も閣議決定の責任を取らないままにです。

何が残されたか？

三里塚の農民達は、強制的な立ち退きに反対しました。１９６６年のことですから、農民には戦争の記憶がはっきりとありました。国家がどんなに自分達の都合で国民を裏切り振り回すかよく知っていました。

農民達は、当時の野党、社会党や共産党に助けを求めました。けれど、ダメでした。

その時、体を張って実力行使を阻止しようとする学生達と出会ったのです。

戦いが始まって一定の期間、農民と学生は共に手を取りました。

映画では、この時に学生として三里塚に入り、農家の嫁となった元女子学生を三人クローズアップします。

お茶の水女子大を中退した女性は言います。

「『週刊新潮』なんか世間知らずのお嬢さんがすぐに逃げ出すだろうなんてひどいことを書いてあってね。そんとき思ったね、新聞とかあれはいい加減なことを書くなって。まあ、なんて書かれたって私は私だから見ててよって思ったね」

そして、約50年がたちました。デモの戦闘に立つ20代前半の彼女の写真と、畑を耕す今の風景を続けて見れば、積み重なった歴史と時間を感じます。

他の二人の女性もまた、約50年間の結婚生活を続けて農民でい続けています。

ただ、三里塚闘争は、空港が開港した結果、多くの農民が移転を受け入れ始めました。

そして、支援していた党派も分裂します。移転を条件に話し合おうとする党派と、交渉なんてありえないと否定する党派です。許さない党派は、悲しいことに、交渉派の党派を暴力的に襲撃しました。

この映画がすごいのは、その両方の当事者が登場して語っているところです。そして、農民の味方だった学生達が、だんだん、農民の重荷になっていく過程をちゃんと描いているのです。それは、党派にとって三里塚が最大の存在理由になっていく過程でした。

さらに、この映画は農民・学生側だけではなく、ちゃんと土地買収を担当した元空港公団の職員さんを登場させています。

この職員さんは、自宅をテロで破壊され、愛犬を殺されています。テロを起こした党派の、その当時の責任者がちゃんと画面の中で語っていることがすごいです。じつに、奥歯にモノの挟まった言い方ですが、カメラの前に立つだけでいろんなことが伝わってきます。監督の代島治彦《だいしまはるひこ》氏は言います。

「誤解を恐れずに言うが『三里塚のイカロス』は、〝あの時代〟にけりをつけさせるための映画、ちゃんと死んでもらうための映画である。時代の悪霊となってこの世を彷徨うのはもうやめてくださいよという……」

映画の中で、1978年3月、開港直前の管制塔に突入し、開港を阻止したメンバーが出てきます。そして、三里塚のロケをしていると、いきなり、機動隊の人達が集まってきます。みんな、若い顔をしています。そして、彼が自分は管制塔に突入して逮捕されたんですよと語っても、キョトンとした顔をするのです。

かつてここで何があり、国家が何をし、人々が自らの信じる大義にどう殉じ、けれどどうすれ違い、どう生きてきたか。

今、何を感じ、何が残され、この50年はなんだったのか。時間と歴史が鮮明に刻印された映画です。9月上旬公開され、全国順次ロードショー中です。

吐いてでも食べさせる徹底した熱心な指導の恐ろしさ

じつに切ないニュースを見てしまいました。

岐阜市内の小学校の先生が給食を完食するよう児童に指導した結果、去年と今年7月までの間に、小学生5人が吐いていたというのです。

去年、1年生の学級担任だった時は4人に偏食をなくすために給食を残さず食べるように指導、4人が計8回、吐きました。

今年は、2年生の学級補助担任となり、7月に体調不良の児童に給食を食べるよう指導し、児童は吐きました。保護者は学校に児童の体調不良を連絡していましたが、この先生には伝わっていませんでした。

市の教育委員会は「配慮に欠けた指導だった」として女性教師に口頭で厳重注意処分を出しました。

S先生53歳
「三角食べ」を
高速で
くり返す
ことにより
まん中に置いた
嫌いなおかずが
消滅する
という
「バミューダ
トライアングル
食べ」の
提唱者

先生は「子供に負担をかけてしまい反省している」と話しているそうです。

最初、僕はこのニュースを知って、「ああ、若い真面目な先生なのかなあ。この人は、自分が学生時代、先生の言ったことや校則に対して、まったく疑問に思わないで従ってきた人なんじゃないかな。だから、こんなムチャをしたんだな」と思いました。

ところがよくニュースを調べると50代の女性だと分かりました。

ということは、この先生は、この指導をずっと熱心にしてきたと考えられます。つまり、今まで、完食して吐いてしまった児童を見てきたはずです。でも、その指導をやめなかった。今回はたまたま匿名の情報が教育委員会に入り、問題になっただけなのです。

市の教育委員会は、この問題を受けて、「楽しく食べ物に感謝して食べる食育指導を職員に徹底する」とコメントしました。

けれど「楽しく」より「食べ物に感謝して」という部分を真面目に受け取れば「食べ物を残すことは食べ物に対して失礼です。全部、食べなさい」という指導にすぐにつながります。それが徹底されたら、吐いてもしょうがない、となるのです。

僕は肉の脂身が苦手です。牛肉はまだなんとかなりますが、豚肉はまったくダメです。小学校の時、給食で豚肉の料理が出た時は、本当に地獄でした。

給食用の安い豚肉だからか、いつも脂身がたっぷりありました。もちろん、小学校時代の先生は、給食を残すことを許してくれませんでした。

僕はまず、豚肉の脂身だけを残して給食を食べ終えました。そして、残った脂身を小さくスプーンで切り、一切れずつ口に含み、牛乳で一気に飲み込みました。

苦行のような時間でした。

あまりに多い時は、一気に口に含んでそのままトイレに直行しました。

今でも、その瞬間を覚えているのですが、トイレに行く途中、豚肉の脂身の臭いに我慢できなくなって、側溝に一気に吐いたことがあります。

汚い話で申し訳ないのですが、ぶわっとまき散らすように吐き出しました。本当に泣きたい気持ちでした。

たぶん、偏食をなくすために「給食は残さない。完食する」と指導されていたのでしょう。無理に食えば、偏食はなくなるという理論は誰が決めたのでしょうか。そういう理論を提出した人がいたら、会ってみたいものです。

僕はいまだに、豚肉の脂身が食べられず、でも、肩こりは激しいですが、すこぶる健康に生活しています。

その後、「三角食べ」という、主食（パンやごはん）、おかず、牛乳という三種類をまるで三角形をなぞるように順番に食べる食べ方を指導され、「何をどの順番で食べるぐらい自由にさせろ！」と小学生ながらものすごく憤慨しました。

ツイッターで、この悲しいニュースをつぶやいたら「食育は大切です」とか「最近の女子小学生はごはんを残すのです。ご存知ないのですか？」とか、いろいろツイートが返ってきました。

偏食をなくそうと「指導すること」と、「指導を徹底すること」は全然違います。

「あなたの健康を考えてあなたのためにやっているのです」という「正義と善意」を進めることと、徹底することは全然違います。

「熱心な教育」「完全な善意」「徹底した指導」は、目の前の人間が苦しんで吐くことを無視できるのです。相手の苦しみを感じなくなるのです。

それはなんと恐ろしいことなのでしょう。

難しい名前の手術を受けました

この連載をずっと読んでくれてる読者なら、鴻上がNHKの『ガッテン！』を見て、「な、なにい！　目が細いと肩が凝る！　肩凝りは目の細さから来てるのかあ！」と興奮していたのを覚えているかもしれません。

「目が細い人は、よく見ようとして常におでこを緊張させて引き上げている。その緊張は後頭部まで届き、そのまま肩にも伝わっている」

番組では、肩凝りに悩んでいる目の細い中年男女が（なんちゅう表現だ）アイプチをして一週間過ごした結果、肩の凝りが減ったのですよ！

これはもうやるしかない、自慢じゃないけど、おいらは目が細い上に肩凝りだと、薬局は恥ずかしいからアマゾンでアイプチを買って、やりましたよ。でもね、難しいのなんの、左右対象に

ならないんですよね。右目が大きく開いて、左目がちょっとしか開かない、なんてことが普通に起こるわけです。

「寝不足ですか？」とか「ケンカですか？」とかさんざん言われました。

ああ、女性は大変だなあと、しみじみしたのですが、同時に、アイプチで目を大きく開けた結果、なんと風景がまぶしいということに気がついたのですよ！

ああた、これは衝撃的でしたよ！　風景が明るいんですよ。輝いてるんですよ。そりゃそうでしょう。半分ぐらい閉まってる部屋のカーテンをシャーッと開ければ、そりゃあ部屋は明るくなりますよ。

でね、すぐに、演出家である自分の美意識が浮かんだのです。おいらは、22歳で演出家になって以来、ずっと照明家さんに「暗い」「もっと明るく」「もっと派手に」と言い続けてきたのです。僕の舞台を見た人なら分かると思います。

それがね、僕の「美意識」だと思っていたのが、それはただ、「目が細くて風景が暗く見えていた」だけだったのかと衝撃を受けたのです。

これはいかんと、アイプチを続けようとしました。常に目が開いた状態にして、自分の美意識を確認しないといけないと思ったのね。でもさ、アイプチは大変なのよね。朝、めんどくさいし時間もないし。そのうち、糸タイプがいいよと勧められて、それも試したんだけど、やっぱり大変で、続けられなかったのですよ。

でね、「ガッテン！」では、「アイプチがうまくいかない人には『眼瞼下垂手術《がんけんかすい》』という可能性もあります」と言ってたわけです。

難しそうな名前です。『眼瞼下垂手術』――つまりは、垂れてくるまぶたを切っちゃって、短くする手術ですね。すごいね。垂れるなら切る。明快です。

でね、やったのですよ。眼瞼下垂手術。さらっと書いてますけど、大変でした。いやもう、怖かったですねえ。

手術台に乗りますわね。で、まぶたに麻酔の注射です。切るんだから、麻酔、必要ですね。「全身麻酔ってのはないんでしょうか？」なんていう弱気なことを聞くと、「途中で、目を開けてもらってまぶたの状態を確認しないといけないので、全身麻酔はダメなんです」というお医者さんの理性的な言葉。

でもね、まぶたへの麻酔の注射がものすごく痛いんですよ。そこに、何回も刺すのです。うぐぐっと悲鳴を漏らしていると、お医者さんが「痛いですか？」と聞くので「はい、僕、痛みに弱いんです」と答えると「男性はみなさんそうですね。僕もそうです。女性の方が痛みに強いです」と答えられました。「どうしてでしょう？」と四針目の麻酔を受けながら聞くと、「どうしてでしょうねえ」というのどかな会話で終わりました。

そして、まぶたは切られていきます。もちろん、見えません。しかし、いろんな手術を受けてきたなあとしみじみしました。レーシック手術も受けました。それもこの連載で書きました。やっぱり、まぶたとか眼球とか、普段、守ろうとしても守れないところにメスが入るのはとても怖いです。

レーシックの時は、あっという間に終わりましたが、こっちは手術ですからね。片方に約30分。両方で1時間、かかりました。今、まぶたはお岩さんみたいに腫《は》れています。一週間後には、抜糸です。二週間ぐらいでひくそうです。

世界がアイプチがないまま、どれぐらい輝くか、じっと待ってます。今は腫れて、すごく暗いのです。はい。

ちばてつやさんの長寿の理由と漫画家としての原点

僕が進藤晶子さんと一緒に司会をしているBS朝日の『熱中世代』（土曜朝10時）に漫画家のちばてつやさんをゲストにお招きしました。

『あしたのジョー』や『のたり松太郎』のちばてつやさんです。現在、78歳になられて、日本漫画家協会の理事長をなされています。

こんなことを言ってはなんですが、週刊誌連載で国民的ヒットを出した漫画家さんは、みんな、過酷なスケジュールの結果、早めに亡くなっています。手塚治虫さんと石ノ森章太郎さんは60歳、藤子・F・不二雄さんは62歳です。

その話をちばさんにすると、「手塚さんの葬式の帰りに、漫画家仲間と『寝ないといけないねえ。運動しないといけないねぇ』と話し合いましたよ」と仰いました。ものすごく説得力のある

シチュエーションです。

　それでも、ちばさんは精力的に執筆活動を続け（なにせ、運動はするんですが、徹夜で執筆した後、寝ないまま野球の試合をするなんていう生活で）、50代で心臓疾患と網膜剥離をわずらい入院しました。その間に、奥様がスタッフに事情を話して解散させ、ちばさんが仕事部屋に戻ってきた時には、机もなかったそうです。奥様はこのまま仕事を続けさせたら夫は死ぬと思ったんですね。ものすごい英断です。それ以降、ちばさんは死なないために仕事をセーブします。

　この連載で一度書きましたが、僕は、「人間の起きている時間は決まっているんじゃないか」と思っています。

　水木しげるさんのエッセー漫画で、手塚さんと石ノ森さんが、『二日寝てない』だの、『もう40時間起きてる』だのとパーティで語っている描写が出てくるのですか、寝ないでずっと起きているから、60年で「人生の起きている時間」を消費したんじゃないかと思うのです。ちゃんと寝てたら、80歳ぐらいまで人生が続いていたかもしれません。

ちばさんは、6歳で終戦を迎えました。中国の奉天で、父親の勤める印刷会社の社宅に住んでいました。高い塀に囲まれた、日本人の集合住宅です。

終戦の日を、ちばさんははっきりと覚えています。突然、塀の外で正月でもないのに爆竹が炸裂し、そして、高い塀を乗り越えて中国人が大勢入ってきました。6歳のちばさんは、何が起こったか、まったく理解できず、その風景をボーッと見ていたそうです。その時、母親がさっとちばさんを抱えて、家の中に飛び込みました。

そして、ちばさん達の逃避行が始まります。行き場所をなくしたちばさん一家、両親とちばさんをふくめた4人の兄弟は（ちばさんは長男、三男は『キャプテン』を描いたちばあきおさんです）は、中国人の徐《じょ》さんの家に匿《かくま》われました。見つかるとどうなるか分からないからです。徐さんは、ちばさんのお父さんの同僚で、とても仲がよかったそうです。

一家は、除さんの家の二階の一室に潜みました。外出はもちろんできませんし、大きな声を出すこともできません。４人の子供達には退屈で我慢できない生活でした。

そこで、ちばさんは、幼い弟達にマンガを描きました。弟達は、マンガに熱狂し、早く続きを読みたい、もっと読みたいとちばさんにせがみました。

外出できず、気配を殺し、隠れ続けるというと、アンネ・フランクがすぐに浮かびますが、じつは、演劇界で有名なサミュエル・ベケットという作家もそういう体験をしました。

パリでレジスタンス活動をしていて、ゲシュタポの追及から逃げるために、知人の家の屋根裏部屋に、もう一人の男性と隠れたのです。

長期間、どこにも行けず、ただ、明日はどこかに行こうと言い合うという状況は、演劇界に衝撃を与えた有名な戯曲『ゴドーを待ちながら』の主人公二人の状況とそっくりです。こんなところに、ベケットの原点のひとつがあったのかと驚きます。

ちばさんも、二階の部屋で幼い「読者」のキラキラと輝く目を見て、それに応えることがひとつの原点になったのかなあと思います。

ちなみに、大人になったちばさんは、ちばさん一家を匿った徐さんに、会ってお礼を言いたいと戦後かなりたってから探しました。徐さんは、文化大革命の時に、日本人と親しかったという理由で、処刑されていました。

民主主義は最悪の政治形態らしい

選挙が終わりましたなあ。

僕は今、ロンドンにいるので池上彰さんの選挙特番を生放送で見れませんでした。自民党の二階幹事長のふてくされた対応とか、安倍首相のインタビュー中に当選者への花付けを始めて声が聞こえなくなったとか、リアルタイムで見ていたら、ゾクゾクしたと思います。じつに残念です。

しかし、選挙に出たい人ってのは、どういう人なんでしょうね。

イギリスの大政治家ウィンストン・チャーチルさんはこんなこと言ってます。

「民主主義が、進歩への原動力として不適当であることは、周知の事実だ。多くの国における現在の指導者は有能でもなければ、国家的重要さを把握した人物でもない。民主的政府は、耳ざわりのよい言葉をならべて人気取りに憂き身をやつしている」

なかなかシビアですね。

こんなことも言ってるみたいです。

「選挙に出るやつなんて、金儲けしたいやつか、目立ちたがりのやつばかりだ。まっとうなやつは選挙になんか出ない」

自分も政治家なんですけど、ミもフタもないこと言ってますね。

僕は演劇の演出家なので、つい、政治家さんの顔を見てしまいます。「希望の党」の始まりから失速までで、劇的に顔が変わった人がたくさんいました。

小池百合子さんの笑顔は、どんどん仮面になっていくのがテレビの画面越しでも手に取るように分かりました。感情がどんどん感じられなくなり、ただ、筋肉だけが微笑んでいる状態でした。

それでも、笑顔をキープできているのは、じつは、ものすごい精神力だと思います。これができる男性は少ないと思います。筋肉を微笑みの状態で停止させておくプロの仕事です。男性だと、「常にエネルギッシュに見せる」なんていう状態と対応するのかもしれません。アメリカの男性政治家は、どんな状態になっても、常に力強く登場し、力一杯握手し、生気溢れる表情をします。

有名なニクソンとケネディのテレビ対決の時から現在まで、エネルギーを失い、困惑し、途方に暮れた顔を見せた方はあっという間に支持を失うのです。

民進党を率先してやめて、希望の党に駆けつけた人の顔も、びっくりするぐらい変わりました。まさに輝いていた顔から、失望、戸惑いの表情が見え始めました。

ただ、本音を見せてしまうのがプロ失格かというと、事態はそんなに単純ではないのです。仮面の笑顔や過剰なエネルギーは、本音を感じさせず、人を不安にさせます。そういう時に、ズバッと（またはさらりと、または苦しみながら）本音を見せる人に、僕達はどうしようもなく「人間的魅力」を感じてしまうのです。

なんでしょうねえ。弱みを見せてくれるから、安心し、好きになるんでしょうかねえ。

失速したり、こんなはずじゃなかったという時、「いやー、まいりました。ホントに困ってます」と、率直に言える人は、いわゆる「人たらし」になれる可能性があります。

「しょうがねえなあ、応援してやるか」と思われる可能性が高いのです。

ともあれ、政治家なんてろくでもないと言ったチャーチルさんは、同時に「民主主義は最悪の政治形態らしい。ただし、これまでに試されたすべての形態を別にすればの話であるが」と演説します。有名な言葉ですね。ろくでもない人が集まって、民主主義を続けていくしかないと言ってるのです。

それでも、48%の得票率で75%の議席が獲得できる今の日本の「民主主義」は、僕は見直さないといけないと思ってます。

保守とリベラル（日本で言われてる意味とは同じではないですが）に関しては、こんな言葉があります。

「20歳までに自由主義者（リベラル）でなければ情熱が足りない。40歳までに保守主義者でなければ知能が足らない」

この言葉も。

「凧が一番高く上がるのは、風に向かっている時である。風に流されている時ではない」

落選した人に響く言葉です。曇天のロンドンで、寒さに震えながら1月の芝居の新作を考えている僕にも、この言葉は響きました。いいこと言うじゃねーか、チャーチル。

歴史を前進させる戦いに挑んでいる大阪の女子高生へ

忘れらない写真があります。一人の緊張した顔の若い黒人女性の周りで、ニタニタと白人達が笑っている写真です。

女性の名前はドロシー・カウント。15歳。時と場所は、1957年9月4日。ノースカロライナ州のハーディング高校の入学式の風景です。

彼女はアメリカ史上、最初の高校生になった黒人女性でした。

可愛い孫娘のために、祖母は何日も徹夜して晴れの入学式で着る素敵なドレスを縫い上げてくれたといいます。しかし、このドレスの背中は、学校に来るまでの間に、たくさんの唾や腐った食べ物、石などで汚れていました。黒人差別が当たり前の時代でした。

それでも彼女は登校しました。次の日も、次の日も。

唾を吐きかけたのは女性達です。男性達は小石や腐った食べ物を投げました。

けれど、学校のロッカーは壊され、自宅にも嫌がらせや脅迫電話があり、身の危険を感じるようになりました。

学校側の要請もあって、結局、4日間、登校しただけで退学し、引っ越しせざるをえませんでした。

入学式で写っているドロシーは、意志の強い顔をしています。周りのニヤニヤと笑っている同級生達とはまったく違う、知性と目の力を感じます。

この写真のことを思い出したのは、大阪のニュースを聞いたからです。

ネットではかなり有名になりましたが、大阪の府立高校に通う高校3年の女子生徒が生まれつき髪が茶色なのに、校則を理由に黒く染めるよう強要されて不登校になったとして、慰謝料など損害賠償を求める訴訟を大阪地裁に起こしました。

10月27日開かれた第1回口頭弁論で府側は請求棄却を求め、全面的に争う姿勢を示しました。

つまりは、自分達はまったく悪くないと主張したのです。

この女子高生は、入学前に、生まれつき髪が茶色であると学校側に告げると、「その髪色では登校させられない」と黒染めを求められました。

女子高生はその指導に従い、黒く染め始めましたが、1年たつ頃に頭皮が荒れ、痛くなりました。母親は抗議しましたが、学校側は「黒にするのがルール」と認めませんでした。皮膚は荒れ、髪はボロボロになりましたが、「染め方が足りない」と4日に1度の頻度で注意されました。

また、「母子家庭だから茶髪にしているのか」と言われたり、厳しい指導の際に過呼吸で倒れ、救急車で運ばれたりもしました。文化祭や修学旅行には茶髪を理由に参加させてもらえませんでした。

昨年9月には、「黒く染めないなら学校に来る必要はない」と言われ、不登校になりました。

3年生になった現在は、クラス名簿に彼女の名前さえありません。

生徒の代理人弁護士には、学校側は「たとえ金髪の外国人留学生でも規則で黒く染めさせることになる」と答えています。

もう狂っているとしか言えません。これが教育者の言葉でしょうか。トランプ一家の親戚か誰かが何人か転入してくれないかと思います。本気でアメリカ人の髪の毛を染めるつもりなのか。本当に染めたら、間違いなく国際問題です。それを、この府立高校の校長と教頭は受けて立てるのか。そして大阪府の教育委員会も。

ネットでは、「茶髪の生徒が増えると近所が『あの学校は乱れてる』と判断して、評判が落ちるし、質のいい生徒は来なくなるから指導しているんだ」という文章がありました。それと、外国人留学生を黒染めすることは何の関係もありません。

提訴した彼女は、必死の思いでしょう。苦しいと思います。周りからいろいろと言われているかもしれません。

ドロシーさんは、やがて大学を卒業し、育児保育団体でカウンセラーとして働いたそうです。彼女の戦いが愚かな人々をあぶり出し、未来を照らし、歴史を前進させました。

大阪の彼女の戦いも同じ意味があると、大げさではなく心底思います。彼女を負けさせたくない。本当に応援したい。

このSPA!の文章が彼女の目に届き、ここにも応援している人間がいるのだと伝えられたらいいと願います。あ、でもエッチな特集があると親は見せたくないか。

日本型組織と特攻隊

新刊が出ました。『不死身の特攻兵　軍神はなぜ上官に反抗したか』（講談社現代新書）です。

以前、この連載で「9回特攻に出撃して、9回生還した陸軍の第一回の特攻隊員だった佐々木友次さん」のことを『青空に飛ぶ』（講談社）という小説にしたと書きました。

いじめに苦しむ中学2年の男子生徒が、札幌の病院に入院している佐々木友次《ともじ》さんと出会い、自分の人生を生きなおす物語です。

中学2年生は僕の想像力で、佐々木さんは実在ですから、フィクションとノンフィクションが合体した小説でした。

自分では結構、手応えもあったし、書かなければいけない作品だったと確信していたのですが、これが期待したほどには売れない。発売して4カ月たちますが、まだ重版の声は聞こえてこない。

じつに残念です。

という話とは関係なく、『青空に飛ぶ』を出した時から、ノンフィクションの形でも本を出そうと思っていました。小説とノンフィクション、両方で出せば、「佐々木友次」という人の存在がより多くの日本人に伝わるのじゃないかと思ったのです。

『青空に飛ぶ』を書くために、僕は札幌に飛び、5回、佐々木さんと話しました。この本にはそのインタビューを載せました。

また、佐々木友次さんの人生を描くということは、必然的に特攻とは何かを考えることでもありました。その結果、僕なりに「特攻とはなんだったのか？」を明確にすることになりました。

調べれば調べるほど、特攻は、「命令した側」

と「命令を受けた側」ではまったく違うということが分かってきました。「命令した側」と「命令された側」の語る特攻は、似て非なるものでした。「特攻に行け」と告げる手記の描写と、告げられる手記の描写は、同じ出来事を描いているのにまったく違っていたのです。

いまだに続いている「特攻は『志願』だったのか、『命令』だったのか?」という問題も、どちらの側に立っているかで事情ははっきりと分かれました。

また、「命令された側」にも、階層があることが分かってきました。

特攻の出撃前、ビールビンを士官宿舎の窓に向かって投げ「アナポリ、出て来やがれ、お前達はこの戦争で一体何をしているんだ。いま沖縄の海で戦っているのは、予備学と予科練だけだぞ!」と怒鳴った予備士官がいたと、予科練出身の元特攻兵の手記があります。

「アナポリ」とは、海軍兵学校出身のエリートを揶揄する言葉です。アメリカの海軍兵学校はアナポリスにありました。日本は広島県の江田島でしたが、まさか「江田島!」とは叫べなかったのです。

海軍兵学校を出たのはエリートです。特攻隊はじつは、エリートは選ばれなかったのです。

誰が選ばれたか。学徒出陣など、大学出で促成栽培で士官になった「予備士官」と呼ばれた人達と、10代の前半から激しい訓練を積んだ予科練出身の若者でした。

ビールビンを投げた大学出の士官は、その構図が許せなかったのです。

また、「命令された側」で自ら「志願」したと言われるのは、10代の前半から徹底した軍隊教育を受けた予科練出身の人達でした。純粋培養というか軍隊以外の思考方法を持てなかった人達です。

激しく葛藤《かっとう》したのは、大学生活を経験した人達です。「命令」で特攻に出撃した人達です。

また、特攻の初期と末期も違ってました。初期は、佐々木さんのようにベテランパイロットが選ばれました。絶対に特攻を成功させる必要があったからです（士気の高揚などいろんな理由がありますが）。後期は、ただ、戦争を続けるためだけに、未熟なパイロットが選ばれました。

この本の紹介文を担当編集者が「命を消費する日本型組織から、一人の人間として抜け出す強さの源に迫る」と書いてくれました。

僕はこの文章を読んで、ハッとしました。どうして佐々木さんに惹かれ続けるか分かった気がしたのです。

この本に書きましたが、昔も今も日本型組織はあまり変わっていません。サービス残業や過労死と特攻隊の問題は根っこは同じなのです。詳しくはこの本に。

買ってくれたら、今度こそ重版になるのね。

本一冊、チケット一枚を売るということ

おかげさまで、先週紹介した新刊『不死身の特攻兵　軍神はなぜ上官に反抗したか』（講談社現代新書）は、発売5日で重版が決まりました。でっへーい！　やったーい！　その前の小説『青空に飛ぶ』（講談社）は、いまだ重版の声聞かず、Amazonでは一時期、中古本扱いになったりして、悲鳴を上げました。

『不死身の特攻兵』も、発売して三日目に、いきなり「出荷まで一、二カ月お待ち下さい」という表示が出て、パソコンの前でのけぞりました。

僕は36年、演劇の演出家をしていて、つまりは、36年間、チケットを1枚から売っているわけです。

経済問題なんかを語ると、「経営の苦労も知らない作家が黙ってろ」なんてツイッターで突っ

「不死身の特攻兵」
私も読みましたが、これは決して戦時中の特別な話ではなく
現代に生きる全ての人がうっかり
死なないために読むべき現代人
必携の書だと思います!!
読もう!!
不死身の特攻兵

込まれることがあるのですが、とんでもない。

　おいらは、劇団の主宰者であり、同時に、株式会社サードステージの代表として、30年以上、会社を経営してきてました。零細企業の社長として、30年以上、毎年税理士さんと、「あーでもない、こーでもない」と頭を悩ませているのです。

　チケット1枚売ることがどんなに大変なことか、それはもう骨の髄まで染み込んでいます。

　昔、初めて本を出した時に、いきなり、刷った部数分の印税をもらえて驚きました。「あれ!?　まだ売れてない分ももらえるんだ」と戸惑いました。チケットと同じで、売れて初めて収入になると思っていたのです。

「そうかあ。作家さんは、本が売れても売れなくても、とりあえず、出版した分の印税を貰えるんだ。恵まれてるなあ」としみじみしました。

昔、タモリさんの『笑っていいとも』の「友達の輪」に呼ばれて、ミュージカルの宣伝を熱く語ったことがありました。

演出家として雇われた、別の制作会社が主催した作品でした。物語の内容を熱く語り、タモリさんにもぜひ見に来て下さいと迫りました。

その後、稽古場に行くとプロデューサーは顔を輝かせて、「鴻上さん！　宣伝ありがとうございます。おかげで、番組中に17枚売れました！」と弾んだ声を上げました。

2万人の観客を想定している作品でした。チケットはあと4千枚ほど残っていました。それでも、プロデューサーは、17枚という数字を本当に嬉しそうに言いました。

ああ、この人は信用できると、僕は思いました。大きな会社の社員プロデューサーは、極端な言い方をすれば、チケットが売れなくても首になることはありません。ボーナスが減ったり、別の部署に異動になるかもしれませんが、正社員であるかぎり、首にはなりません。

何千万、何億という赤字を出せば別でしょうが、大きな会社は、たいてい、他に黒字部分を抱えていて、数十万や数百万ぐらいの赤字なら、それなりに反省して終わりになります。

でも、小さな会社だと簡単に潰れます。サードステージは、数百万の赤字が出ると、僕が働きます。大きな声では言えませんが、冒険的な予算組をして、『舞台版　ドラえもん』みたいにン千万の赤字が出ると、僕は馬車馬のように自分に鞭打って講演会だのいろいろと働き続けます。

チケット1枚が具体的に自分の人生とつながっているのです。

でも、じつは、僕はこの生活が嫌いではありません。人生を描くのが作家の仕事で、これはまさに人生の重要課題の一つだと思っているからです。経済問題に直面せずに、人生の何が描けるかと思っているのです。

公演が近づくと、毎週、チケットの売り上げ枚数の報告がプレイガイドから来ます。その数字に一喜一憂しながら、30年生きてきました。

でも、作家だけをやっている人は、Amazonの1時間ごとに変わる順位を見るのはハラハラするだろうなと思います。じつに新鮮な体験だと思うのです。

そのAmazonが、ここしばらく、調子が悪いみたいです。新刊でも、いきなり「在庫なし。入荷時期未定」なんて表示になったりするようです。『不死身の特攻兵』も、講談社の販売さんが本を入れても、表示が「一、二カ月待ち」となっていました。もう、作家殺しですね。

『青空に飛ぶ』の方は、単純に在庫が切れていたようです。僕は、チケット1枚と同じように本1冊を考えるので、もう、ヤキモキします。

正社員と違って、作家はいつでも首になると、腹を括っているのです。

眼瞼下垂手術と肩こり

そんなわけで「眼瞼下垂《がんけんかすい》」手術のその後ですわ。

僕にまだ会ってない人は、さぞかし、鴻上の目はぱっちりの二重になっていると思っている、かもしれません。中川さんのイラストもそんな感じになっていました。

手術をしてくれた先生に、「いきなりぱっちりの二重になったらみんな驚くでしょう？」と聞かれたので「はい、そう思います」と答えると、「二重まぶたっていうのは、目の端から二重の筋まで、6ミリから12ミリの範囲なんですけど、鴻上さんの場合は5ミリにしておきますね。これなら、そんなに違いが出ませんから」と優しく言われました。

そりゃそうですね。僕は「二重瞼手術」ではなく、「眼瞼下垂手術」を申し込んだわけですからね。保険は残念ながらきかないんですけど。

ネットを見てたら「鴻上、50歳代後半で二重手術！　次はアゴか？　ショージK！」っていう

書き込みがあって笑いました。ショーンKさんのネタですね。思わず「うまい！」と感動しました。

まあ、50歳代後半になって二重の手術を受けるってのは、女性だと美への執念とかって思われるのでしょうが、おいらの動機は以前書いたように「激しい肩こり」と「もっと光を」でした。

手術を受けて、「あれ？　目、どうかした？」と聞いてくれたのが二人。「アイライン、ですか？」と聞いたのが一人。「すっごい寝不足。目、大丈夫ですか？」と素直に驚いてくれたのが二人、というのが今までです。

こんなことなら、もっとぱっちりの二重でもよかったか、なんてこともちょっと思ってます。で、肩こりが治ったのかというと、手術を受けて以来、おいらは来年1月にある「虚構の劇団」公演の新作『もうひとつの地球の歩き方』をずっと机にへばりついて書いていて、それはもう肩こり真っ最中という感じです。

これはもうしょうがないですね。なにせ、一日、10時間以上パソコンに向かってるんですから、いくら目の手術をしてもこれで肩がこらないのは嘘でしょう。

風景は明るくなりました。これはすごいです。いつも半分閉まっていた部屋のカーテンをさーっと開けたんですから、そりゃあ、明るくなります。それは素敵です。

で、肩こりは変わらずかあと思っていたのですが、突発的にネットで「猫背矯正ベルト」というのを買いました。普通に肩にたすき掛けにするだけじゃなくて、そのまま腰に回したベルトで固定するタイプです。

もともと、自分が激しい肩こりなのは、猫背も関係していると分かっていました。肩が体の前側にぐっと固まってしまう傾向があるのです。

で、この矯正ベルトを試しにつけてみたのですが、これがあなた、なんとまあ、肩こりが劇的に減ったのですよ！

猫背タイプで肩こりに悩んでいる人は、だまされたと思って、一度、つけてみるといいと思います。ただし、ちゃんと腰で固定できるタイプです。たすき掛け、バッテン型のベルトだけをつけていても、たぶん、頑固な猫背はそのまま曲がってしまいます。

でも、腰とつながっているタイプだと腰に回しているベルトを下に引っ張ると、そのまま、背中のベルトが後ろに引っ張られて、肩がぐっと後ろに戻るのです。これが気持ちいいのです。買って以来、寝る時以外はずっとつけています。もちろん、今もつけてこの原稿を書いています。

普通だと、一週間も執筆を続けると、背中に鉄板が入ったような鈍い痛みが現れるのですが、この猫背矯正ベルトをつけてから、あなた、背中が柔らかいのです。いやあ、驚きました。

あとは、今回、客演してくれる一色洋平さんから（お父さんは有名な脚本家、一色伸幸さんです）から教わった肩こりほぐしの運動をします。

手を真横に伸ばして、そのまま手を前に、つまり90度に肘を曲げます。そのまま、肘を後ろに引きます。手の平を下にしたまま、後ろに引いて肩甲骨を動かすのです。次は手の平を上にして同じ動作を。一回ごとに手の平を上と下にするのです。これを30回。これだけで、ずいぶん背中はほぐれるのですよ。お試しあれ。

演劇系大学と就職率

都内にある5つの演劇系の大学、日芸、玉川、桜美林、多摩美、桐朋の生徒、計30人を集めたワークショップというものをやってきました。それぞれの大学の先生達が見学し、「初期俳優教育」はどんなことをすればいいのか、真面目に研究する会でした。

来年1月に上演する新作の芝居を書かなければならず、他にも仕事があったのですが、その志に感動して、引き受けさせてもらいました。

ワークショップのあと、「初期俳優教育のスタンダードとは何か？」というような内容のシンポジウムがありました。

驚いたのは、演劇系の学部なのに「就職率」が問題にされるという話でした。大学もそうですが、同時に文部科学省もとても「就職率」を重要視するのだそうです。

そんなこと言っても、芸術系ですからね。就職率なんて、そもそも、低いに決まっているし、俳

優になるかどうかを「就職率」で計ることは無意味じゃないですかと突っ込むと、「でも、とにかく大学も文科省も問題にするんですよ」と一人の先生は深い溜め息と共に悲しそうな顔で語りました。

だって、真剣に考えて、劇団や事務所に就職するしか「就職率」は計算できないわけです。例えば、オーディションに受かって役をもらっても、それは就職とは違います。その役をもらえても、次があるか分からないわけで、それは、アルバイトに受かったのと同じことです。

劇団に就職と言っても、たいていの劇団は養成所からスタートしますから、それは就職ではありません。研修生とかのレベルをすっ飛ばしていきなり「正劇団員」になれば就職ですが、そんなことはほぼないでしょう。

また、いきなり劇団員になれても、劇団に満足な経済的基盤がなく（日本の劇団のほとんどです）、生活を保障する給料が出ることはまれでしょう。ですから、それは就職ではありません。

事務所も、たいていはいきなり所属という「就職」ではなく、「あずかり」という一時的な様子見から始まります。1年とか、そうやって感触を確かめてから、事務所は所属にするかどうか決めるのです。

音楽系や美術系みたいに、音楽教室の先生とか中学・高校の教師という就職は、演劇系はまずありません。

どう考えても、演劇系で「就職率」なんてものが成立するはずがないのです。「ですから、『進路決定率』というデータも出しているんです」と別の先生が、これまた悲しそうな顔でおっしゃいました。

「進路決定率」というのは、とにかく「進路が決定した割合」です。養成所に入ろうが、学部のクラスメイトと一緒に劇団をつくろうが、事務所の一時的な「あずかり」になろうが、すべて「進路が決定したこと」になります。

「それで、大学とか文科省は納得するんですか？」と、ぶっちゃけて聞くと、「そうはいきませんねえ」と別の先生がまた悲しそうな顔で答えました。

じつは、演劇系の卒業生は、就職の現場では評判がいいです。一番目の理由は、「元気にあいさつできる」という、腰が砕けそうになる素朴な理由です。逆に言えば、それさえできない大学生が多いということです。二番目の理由は、「ちゃんとぶつかってコミュニケイションできる」ということです。

どこの演劇系の大学でも、学生達で一本の芝居を創ります。その過程で、ぶつかったり、もめたり、とことん話し合ったりすることが普通に起こります。そういうことをしないと、芝居は創れないのです。結果、座学だけの学部生よりは、ちゃんと大きな声でコミュニケイションできる人が多くなるのです。

んでも、それで中小企業にたくさん就職できて、就職率が上がるから演劇系の学部の存在意義になると言われたら、ちょっと待てと思います。

と、同時に、「プロの俳優になる」ことだけを演劇系の大学の目標にしてしまうと、それはまたやっかいだろうと思います。プロになれなかった学生達が、自分の人生と自分自身を否定するようになるからです。

問題は簡単ではありませんが、とにかく「就職率」で演劇系を評価することだけは間違っていると僕は断言するのです。はい。

あとがきにかえて

そんなわけで、ようやく、ドン・キホーテシリーズ、第18弾が出せることになりました。

前作の『この世界はあなたが考えるよりはるかに広い』の出版から、なんと、3年半！勘の鋭いあなたなら、出版社が、いつもの扶桑社から論創社さんに変わっていることに気付くでしょう。

大人の事情というやつです。

はい、もう一度、言いましょう。

大人の事情です。

この本を出してくれた論創社さんに、海よりも深い感謝を捧げます。

一番の感謝は、この本が売れることですね。そして、重版とかになったら、それはもう、一番の感謝です。

まったく売れずに、「こんな本、出すんじゃなかった」と論創社の森下社長が思ったとしたら、「恩を仇で返す」ことになるのです。

もし、あなたが今、本屋さんで「買おうかなあ。どうしようかなあ」と迷いながら、この「あとがきにかえて」を読んでいるのなら、買って。人助けだと思って買って。

『不死身の特攻兵　軍神はなぜ上官に反抗したのか』（講談社現代新書）という本を出したのね。

9回特攻に出撃して、9回帰ってきた佐々木友次さんの人生を描いたものなんだけど、基本は『陸軍特別攻撃隊』（高木俊朗著）という本に準拠させてもらったのね。

佐々木さんは、この本の著者にだけは、詳しく自分のことを語っていたからね。

だけど、僕が準拠させてもらった時は、この本は絶版だったの。

だから僕は、「一番のお礼は、『不死身の特攻兵』が売れて、『陸軍特別攻撃隊』が復刊することです」と書いたのね。

で、その通り、嬉しいことに、『陸軍特別攻撃隊』は復刊しました。なにせ、『不死身の特攻兵』が、20万部を突破しましたからね。

20万部ですぜ。人生、初ですわ。

これはもう、出版不況の中で、ベストセラーと言っていいと思います。

で、このドン・キホーテシリーズですわ。

これが、売れない。重版がかかったことがない。

どーいうことなんでしょう。

ドン・キホーテシリーズは、「今、鴻上は何を考えているか？」ということを一番的確に現している連載なんです。

僕は基本的にエッセーの依頼を断ります。書きたいことは、全部、ドン・キホーテシリーズに書こうと思っているからです。

他の媒体にほいほいと書いていると、連載の中身が薄くなるってこと、あるでしょう？

そんなことがないようにと、基本的に飛び込みの依頼は断っているのですよ。

なのに、このシリーズが、僕の著作の中で一番、売れないってのはどーいうことだああ！

もう、悲しくなりますよね。

今回、出版のために読み直してみると、自分でも、いいこと書いてるなあと思うことがほいほいありました。

なにせ、3年半前からの原稿ですから、すっかり忘れている文章もあって、「おお、面白いじゃないかあ」と、新鮮な気持ちで読み直せたのです。

いや、申し訳ない。本当は、3年半も時間が開かないで、2年か1年半ぐらいで出せたらいいと思います。反省してます。

そのためには、この本が売れないとね。そこに帰ってくるのです。いや、くどいようですまん。

生きている限り、いろんなことがあります。

最近は、知らなくていいことも、スマホが教えてくれます。

SNSに現れる知り合いの写真は、とても幸福そうに見えます。風景は輝いていて、食事は美味しそうで、会話は楽しそうで、それを一人、誰もいない部屋で見つめていると、やりきれない気持ちになってきます。

インターネットでつながることで、より孤独が深まりました。

かつてインターネットは、希望でした。私達は、人をつなぎ、情報をつなぐツールとして期待しました。

やがて、インターネットは、「人の悪意」を見える化するものになりました。

そして、今、インターネットは、重荷とか気詰まりという単語と近いものになっています。

すさまじい時代になりました。

電車に乗っていて、気に入らない相手に「死ね」と送信できるのです。穏やかな通勤・通学風景の中で、人を殺せるのです。

目の前に座っている人は、無表情のまま、差別的な書き込みをしているのかもしれません。

「バカ」が見える化してしまった結果、「バカ」は、一定の力を持ってしまいました。

私達は、見える化した「バカ」とつきあっていかなければいけません。

くじけそうなことはたくさんあります。

でも、僕はツイッターが好きです。1000のバカな書き込みの中に、1つの素敵な書き込みを見つけるからです。

この前「『昔の私をぶん殴ってやりたい』という言い回しを見るにつけ、『知らないおじさん・おばさんがいきなり殴りかかってきた』事件には未来の自分によるタイムスリップが含まれてるのではないか」というスドーさんという人の書き込みを見て、思わず、唸りました。

イルマさんという人の「Twitterは割と『1人の時間がないと息ができなくて死んじゃう』タイプの人、インスタは『私を！見て！構って！』タイプの人、FBは『仲間最高、地元最高、家族に感謝』タイプの人が多い気がする」なんて書き込みにも、ほおほおとなりました。

あきらめず、くさらず、目を開いていれば、面白いことは見つかると思っています。

そのためには、なによりも体力。そのためには、なによりも睡眠。

そう思いながら、また、今日もドン・キホーテシリーズの原稿を書くのです。

『ピルグリム2019』の稽古中に

鴻上尚史

鴻上尚史（こうかみ・しょうじ）

作家・演出家。愛媛県生まれ。早稲田大学法学部出身。1981年に劇団「第三舞台」を結成し、作・演出を手がける。現在はプロデュースユニット「KOKAMI@network」と若手俳優を集め旗揚げした「虚構の劇団」での作・演出が活動の中心。舞台公演の他には、エッセイスト、小説家、テレビ番組司会、ラジオ・パーソナリティ、映画監督など幅広く活動。桐朋学園芸術短期大学特別招聘教授。

ドン・キホーテ走る

ドン・キホーテのピアス18

2019年7月1日　初版第1刷印刷
2019年7月7日　初版第1刷発行

著　者――――鴻上尚史
発行者――――森下紀夫
発行所――――論創社
〒101-0051　東京都千代田区神田神保町2-23　北井ビル
tel. 03(3264)5254　fax. 03(3264)5232
振替口座 00160-1-155266　http://www.ronso.co.jp/

イラスト――――中川いさみ
ブックデザイン――奥定泰之
印刷・製本――中央精版印刷

ISBN978-4-8460-1832-0